春 釀 光

Unrequited Love

我把對你的青春悸動，
小心翼翼藏進時光——

LaI——著

第一章　新鄰居

「這禮拜一定、一定要交稿！」

「好、好。」游知春跟著電話那頭的節奏應答，刻意把埋在被窩裡的腦袋探出來，精神抖擻。

「妳還在睡？不用上課嗎？不是開學了嗎？」

游知春索性也不裝了，將臉埋進被子，悶聲道：「第一週嘛。」

「這禮拜一定要交給我啊，寫多少算多少，有什麼問題我們再討論。」

「知道了。」

陸姸看著她寄來的大綱，初步架構沒有問題，也是游知春擅長的青春校園，然而從去年開始，她的寫作停擺了。

陸姸忍不住關心，「是不是發生什麼事？」

游知春比她更疑惑，「老樣子啊，能有什麼事。」

「老樣子？不是大三了嗎？沒交男朋友？」陸姸一連拋了幾個問句。

她僅僅乾癟地回了一聲：「沒。」

「沒有遇到喜歡的人？」

游知春睡意全消了，「文院哪有什麼男生。」

兩人也相識幾年，陸姸多少了解游知春的個性，性格大而化之，內心卻是個膽小鬼。

「第一本寫的初戀男主，你們還有聯絡嗎？」

游知春盯著天花板，「都多久了，早就不喜歡了。」

陸姸掛斷前，還不忘再次催稿。

游知春又在床上賴了半小時才起身去沖澡，出來時，接到巫蔓的電話。

「今天去不去學校？」

她擦著頭髮，「第一週不點名，不去，在家寫稿。」

巫蔓嫌棄道：「妳寒假也這麼說，身上都長霉了吧。」

「妳天天和張洺臣膩在一起，我找妳，妳也不出來啊。」

「姊妹，我可是有家室的人，妳半夜突然約，我們都已經提槍上陣了，哪能說停就停。」

巫蔓說話向來直白，也不吝嗇分享自己的感情，游知春不想聽他們的床笫之事，直接掛她電話。

她打開一片空白的word，看著游標一閃一滅。新書大綱前前後後和陸姸修了幾次，定稿了，可是她完全沒動力。寫了又刪，刪了又寫，上半年過去了，她的存稿仍然為零。

游知春登入「春曉」的粉專，數十則讀者的關心私訊占滿螢幕。

「暗戀小教主什麼時候回歸？我等到老公都換了一個。」

「請問第一本書是春曉的經歷嗎？是的話就太美好了，暗戀成真，是神仙愛情啊！」

看著讀者在她第一本書的留言區開始讚揚男女主角美好的際遇，游知春只覺得心虛，現實中的她就是個單身狗。

最後，游知春點開其中一位熟悉的讀者帳號，暱稱月亮，游知春私下都稱她為月亮媽媽。她是位家庭主婦，孩子上大學後她的生活一瞬間失去重心，鬱鬱寡歡了一陣子，後來兒子建議她每週看一本書。

起初只是打發時間等兒子放假返家，孰料開啟了她追連載之路。

她曾說了一句話令游知春印象深刻。

「比起戲劇，我更喜歡文字，我可以擁有千百種解讀。」

她幾乎每天都會私訊游知春，主要是日常關心以及期待她的新作，是位忠實粉絲。

游知春匆匆關了網頁。再這麼下去，自己真的要成為一書作者了。

「叮咚！」

「小春啊，我是房東阿姨。」

游知春這才想起今天要繳房租，趕忙轉身拿錢包衝去開門，「阿姨。」

游知春盯著眼前的男孩，以為自己睡昏了頭。

房東阿姨見她腦袋還披著毛巾，「喔小春，妳剛洗完澡啊？不好意思，我應該先打電話過來。」

游知春驚魂未定，聽見房東阿姨這麼說，低頭一看，自己身上僅穿著一件oversize的白色上衣，衣料薄透，髮梢上的水珠自脖頸蜿蜒而下，沾溼了領口。

她反射性地用手遮住胸口，退後一步，外頭的男孩也禮貌地轉過腦袋。

房東阿姨將自己圓胖的身體擠進門，阻隔了兩人的目光，轉頭讓男孩在外頭等她。

「抱歉抱歉，想說要來妳這，我就順便帶人來看房子了。」

「沒關係。」游知春將房租拿給房東阿姨，後知後覺地問：「……外面那個人是新房客嗎？」

「是我朋友的兒子，原本住在宿舍，但宿舍人多不方便，管得也多。他都大三了，想出來外面住。」

游知春喔了一聲。

房東阿姨促狹一笑，「你們年輕人我還不知道嗎？想來是交了女朋友，當然是租房一個人住才方便。」

「一個人住確實比較自在。」游知春笑了兩聲。

「我就不打擾妳了。」房東阿姨叮嚀，「洗完頭就趕緊把頭髮吹乾，最近天氣要轉涼了，小心頭痛。」

「我知道了，謝謝阿姨。」

游知春猶豫著要不要送她到門口，但這勢必就得和外面的人打照面，一陣天人交戰後，最終還是抵不過心裡的聲音，她穿上外套，跟了出去。

游知春微笑，「謝謝阿姨。」

「好，有什麼問題再打電話給我。」

游知春自然地抬起頭，卻發現門外空蕩蕩的，她舔了舔因緊張而乾澀的脣。

「我讓他先過去看屋了。」游知春點了頭，阿姨熱情道：「這孩子我從小看到大，性格是真的好，孝順聽話。你們同年又同校，妳認識他嗎？」

男孩俊拔的身影，好看的眉眼與白淨的面容，以及恰到好處的笑容，讓她惦記了一整個青春。游知春壓下心中的懷念，搖頭道：「不認識。」

「阿姨。」不遠處，男孩的聲嗓壓過夏季最後一聲蟬鳴，「我什麼時候可以搬進來？」

接連幾天，游知春總在回家的路上碰上陌生人，而目的地是她對面的住戶。

游知春從以前就知道男孩不僅才華洋溢、成績優異、人緣更是極好，身旁總是環繞著朋友，這樣的人除了顯眼，更讓人望塵莫及。

游知春看著那些人進門，敞開的大門傳來歡聲笑語，暈黃的燈自屋內流瀉而出，她好想融進那道光，隨著闔上的門一併被帶進屋內。

唉，瘋了吧她。

她進門，轉身就靠在牆上想聽對面的動靜。

一片寂靜。貼在牆上的她像個白痴。

她懊惱地踢了一腳牆壁，卻撞到小指，疼得直跳，又更氣了。她自暴自棄地躺在地上，直到聽見門鈴聲，才緩緩起身走至玄關，心裡預設是巫蔓那個瘋子。每次和張洺臣吵架了，就會鬧離家出走，拉著她徹夜罵男人，結果隔天對方求和，三言兩語，兩人又如膠似漆了。

簡直白費她前一晚的時間和睡眠。

她學乖了，這次絕對不給巫蔓進門，浪費她的青春年華。

游知春盯著門鏡外的人，有一瞬間的恍惚，心裡一道聲音卻特別明顯。

浪費嗎？就浪費吧。

游知春盯著眼前的男孩，即便踏入正式解禁的大學，他的髮色依然是純粹的黑，最大的差別大概就是他的穿著，從制服換成了運動風的便服。

他的外貌沒什麼變，卻又好像哪裡都變了。好比，他現在居然站在她眼前對她笑。

「嗨。」

游知春倉促地轉開眼，心臟跳得飛快，以至於出口的話有些生硬，「有事？」

「剛搬過來一直沒能來和妳打招呼。」他彎脣，「這幾天我們應該沒有打擾到妳吧？」

游知春不明所以，順著他的視線看見他沒關緊的門縫，屋內暖光四溢，混雜著男女的嬉鬧聲，與她身後的寧靜截然不同。

「沒有，隔音很好。」

語落，游知春心虛地想換種說法時，對方笑了笑，並不覺得這番話有何不妥。「那就好。」

兩人一時沒話，游知春侷促不安地摳著掌心，聲線僵直地問：「還有其他事嗎？」

男孩伸出手，「妳好，我是商院的何又黔。」

游知春抬頭，視線不偏不倚地對上男孩黝黑的雙眼，裡頭隱含著笑意，猶存著年少的青澀，他終於來到她面前了。

何又黔似乎在等她回應。意識到自己走神，游知春很快地垂下腦袋，避開視線，也沒有伸手。「……文院，游知春。」

得到答案，何又黔滿意一笑，收回手轉而將帶來的小蛋糕遞給她，「送妳的。」

游知春定睛一看，竟是她高中常吃的那家甜點店，她第一個反應是拒絕。

「不用了。」見何又黔疑惑，她倉促地補了一句：「我不喜歡吃甜食。」

他提著紙袋的手緊了緊，「原來如此，抱歉，我應該先問妳的。」

游知春還是頭一次因為他人的道歉而心有愧疚，連忙說道：「還是謝謝你，給我吧，我朋友喜歡吃。」

聽聞，何又黔一笑，「太好了。」

游知春接手時，不可避免地碰觸到男孩的手，她佯裝鎮定地抽開手，何又黔似乎不怎麼介意，眼前蛋糕的新鮮度反而才是他在意的。「蛋糕是現做的，兩天內要吃完。」

紙袋的提繩還有他掌心的餘溫，游知春忽而開口問：「你在哪買的？」

「在我高中母校附近買的。」何又黔回答的口氣平穩。

游知春記得何又黔不吃精緻食品，作息正常，在走廊時經常聽見他的朋友調侃他是老人體質。

高中時，他們的教室一頭一尾，何又黔在一班、她則在十班，如果不是游知春總喜歡繞過一班走，基本上就是兩個世界的人。

幸好，升旗的排隊順序是按照班級競賽排的，她好幾次都期盼上天眷顧，希望班級名次能在一班前後，比祈禱模擬考成績還虔誠。

游知春竟然有一瞬間以為何又黔是知道她的。

「何大少爺啊。」嬌俏的女聲打斷兩人的對視。

迎面而來的女孩面露醉意，光著腳丫，笑靨醺醺然，「你在幹麼啊？怎麼還不進來？大家都在等你打牌。」

何又黔皺眉走到女孩的面前，「外面冷，妳怎麼就這樣出來？鞋子呢？」

「我喝酒了啊，現在渾身都熱。」她笑嘻嘻，順勢拉著何又黔的手，「你快回來啦，我等著你給我贏錢啊。上回輸得好慘，我打工費都被那群臭傢伙贏光了，我不服氣！」

何又黔笑了笑，盯著她虛浮的腳步，深怕她摔跤，「妳明知道他們不會讓妳，妳也玩不過他們，怎麼每次都要趕著上前把錢給他們。」

她努嘴，「不是有你嗎？你替我贏！」

見何又黔沒應聲，她搖著他的手，「好不好嘛——好不好嘛——你不是最挺我了嗎？」

何又黔無奈地說：「知道了。」

她舉高雙手歡呼，「喔對了，你跟你鄰居聊得怎麼樣了？她要一起加入嗎？」

聽聞，何又黔轉身，卻發現游知春已經進門了。他抿唇，「她好像不是很喜歡我啊。」

ㄣ

「帝子降兮北渚，目眇眇兮愁予。嫋嫋兮秋風，洞庭波兮木葉下。」

導讀完屈原的《九歌·湘夫人》，掛著眼鏡的教授全然不顧臺下睡成一片，自顧自地提出感悟：「愛情是人間最庸俗的產物，然而即便是神，也同樣為此所困。」

鐘聲響了。

游知春叫醒身旁的巫蔓，「妳上次說的聯誼是什麼時候？」

巫蔓睡懵了，待腦袋清醒後，反應極大地跳了起來，「妳要去？」

游知春有些猶豫，她不如巫蔓放得開，也不喜歡一群人吵鬧，是個名副其實的宅女，就喜歡一個人窩在家種花草、寫書法，一天不與人說上話也無所謂。

游知春艱難地擠出一句：「認識新的朋友也好。」

「對！對！妳這想法很好，總算開竅了。我都在想妳整天和那些稿子廝混，到底能混出個什麼花來？沒男人怎麼寫愛情小說啦！我也是佩服妳。」

「因為我都寫暗戀啊。」讀者私下都封她為暗戀小教主。

沒有人比她更懂得默默喜歡一個人的感覺了。自虐的同時，又因為對方無意的一點施捨，信念便更加茁壯。

巫蔓沒頭沒尾地問了一句：「那妳的故事裡，男女主角最後都有在一起嗎？」

游知春愣了一下，隨後點頭，「有啊，讀者不喜歡悲劇。」

殊不知，現實即是悲劇，人生沒有這麼多因緣際會。

沒有人跨出第一步，只會迎來背道而馳。

巫蔓不給她反悔的機會，立刻掏出手機，「我和我朋友說了，妳不准放我鴿子。」

「知道了。」

下午，游知春去了系辦找班導何常軍。

他是系上的資深教授，研究專長是先秦儒學、唐宋詩文以及現代小說。一身中山裝，身上帶著一股木檀香味，游知春第一次見到他還以為古人穿越了。

何常軍曾見過游知春的書法，筆酣墨飽，豐筋多力，很難想像是出自於一名嬌小的女孩子，甚至更勝自己的兒子。

因此這學期，何常軍指派游知春擔任他的助教，想與她切磋琢磨。

游知春敲門入內，何常軍一個人在座位上搗鼓著手機，見游知春來了，連忙招手讓她過來幫忙。

「春啊，妳過來幫我看看。」

「怎麼了？」

何常軍是位思維年輕的老人家，熱衷年輕人的話題，卻和兒子不親，於是都向游知春討教。

「教授，你註冊Instagram要幹麼？」

「寫寫文章啊。」

兩人也相處了幾個月，游知春瞇起眼，用著和自家父親說話的口吻，「說實話。」

「……想看一下你們平常都發什麼貼文。」

游知春了然地笑了笑，貧嘴道：「你兒子最近有喜啦？」

何常軍推了下她的腦袋，嘴硬道：「我哪管他。誰不知道你們這群臭小孩為了躲避親友團，全部換了陣地，害我現在什麼也看不到，我很好奇啊。」

她幫何常軍註冊後，何常軍才心滿意足去上課。

游知春在一旁的桌椅批改一年級的散文作業，一邊感嘆學生素質一年不如一年。聽到敲門聲，她應道：「請進。」

「何教授！我來了——想我嗎？」

游知春抬眼，見女孩紮著馬尾，神清氣爽，與前幾天眼神迷離的小醉鬼判若兩人。

「啊，不好意思。」她朝游知春點頭，「何教授在嗎？」

「他去上課了。」

她手裡提著蛋糕盒，「這樣啊，他什麼時候會回來？」

「他下午滿堂，應該要五點後了。」

女孩嘀咕：「應該要先問他課表。」她朝游知春笑了笑，將蛋糕盒放在桌上，拿筆寫了張小紙條。「我寫了紙條，如果妳待會有機會碰到他，再幫我跟他說一聲，謝謝妳。」

「好的。」

女孩走後，游知春起身看了看紙條。

葉琦唯。

游知春沒等到何常軍，八成是在路上遇到學生，天南地北地聊了起來，他常常這樣，心性和小孩子似的，無奈和兒子卻處不來。

臨走前，她壞心眼地想著要不把蛋糕帶走算了。

結果當然只是想想，她傳了訊息給巫蔓。「我是壞女人。」

巫蔓很快回傳：「不，妳才不是。」

游知春才感嘆交對朋友，見她補了一句：「妳是老處女。壞女人有男人撐腰，否則還怎麼壞。」

還真有道理。去他的。

公寓距離學校徒步十多分鐘，游知春習慣了，不趕時間的話，她就喜歡一個人慢悠悠地走回家。

經過公園時，她照常和不知道是哪家的狗玩了一會，直到一道車燈從她身上滑過，游知春不以為意，卻發現那人降下車窗。

「游知春。」聲嗓似是壓過她名字的每條筆畫。

她一時有些失神，小狗吐舌舔上她的掌心，她失措地縮回手。

「怎麼了，被咬了嗎？」何又黔走上前，「我看看。」

游知春將手擺在身後，「沒有，嚇到而已。」

何又黔對於她的抗拒有些無計可施，也不知該從何說起，只好換個話題，「這麼晚了，妳自己一個人在這裡做什麼？很危險。」

「我每天都這麼回家，路上人也很多，沒什麼好怕的。」

何又黔見她答得一本正經，笑了笑，似乎是他意料中的答案。

「我正好要回家，一起吧。」

「不用了。」游知春自知這態度無疑讓人覺得難以親近，但她實在不想和他相處太久，就怕自己失態，又架不住心裡那點小躁動。

半晌，何又黔聽見她悶聲道：「……我還要去超市，不順路。」

她的妝容成熟，身材卻嬌小，以至於她每回在他面前板起臉來都像是小孩裝大人。

黑夜聚攏的街道，她蹲著身，置身在路燈的光圈，笑著和小狗嬉鬧。

她明明笑起來很好看，對他卻格外冷漠。

然而，現下這副萬分懊悔的模樣，令何又黔忍俊不禁，他還以為多大的事。

「我也沒什麼事，最近自己出來住了，想學一點廚藝。」何又黔忽然好奇，她要是撒起嬌來，會是什麼模樣？

兩人一同進了超市，要說游知春的手藝多好，還真的不怎麼樣。

大多時候都是懶得出門，買了幾週的糧食就足不出戶。巫蔓都說要是不定期來看她，哪天陳屍在家都不會有人發現。

何又黔看她熟練地將成堆的零食丟進推車，還認真地選著泡麵口味，忍不住問：「妳都吃這些？」

「嗯。」她的注意力全放在五花八門的包裝，漫不經心地回：「你喜歡嗎？我能推薦你幾款好吃又便宜的。」

「不用了。」

聽見他拒絕，游知春這才發現自己本性皆露，急忙解釋：「呃我，平時也不是都吃這些，就是偶爾會想吃……」

何又黔笑道：「我有一個朋友也是這樣，常常為了省錢吃這些，說了幾次也不聽。」

他的語氣無可奈何又隱含著擔憂。他心疼對方的同時，亦不願意強迫對方。他一直都如此為人著想，游知春高中的時候就知道了。

游知春垂眼，「是你喜歡的人嗎？」

何又黔愣怔之時，游知春已經走開了，他見游知春踮著腳把零食都放回架上，塞得手忙腳亂，眼看東西都要掉下來，他立刻上前伸手阻擋。

游知春剎那停住了所有動作，何又黔的體溫偏高，她被困在架子前無從脫身，下意識地抬頭，何又黔似是有所感知，微微低頭，兩人四目相接。

他紳士地後退，「為什麼放回去了？」

游知春脫口而出：「你不是不讓吃嗎？」

話一出口她就後悔了，趁何又黔還沒反應過來，她快步離去。

「我沒有這個意思，妳要是喜歡吃可以買的。」

何又黔邁開腿，三兩步跟上她，游知春更加懊惱了，刻意加快腳步，最後甚至小跑了起來。何又黔覺得莫名其妙，但還是輕鬆跟上。

一個小孩子突然從前方走道跑了出來，游知春反應不及，眼看推車就要撞上，身後的人伸手替她穩住推車，連帶將她一併圈入懷中。

游知春驚魂未定，頭頂上傳來何又黔的聲音，同樣帶著驚喘，「沒事吧？」

他的體溫一點一滴滲入薄透的雪紡衫，游知春只覺得耳根子要燒了，「……嗯。」

一對父母連忙上前抱起孩子，一邊道歉。何又黔朝對方頷首，說了聲沒事就好。游知春急忙從他懷中鑽出，眸眼因驚嚇而變得溼潤。

何又黔握著推車提議：「我來推吧。」

游知春沒有拒絕。

「要去哪一區呢？」

「……隨便。」

最後，何又黔買了幾樣蔬果和一些調味品，看樣子是真的想下廚，而游知春就買了一包酸軟糖。

她乖乖坐在副駕吃著軟糖，視線滯留於窗外。

何又黔一方面搞不懂她，又覺得她挺有趣的，看似漫不經心，心思卻意外細膩。

方才何又黔繳完停車費就看她站在副駕和後座之間愁眉不展，明明剛剛上車時已經猶豫過了。

他走上前，「妳喜歡坐哪就坐哪，我不介意。」

何又黔真不在意這些，舒適安全最重要，但他知道女孩子會介意，葉琦唯時常說男生就是神經大條，永遠不懂女生的小心思。

「那你介意什麼呢？」游知春捕捉到何又黔愣怔的表情。

半晌，何又黔微笑開口：「妳很喜歡問我問題，但妳卻不願意和我分享妳的。」

他避開話題了，游知春自討沒趣，洩憤似的打開了前座的車門。

車內僅有電臺傳來的歌聲，游知春盯著擋風玻璃無話，直到她轉頭，不偏不倚地對上何又黔的視線。

游知春率先移開眼，提醒道：「綠燈了。」

「好。」何又黔反應過來，踩下油門。

半晌，他問：「晚餐吃過了嗎？」

「嗯。」

超市距離公寓僅有五分鐘的車程，兩人沒有單獨待太久，下了車後，一同搭電梯上樓，再一同出電梯，游知春在門口禮貌地朝他道謝。

她突然變安靜又若有所思，讓何又黔摸不著頭緒。

見她準備進門，何又黔忍不住說：「要是剛剛讓妳有任何不舒服的地方，我很抱歉。」

「沒有，不禮貌的是我。我沒有生氣，就算有，也是生我自己的氣。」

關上門後，游知春背貼門板，總覺得自己很沒出息。

高中時期，何又黔萬眾矚目，受旁人簇擁，游知春那時候就知道，這樣的人終究不會屬於她。

凌晨，游知春被餓醒了，爬下床翻冰箱，卻發現家裡沒半點食物，想起今天本來就是要去超市補貨，結果全被何又黔打亂了。

她氣得踢了一腳與何又黔家相連的牆壁，結果又挨了皮肉痛。

游知春穿上鞋，套上外套，準備下樓去附近的超商買東西吃。誰知才開門就聽見一陣女孩的啜泣聲，她聽得後腦杓直發麻。

好奇心會殺死一隻貓，游知春還是當了那隻貓。側過腦袋，卻意外與何又黔四目交接。

喔，是人啊。

游知春看了一眼抱著他哭的女孩，便攏緊身上的外套跑往電梯口。

她坐在超商的玻璃窗前吃東西，食慾早就去了一大半，她開了一罐啤酒，打算拖延一點時間。

超商裡有一群剛瘋回來的學生，游知春嫌吵，待沒幾分鐘就受不了，拎著啤酒準備離開時，一位男大生貌似被朋友們拱上前。

他身形魁梧，撓著腦袋，「那個……嗨。」

游知春嗅到他身上的菸酒氣，忍不住蹙眉。

對方的眼神毫不客氣地上下打量她，「妳一個女生大半夜在這裡做什麼？」

游知春隻身一人難免有些害怕，何況那麼多雙眼睛盯著她，忍不住起了雞皮疙瘩，側身就要走。

對方倏然拉住她的胳膊，游知春嚇了一跳，試圖掙脫。

「喂等等……我真的沒惡意，就是想和妳交個朋友。」

「你放手……我不想。」

此話一出，其他朋友立刻發出起鬨聲：「好遜喔——」

魁梧男似乎覺得被當眾拒絕很沒面子，他嫌惡地甩開游知春的手，一瞬間失了重心，她的背撞上一旁的桌椅，發出巨響，引來了店員的注意，但他似乎害怕被針對，又默默低頭做自己的事。

魁梧男拍了拍掌心，似乎是覺得髒，此舉立刻引來哄笑。

游知春的臉頰漲紅。

「喂，別把人弄哭啊，待會誰來哄啦！」

「我！我！」

「哈哈哈！我看你是讓她哭更慘吧。」

游知春並不是嬌弱的性子，就怪身體太嬌嫩了，只要情緒稍微激動，雙頰和眼眶就容易泛紅。她從小就討厭自己這副羸弱不堪的模樣。

「你們在這幹麼？」

「喔，李吾！」

「好久沒見了，你女朋友居然會讓你大半夜出來？真難得。」

李吾沒理會他們的調侃，看著眼前瘦小的女孩，寬大的衣服顯得她的四肢骨感分明，白皙的雙腿筆直美麗。

得不到的東西向來印象深刻。李吾記得她，是高中沒追到的女孩啊。

ㄣ

聯誼當天，游知春拖拖拉拉。

巫蔓似是早有預料，一早就來她家堵人。她打量游知春的打扮，扯著她的針織外套，「太保守了吧。」

游知春反悔了，想到待會要和數十個陌生人玩團康，她就害怕，「太冷了，我還是不要去好了。」

巫蔓打了她的屁股，趕她出門，「去！給我去！我都讓公關特別照顧妳了。」

游知春噘嘴。

「別給我裝可愛，我不吃這套。」話是這麼說，巫蔓還是手癢地捏了她白嫩的臉頰。

「認識新朋友也比較有靈感啊，妳都拖稿一年了，親親讀者們也還在等妳，妳捨得他們這樣漫無目的地等下去？」

提及讀者，她就心軟，「好啦。」

豈料才踏出門，便巧遇多天不見的鄰居。兩人倒也不是一直沒遇見，而是他身旁多了個人，游知春擔心招誤會，遠遠看到人就閃。

這陣子，葉琦唯似乎住進他的公寓了，何又黔從宿舍搬出來的原因顯而易見。

於是，游知春給了他最籠統的打招呼方式，點頭、微笑，擦肩而過。

難得何又黔今天自己一個人，而且看起來有話想和她說。

何又黔上前，「早安。」

「早。」

巫蔓對何又黔有印象，高中女生間的八卦常見就那幾項——帥哥、名次、減肥。

何又黔的話題占了前兩項，最後一項，是女孩們為了他想要減肥變漂亮。

長得好看的人，通常朋友群也不遑多讓。巫蔓當時偏好的類型是何又黔的好哥們李吾，渾身散發一股散漫勁兒，笑起來叛逆有型，重點是含著金湯匙出生，名副其實的富家子弟。

何又黔看著游知春的頭頂，她似乎不太喜歡與人視線交會，經常低頭。「我能單獨和妳說幾句話嗎？」

巫蔓一臉有姦情，見游知春置若罔聞，忍不住推了她的胳膊。

游知春嚇了一跳才回神，「喔，好。」

「那我先走了，我朋友等等就過來接妳，妳可別爽約。」

巫蔓走後，游知春盯著圍欄，「有什麼事嗎？」

「李吾那天和妳說了什麼？」

那天何又黔見游知春一直沒回來，便出門找她，卻看見李吾送她到樓下。兩人一起搭電梯上樓時，她看起來有些恍神，讓何又黔一時不知該從何問起，這件事便一直懸在他心上。

游知春抬眼，目光總算放在他身上，但回答的時候還是習慣性看往別處，「沒說什麼。」

何又黔看似有不少話想說，見她話少，最後僅化為一句：「無論他說什麼，妳都別往心裡去。」

「他只是看我被一群人纏上，出面替我解圍而已。」

何又黔蹙眉，「妳一個女孩子，半夜單獨出去很危險的。」

她也不知道哪來的勇氣，「如果，我是說如果……下次找你一起，你願意去嗎？」游知春從沒這麼厚臉皮過。

何又黔揚眸，定定地看著她。「好。」

游知春藏不住嘴角的弧度，索性也不糾結了，直接彎起眉眼。

何又黔第一次見她朝自己笑。

游知春這才想起自己趕時間，匆匆跑去搭電梯。何又黔在電梯門準備闔上時，忍不住開口：「妳別和李吾走太近。」

不對，太過干涉她的自由。

果不其然，游知春微微揚起眉。「好，我答應你。」

何又黔一愣，只見游知春仰起腦袋看他，看起來是這麼乖巧，讓他好想摸摸她的頭。

他真的伸了手，一切都順水推舟，游知春的頭髮看起來軟細，好似纏繞在指尖都可能化開。

「又黔。」

聞聲，何又黔縮回手轉身。

葉琦唯睡眼惺忪站在門邊，身上套著明顯是男款的睡衣。「起床沒看到你，打你手機也沒接，我有點擔心。」

「我去樓下買早餐了，沒帶手機。」

葉琦唯眼睛亮了亮，一蹦一跳走來，「是我愛吃的嗎？」

「嗯。」

她朝他笑了笑，「你真好。」

葉琦唯餘光瞄到還有外人，看向游知春時，驚奇地喊了一聲：「喔，妳不是之前在研究室的學生嗎？好巧啊！」

游知春默默退了一步，朝她頷首，「我先走了。」未等何又黔回應，她焦急地壓下關門鍵。

見電梯門關上，葉琦唯接過他的早餐袋，「快進去吧，外面好冷啊——」

進屋後，何又黔走往陽臺，約莫一分鐘後，游知春的身影穿過一樓庭院，她貌似很急，出了大門還險些跌倒。

瞥見大樓外停了一輛眼熟的銀灰色轎車，何又黔忍不住擰眉走向大門。

「又黔，你要去哪?」

他這才想起葉琦唯還在，停住腳步。「喔，沒事。」

此時，游知春一度是想跳車的，但一是不禮貌，再來是她很怕痛。

李吾簡單解釋：「本來說要來接妳的公關腸胃炎，我就代替他過來了。」

「喔、嗯。」游知春慢半拍地問：「那我不去了，可以嗎?」

李吾彷彿聽到什麼笑話，「小姐，妳都上車了。」

「喔……」

當時游知春腦袋還想著，何又黔臨走前對她說那句話是什麼意思?李吾降下車窗，游知春就一個口令一個動作地上了車，甚至坐上副駕，怪尷尬的位子。

游知春雙手放在腿上，坐姿端正，將自己的活動空間侷限在副駕，多餘的碰觸都不敢有。

總覺得接下來這一天會過得很漫長啊。

李吾忽然提起：「上次我那些朋友們不是有意的。」

「嗯，我知道。」

李吾改口：「不過也不否認他們確實也是故意的。」

「我知道。」

「妳除了這句，不會講別的了？」

「我該講什麼？」

李吾失笑，側過頭來看她，「大概是看妳漂亮吧。」

游知春似乎有些受寵若驚，黝黑的雙眼睜大，粉潤的唇微張。

他笑了一聲，重新將視線轉回前方，踩下油門，「看來很少人稱讚過妳。」

游知春不否認，她高中是一類，大學又讀文院，身旁什麼國色天香的女孩沒有，哪裡輪得到她。

「自信點，妳很漂亮。」

游知春臉一熱，回神才發現他們上了高速公路，她警覺地問：「不是說在市區的桌遊店嗎？」

「先把妳抓去賣掉啊，才有資本下注。」

游知春看了他一眼，像看個蠢蛋似的。

李吾笑了出來，「上回檢舉我朋友酒駕拿到了多少錢？」

「我不是為了錢，但也不否認確實讓我這個月能夠加菜。」

「那我提供妳他們常出現的地點，我們分紅。」李吾笑得沒心沒肺。

游知春被他逗笑了，緊繃的心情登時放鬆不少。

他們駛離市區，李吾問：「妳多久沒回學校了？」

「畢業後就沒回去了。」

「真沒心。」

游知春不服氣，「那你呢？」

「學校是我另一個家啊。」他補充，「我爸是董事。」

游知春無語。

別人口中的另一個家是因為情感，李吾則是因為人脈，有錢人家的世界啊。

「今天回去學校看看吧。」他這話絲毫不帶商量語氣。

「聯誼沒關係嗎？」

「妳看起來也沒興趣。」

「那是我的事啊。」

「我對妳有興趣，所以也算我的事啊。」

游知春小說看得多，還是有幾年筆齡的人，文章內令人捶枕踢被的臺詞，搬到現實就是——油腔滑調，還有點好笑。

「好啊，不把我賣掉都行。」她順著他先前的玩笑話。短時間內，她也不想回公寓了。

李吾談過幾次戀愛，不敢自稱情場老手，但也不是生澀的小毛頭。眼前的女孩面對人群分明膽怯怕生，然而對他有意無意的撩撥，她卻不動如山。

他踩下油門，覺得她實在太有趣了。

游知春上大學後第一次回來柳高，踏進校門，記憶蜂擁而至。純白無瑕的三年，被無聲壓下的悸動。

假日的學校格外安靜，游知春數不清自己在校門口等過何又黔幾次，偶爾落空，她便悄悄期待下次巧遇。

有時她分不清自己是喜歡他，還是喜歡追逐他的感覺。

如果有一天何又黔回頭，指不定她還會落荒而逃呢。

「在想什麼？」李吾見她進校後便隻字不吭，打趣道：「觸景傷情啊？」

游知春是丹鳳眼，眼角上翹狹長，面無表情時，看起來並不好相處，多數人初見時都認為她難以親近。

李吾倒是不卻步。

她勾起唇，眉眼柔和，看了李吾一眼沒說話。

李吾忽而伸手撥開她落下的髮鬢，「妳笑起來果然很好看。」

游知春臉一熱，後退避開他的手，「我們進去吧。」

兩人隨性繞了校園一圈，假日的操場只有零星的運動身影，紅白相間的畫面，游知春彷彿看見那年運動會手拿接力棒的少年，他身上的背心隨著衝刺的腳步奮力飄揚，似乎也在為他狂歡。

而後她聽見此起彼落的尖叫聲，接著人群將他拋至空中，他潔白的制服融進藍天，張揚了盛夏，游知春在旁默默為他鼓掌。

一旁的李吾忽然出聲：「妳以前在學校見過我嗎？」

游知春猶豫了一會，誠實地點頭。

李吾問：「那時覺得我是怎麼樣的人？」

她轉著眼，「沒太注意。」

李吾錯愕，「不是吧，我們真的同屆嗎？我們這群人當時在學校也算出風頭。」他又問：「何又黔呢？常常在升旗臺前拉琴，還拿了不少書法獎，現在也讀我們大學。」

游知春摳著指甲邊緣，默不作聲。

同時，李吾意識到一件事。「等等，我剛去接妳的那間公寓，他最近也搬進去了。」

游知春頓了一下，不自然地撇過頭，「不清楚。」

李吾見她神色僵硬，似乎挖掘到了一件有趣的事，他快步追上她，「那妳知道我曾經追過妳嗎？」

游知春反射性地停下腳步。

目的達成，李吾面上一喜，總算勾起她的興趣了。「何又黔幫我追過妳，有一陣子妳收到的東西都是他的主意。他一個沒談過戀愛的人，想得倒是周到。」

游知春一愣，指尖驟涼。

她有印象了。升上高三那年，她申請了留校自習，每晚她去校外拿完晚餐回到教室時，桌上總多了小點心。

上頭未署名，游知春也不敢碰，巫蔓秉持著浪費食物會遭天譴，全權接收了。她甚至說：「要是男方回來討，就顯現他小肚雞腸。小氣的男人最要不得了，現在不為妳花錢，結了婚也別想管他的銀行帳戶。」

游知春只覺得她想多了，但有人喜歡，總歸還是開心的。

「原來是你。」

李吾沾沾自喜，「嗯，是我。」

游知春不冷不熱的模樣，讓李吾有些摸不著頭緒。「那時我們為了妳喜歡吃什麼想破了頭，何又黔開口閉口都是誠心誠意，我天天在查好吃的店，比廚房阿姨還勤勞。」

她默默追隨何又黔的這幾年，相當清楚他的為人，也知道他待人真誠，若是交心之人，必定親力親為。何又黔十分重視李吾這個朋友。

游知春不想繼續這話題了，隨口說道：「你看起來不需要參加聯誼。」李吾從高中時就花名在外，身旁的異性朋友只增不減，經常看見他逗著女孩子。

李吾大方承認，「和前女友分了。」

「分了？為什麼？」

「都分了，很重要嗎？」

「分很久了嗎？」

李吾歪嘴笑，「妳好像很關心我的事？」

她轉開眼，「我就是好奇。」

「我餓了，先去吃點東西吧。」李吾似乎不太聽人意見，也不等游知春回答，逕自決定，大概有錢人就是任性吧。

他們來到附近的一家麵店，這家店是所有柳高人的回憶，料多大碗還便宜。老牆貼著歷屆的表演海報，以及學生亂七八糟的留念簽名。李吾指著一塊最顯眼的地方，「我的名字在那。」

游知春一眼就看到了。李吾的字跡潦草率性，張揚無比，顯得一旁工整的字體格格不入，游知春能想像他認真簽下何又黔三個字的模樣。

她抿脣，目光再往右移，「又」字下方窩著一團小小的字，不近看，就是一團作亂的線條。

「妳呢？有簽名嗎？」

「有。」

「在哪？」

「你找找啊。」

「這麼多，怎麼可能找得到？」

游知春篤定回應：「可能。」

熱騰騰的拉麵送上來了，李吾不是愛糾結的人，目光很快就被食物吸走。

游知春先喝了一口熱湯暖胃，「說吧，為了什麼而分手？」

李吾見她一副前輩姿態，反問一句：「妳談過幾次戀愛？」

游知春攪著湯，模稜兩可地說：「還是能討論幾句的。」沒實戰，也揣摩過幾回。

「看不出來還是江湖老手。」

她被他盯得很彆扭，「有那麼奇怪嗎？」

「妳看起來——」李吾偏頭打量她，「純得要命。」

游知春臉一紅，欲想反駁，又覺得他說得也沒錯。她寫網文，寫的都是少女的春心萌動，男女主角的互動戲是她的心之所向。

太過夢幻難免不夠真實，年輕是硬傷，何況還是一個人自導自演。

第一本書出版轉眼也一年了，迴響不錯，陸妍想維持熱度，因此加緊腳步催產第二本。

游知春第一本書完全是心血來潮，如今要正經八百地寫下一本，她還真的沒有靈感。她私下寫了幾回，劇情始終寫不出新意。往往好不容易寫到男女主角的感情水到渠成，結果對手戲沒幾回，她便想完結了。

內容與第一本的套路大同小異，陸妍審稿時，也說結尾太倉促，情感乾癟。

「說來我聽，我拿來當前車之鑑。」

聽完，李吾笑罵了聲，卻仍是開口說道：「她是何又黔的青梅竹馬，高中不同校但見過幾次，考上同一間大學後，某天她突然和我告白，就這樣在一起了。」

「這麼說也交往了快三年，怎麼突然分了？」

李吾明顯不想談這件事，避重就輕地帶過，「就是情侶間的一些爭吵，既然互不順眼，也達不成共識，兩人在一起就沒有意義了。」

游知春這個戀愛經驗零的人，以為兩人交往是一件只有擁抱，沒有散場的事。

「你該不會劈腿吧？」

李吾沒好氣地推她的腦袋，「誰也沒對不起誰，就是淡了、膩了，不想浪費彼此的時間。」

游知春見他明顯心口不一，「以後真不會後悔？」

李吾偏頭看她一眼，忽然笑問：「不想後悔又能怎麼樣呢？」

不能怎麼樣。喜歡就是這麼回事，對方不喜歡你，這份情感就什麼也不是。

李吾嗤笑一聲，「居然會跟一個剛認識的人說這種事……」他伸了懶腰，「分了就分了，我不吃回頭草，人總要向前看。」

人總要向前看的啊。

臨走前，游知春再度瞥了一眼牆壁，儘管人事已非，刻下的筆畫，將永遠存於時間，包含那份小心翼翼的暗戀。

那天，巫蔓要找一位學長的簽名。

游知春假意不耐煩，實則也轉著眼找那人的名字。「一定要簽在他旁邊嗎？」

「一定！」

游知春從未見過巫蔓這麼死心眼。

「我偏要簽在他旁邊，得不到人，至少他名字旁的位子要是我的。」

游知春說她幼稚，下一秒看見熟悉的三個字黏在牆上，一筆一畫，乾淨俐落。

心跳加快。

她趁著巫蔓不注意時，抽了桌上的原子筆。

簽在哪呢？她不想被他發現，卻又想讓其他人看見。

「終於找到了！」巫蔓大叫，毫不猶豫地用簽字筆簽下自己的大名。「妳好了沒？我要在人多以前快點走，不然被發現了搞不好上校版，好丟人。」

巫蔓湊上前，「妳簽在哪啊？」

游知春倉皇地起身，「下面。」

巫蔓以為她說的是牆角，咕噥一句：「幹麼簽在那麼隱密的地方啊？」

游知春沒回話，勾著巫蔓的肩趕緊走了，臉頰餘留熱氣。

同時，一群人浩浩蕩蕩地進來吃拉麵，恣意的李大少爺進門就找他的簽名，確認完好如初後，吵吵鬧鬧地入座。

他身後的何又黔下意識地看了一眼牆，他擅於觀察，馬上發現自己的名字下方多了一個新的簽名。字跡娟秀小巧，正好在他的名字下方。

他還沒來得及看清，李吾便喊他：「又黔，輪到你點餐了。」

何又黔回神，「好。」

點完餐，何又黔再度將視線放回牆上，葉琦唯的簽名落在李吾上方，甚至刻意穿插在字構鬆散的間隙，女孩子的小心思一目了然，是他找來了椅子讓她踩上去寫的。

他勾了勾脣，沒再回頭看自己的名字。

游知春看著少年的身影，眼底星芒點點，一旁的友人搭上他的肩背說笑，他仰著下巴，意氣風發。

第二章　少年

李吾這個人浪蕩不羈，對朋友倒是出手闊綽，性子也是直來直往，相當健談，游知春覺得當朋友是不錯的選項。

鄰近凌晨，李吾硬是拉著她去吃了一頓宵夜，他喝了酒，還貪杯，游知春阻止不了，好不容易將人拖出來，他也醉了。

游知春不可能讓他開車，艱難地扛著他去搭計程車。

「你明天再過來取車。」上了車，本來以為李吾安分了，卻見他忽而眼神迷茫地看著她。

「我早該知道的……我明明就知道的。」

「什麼？」

「妳說喜歡我，都是騙我的吧……」他迷迷糊糊地笑了，「你們從小一起長大，他那麼了解妳，什麼都依妳，什麼都慣著妳，他比我好太多了。我算什麼？自始至終都是個備胎。」

游知春蹙眉。

「我不過就是妳用來測試自己夠不夠喜歡他的吧？」李吾疲倦地閉上眼，腦門疼得厲害，忽然沒頭沒尾地說：「……我以後不喝酒了，唯唯妳別生氣了。」

游知春似乎猜到他口中的青梅竹馬是誰了。

「李吾？」

聞聲，他重新睜開眼。

游知春在他面前揮了揮手，「你家在哪？我們要回去了。」

「啊？什麼？我不要喝了。」

李吾早就神智不清了，不管不顧地睡了過去。游知春無可奈何，只能把他帶回公寓。

游知春做了第十次深呼吸，第七次舉起按門鈴的手。半夜這個時間實在尷尬，但也不能將李吾晾在警衛室。

說也巧，門開了。

何又黔緊抿著脣，他先是看了一眼手錶，黑沉的目光才落到她身上，「怎麼了？」

游知春的大腦又停機了，睜著眼發愣，一時半刻說不出話來。

何又黔見她神色凝重，眉宇逐漸擰緊，「發生什麼事了？」

「呃我有事……」

何又黔忽而伸手拉過她的手腕，這才發現她的骨架如此小，與他想像的不同，他不自覺地放緩力道，意識到她根本掙扎不過一個血氣方剛的年輕人。

「妳和李吾怎麼了？」

「你怎麼知道我和李吾出去？」

何又黔誠實道：「我看見他來接妳。」

見他面色嚴肅，游知春會意過來，「不、不是！你別誤會，我們沒做什麼。」她連忙解釋，「我是想請你幫忙一件事。」

屋內傳來葉琦唯的聲音，「這麼晚了，有人來了嗎？」

游知春眸色瞬間暗了幾分，他們果然住在一起了。

眼前的女孩眸眼靈動，眼睫長翹，笑起來分明會很好看，卻堅決不看他。她今天化了明顯的妝容，眼線勾出一絲柔媚，何又黔盯著她沒轉開眼，揚聲道：「沒有，是我在講電話。」

游知春一頓，緩緩地抬起眼。何又黔關上門，示意她可以開口了。

游知春揑著指腹，像個做錯事的孩子。「你朋友李吾喝醉了，現在在樓下。」

「喝醉？你們去了哪裡？」

見她說話吞吐，明顯想隱瞞什麼，何又黔不自覺抿了抿脣，「不想說就不用勉強。」

還在想說詞的游知春立刻抬頭，看著何又黔擰緊的眉，忽然腦子一熱脫口而出：「你替李吾追過我，對嗎？」

何又黔愣怔，無從辯解。「是。」

本來就是預料中的答案，游知春以為自己就算聽到他承認也不會受影響。

「其實不用這樣，也許他人來到我面前，我就會答應了。」游知春也不明白自己說這些話的用意，也許賭氣，也許不甘心。可笑的是，她拿什麼身分和何又黔置氣？

這些事明明都與他無關，不論是他朋友喜歡她，抑或是她暗戀他。

游知春拋開心事，簡明扼要地說：「我們一起吃了宵夜，他喝酒了。我不知道他家在哪，所以想拜託你送他回去。」

她說得乾淨俐落，聽在何又黔耳裡像是她經常性與其他男孩晚歸。

何又黔問：「妳喝酒了嗎？」

游知春疑惑，在他的注視下緩緩搖頭。「沒有。」

何又黔緊繃的表情鬆了些。

「對不起，因為我不認識他其他朋友，只知道你，所以只能請你幫忙。」

他卻說：「他那些朋友也沒什麼好認識。」

游知春點頭，求人在先，那就得低聲下氣，「可以麻煩你送他回去嗎？」

「不是妳為了他來麻煩我，是他本來就是我朋友。」

游知春不懂這有什麼差別，疑惑時，聽見他說：「我會送他回去。」

聽到重點，游知春揚起笑，「那太好了，謝謝你。」

何又黔盯著她的笑容，「妳經常這麼晚回家？」

「嗯？」

「也喜歡在半夜出去？」

「沒有啊，就是偶爾吧。」她的靈感多是在夜深人靜時造訪，有時寫得太盡興，肚子就餓，想吃熱食時就會跑到對面超商去買，一直都很方便。至於什麼時間點，她也沒太在意。

何又黔看她身形嬌小，危機意識還低，不知道是傻還是固執。他自知沒什麼資格糾正，但仍然出言提醒：「妳一個女孩子還是多注意一點。」

游知春應聲，收下來自鄰居的關心。她並不喜歡何又黔三番兩次的叮嚀，常常一個閃神就覺得自己是特別的，殊不知這不過是他的待人之道。

「妳先回去吧，我會送他回家。」

基於禮貌，游知春說：「我一起吧。」

「不用。」何又黔果斷拒絕。

「喔。」

進門前，何又黔忽然問她：「聯誼怎麼樣？」

游知春在腦裡搜尋適合的詞彙，最後也只擠出一句：「沒什麼特別的。」

微弱的光影落在何又黔逐漸舒展的眉宇。

「你快送李吾回去吧，我把他扔在警衛室太久了。最近天氣變冷，萬一感冒就不好了。」

游知春一進門就趴在地上，思緒紛亂，腦中奔竄的是李吾喝完手中最後一罐啤酒的話。

「何又黔至今都還是單身，妳知道為什麼嗎？」他仰頭笑了一聲，「他有暗戀的人啊。」

ㄣ

商院和文院隔著一條林蔭大道，不少文院的學生都會選擇雙主修。游知春在大二時申請了商院的課程，部分原因是為了增進自己，至於另一部分，仍是為了更靠近那個他。

李吾翹著腳，「想不到妳還是高材生。」

游知春反唇相譏：「你也不遑多讓，還來第二次，看來滿喜歡這門課的。」

李吾操了一聲，隨後笑了起來。

點完名後，李吾睡了兩節課，教授似乎也習以為常，連喊他都懶。

鐘響後，李吾活力充沛地跳起來，「下課了！一起吃飯吧。」

游知春還沒來得及說話，就被他拖著走，「我還沒答應。」

「我也沒問妳意見。」

游知春覺得他可真惡霸，「你應該偶爾聽聽別人說的話。」

李吾揚眉，停下腳步，湊近看她，「哦？那妳想說什麼？」

游知春鮮少與異性相處，突然和李吾這麼近的面對面，她臉皮薄，一張臉以肉眼可見的速度紅了。

李吾像是發現了什麼新鮮事，「游知春妳臉紅了！」

周遭的同學因他的嗓門而投來目光，「我、我才沒有！」她捂著臉，覺得丟臉死了，加快腳步離去。

李吾刻意說道：「游知春，妳就是喜歡我吧？人太帥也是種困擾啊。」

游知春已經不想吐槽他爆棚的自信心了。

倏地，一道人影自轉角處走了出來。

看清來人，游知春幾乎當場石化，轉身想跑時，兩人已經對上視線。

何又黔緊盯她頰上未退的紅暈，李吾在後頭嚷著游知春的名字，追出來時看見何又黔，瞬間收起笑鬧的表情。

「喔！怎麼來了？」李吾上前，語調還是慣有的輕佻，游知春卻嗅到一股不尋常的火藥味。「前幾天謝了，還特地送我回家。」

何又黔的臉色倒是沒有太多起伏，「以後少喝點酒。」

李吾聳肩，「自己一個人當然要過得自由一點。」

何又黔沒說話了，視線自游知春低垂的腦袋掃過，本來想逕自走過，見她閃躲，他忽然就起了惡趣味。「你們在這做什麼？」

李吾說：「忘了跟你介紹，我聯誼認識的新朋友游知春，說來也真有緣，高中沒機會認識，現在卻修了同堂課。」

何又黔沉默地理著袖扣。

「對了，你們好像住同一個社區啊。」

「好像？」何又黔抓到重點。

游知春暗叫不妙。見李吾還想說什麼，游知春急忙打斷，「呃李吾你不是餓了嗎？走啊，去吃飯吧。」

提起吃喝玩樂，李吾很快就被轉移注意力了。

何又黔站在原地看著兩人並肩離去的背影。

下午，游知春去了一趟系辦。

何常軍正窩在研究室摸索Instagram，見她來了便呼喊道：「春啊，我想發這篇貼文，妳幫我看看這樣好嗎？」

游知春湊上前，何常軍拍了一張蛋糕，一盆他種的蘭花，最後一張是他和葉琦唯的自拍照，似乎是剛才拍的，背景還是研究室。

「這個人……教授熟悉嗎？」

何常軍笑得寵溺，「這女孩我從小看到大，她下週生日，時間真快，轉眼就二十歲了。剛剛帶著蛋糕過來要我幫她唱生日歌，這種事也只有她想得出來。」

重要節日，那勢必要慶祝了。游知春靈機一動，「教授，你知道她喜歡什麼嗎？」

何常軍想了一會，「唯唯向來乖巧，從不挑剔，送禮這種事也是看對方的心意，貴重與否，她應該是不在意的。」

那就更難送了。

「好的，謝謝教授。」

「怎麼啦？妳認識她啊？」

「算是吧。」游知春笑了笑，換個方式問：「教授，你覺得男孩子會送什麼給喜歡的女孩子？」

何常軍沉吟，「這年紀的男孩多半都心浮氣躁，要拿出像樣的禮物，除非真的對對方上心，否則大概都想拿錢讓女生自己去買吧。」

游知春笑道：「確實如此。」依照何又黔的個性，肯定會認真看待這件事。

不知道何又黔會送她什麼？如果是具有象徵性的東西……游知春不願想了。

何常軍忽然問：「春啊，妳是不是還沒有男朋友？」

「啊？」

說起這事，何常軍便開始嘮叨：「你們這輩的年輕人也不知道是怎麼回事？都不願找個伴。我家兒子也是，都幾歲了還是一個人。我要盼一個女兒和我聊天，不知道要等多久？」

游知春笑了一聲，忍不住勾上老教授的肩，賊兮兮道：「教授啊，這種事也不是只能靠兒子，自己身體力行也是可以的。」

何常軍氣笑，推了游知春的腦袋，「妳一個小女生，還真的什麼都敢說。」

「都什麼時代了，男女平等。」

「妳也好去找對象了，別整天跟我窩在研究室。」

「教授你也知道的，我們就是一個陰盛陽衰的科系啊。」

何常軍沒好氣地看她，說她最貧嘴。

游知春臨走前，何常軍叫住她。「下個月的研討會妳跟我一起去吧，我讓我兒子載我們一程。」

「遵命，教授！」

這幾天游知春也不知道自己在想什麼，總翻著葉琦唯的Instagram試圖從裡到外觀察她的喜好，知道她愛看球賽，喜愛露營，相貌文靜，個性卻非常大方。

男生……似乎都喜歡這種類型的女生。

游知春盯著空白的文字檔，總覺得自己哪都不如人，連帶覺得筆下的女主角都不討喜了。

她愈想愈煩躁，一悶就嘴饞，在家翻不到零食，毅然決定外出買宵夜。

豈料一出門，便與隔壁鄰居對到眼。

她真不知道自己走的是什麼運，高中時想見何又黔分明是一遇難求，她都還要特意繞道去看他。

站在何又黔身旁的嬌小身影見著她，立刻熱情揮手，「嗨。」

游知春回神，尷尬一笑，「嗨。」

何又黔問：「這麼晚了，妳要出去？」

游知春都不好意思說，對夜貓子而言，今天才剛開始呢。「喔對啊，想去買點東西。」

「要去超市嗎？我們也是，一起吧！」葉琦唯從何又黔口中得知這位鄰居不太喜歡他後，對於能抵擋自家竹馬魅力的女孩有些好奇，逮到機會便興奮地插話。「我們要去買布置場地的材料，還有食材。對了！這假日要在又黔家舉辦我的生日派對，知春也一起過來玩吧。」

游知春完全抵擋不過對方的熱情，拒絕的話才到嘴邊又吞了回去。「好。」

何又黔本以為她會拒絕，游知春似乎不大愛這種聚會，這幾年柳高舉辦的母校活動她似乎一次也沒回去過，畢業後他從未在學校見過她。

聽見她應允，他抿了抿脣。「快走吧，再晚一點就要打烊了。」

葉琦唯活潑，一路上話匣子都沒停過，甚至自然地挽著游知春的手，一口氣問了不少問題。「我聽說妳是中文系，我從國中開始國文就不好，文言文一竅不通。」

「我對數字不拿手。」

「我也是，我好像什麼都學不好。」

「不會的，妳很會攝影啊。」

「妳看過我的作品？」

游知春驚覺說漏嘴，她這陣子翻了不少次葉琦唯的社群貼文。寒暑假去了打工換宿，考了潛水證照，騎車環島，一系列身穿支持球隊的球衣，她也喜歡曬廚藝……多采多姿的日常，對比她偶爾心血來潮的書法貼文，大概就何常軍一人津津樂道。

「我記得妳有參加校內比賽，還是第一名，很厲害啊！」

葉琦唯被她誇得不好意思。「我也就愛玩這些，在其他傳媒學生眼中就是小巫見大巫。」

「我喜歡《初戀》那張。」

男孩修長的身形逆著陽光，失焦的五官，唯獨伸向鏡頭的手特別清晰，更準確來說，他想牽鏡頭後的女孩。

此話一出，空氣凝結幾分。游知春還摸不著頭緒，便聽見葉琦唯說：「那是我前男友。」

游知春一頓，發覺自己失言。

葉琦唯似乎感受到她的尷尬，立刻說道：「我也喜歡那一張。」

游知春還想說什麼時，葉琦唯已經找來推車，快速轉移話題。「知春，有沒有喜歡吃的菜色啊？」

「不不，妳是壽星，妳決定。」游知春現在只想退場。

「最近天氣轉涼，吃火鍋好像不錯。又黔呢？有沒有什麼好主意？」

「妳喜歡就好。」

「你們一個鼻孔出氣啊，都讓我自己選。」

游知春反應極大地停住腳步，身後的何又黔閃避不及，手臂微微碰上她的肩膀，她又快速拉開距離，「我、我先去買我要的東西。」她說完就跑，險些撞倒一旁的零食櫃。

葉琦唯被這動靜嚇得眨了眨眼，「知春……好像真的和你很不熟。」

何又黔捏了捏指腹沒說話。

游知春推著推車，順手拿了幾碗泡麵，想到上回何又黔的話，又默默將泡麵放回去。她去零食區拿了洋芋片，想起何又黔大概也不喜歡加工食品，她嘆口氣，不想受他影響，內心卻計較著他對她的評價。

準備將手中的東西放回去時，有人朝她的推車丟了她剛剛想買的泡麵，以及現下她手中的洋芋片。

「沒見過買個東西這麼猶豫不決的人，搞得像在挑老公一樣。吃吧，連吃什麼都要斤斤計較，妳還有什麼選擇權？」

游知春看著不知打哪冒出來的李吾，「你怎麼在這啊？」

「超市妳家開的啊？」李吾邊說邊往她的推車丟微波食品。

「你不住這附近吧？」

李吾置若罔聞，大半推車已經堆滿他想買的東西。

游知春逛了一下，就這麼半推半就地被帶去結帳，李吾順口問：「妳假日打算做什麼？」

她還未開口，葉琦唯和何又黔也推著推車走進結帳區。

四人面對面，游知春一瞬間無所適從。

李吾倒是坦然，淡定地將推車內的食物放上輸送帶，見狀，游知春也只能上前幫忙。

她忍不住說：「你啤酒會不會買太多了？」

「兩人一起喝不會多。」

礙於已經準備付款，游知春也不想說太多。結完帳後，游知春是想開溜的，成為焦點的李吾倒是渾然不覺，見何又黔結完帳，還有心情和他閒聊。

「買了什麼？」

游知春是真的擔心兩人會打起來，雖說為愛爭風吃醋，大打出手，若是放進小說是數一數二的浪漫情節，但一切僅限於女主角的心境。

她不過是一個女二。

「酸軟糖。」

李吾嗤笑一聲，「你什麼時候喜歡這種東西了？」他話中有話，「這陣子變得可真不少。」

「以前就喜歡了，只是沒人知道而已。」

聽聞，游知春捏了捏手上唯一買的酸軟糖，她把泡麵和洋芋片都放回去了。

李吾還想說什麼時，身後的葉琦唯站了出來。她笑得大方得體，「這假日是我生日，你要是沒事就過來一起吃飯吧。」

她說完就拉著何又黔走了。

游知春小心翼翼地問他：「你會去嗎？」

「去啊，有人招待還不去？我又不是笨蛋。」

游知春只覺得所有一切都在失控，「我們都是笨蛋。」

ㄅ

生日派對這天，游知春還是想不透為何她會是派對的其中一員。

葉琦唯還指定了dress code。

游知春在鏡前擺弄著制服裙襬，她好幾年沒穿了，所幸制服還穿得下，她心血來潮紮了馬尾，記憶如潮，一切卻恍如隔世。

升旗臺上，烈日描繪少年單薄的身影，他的脖頸微微出汗，熱風吹過他青澀的眉眼、嘴角，留下青春最後一道殘影，鏗鏘有力的畢業致詞劇烈撞擊著最後的放學。

游知春太清楚他的每個小動作，而後自己筆下的每個男主角都有他的影子，從未從她的青春翻篇。

她推開門時，李吾也剛到。入秋的天，他依舊身著短袖，胸前的制服扣要扣不扣的，裡頭穿著便衣，放蕩不羈，他以往就是教官室的常客。

下一秒游知春就見他一手叉腰，一手拉著領口，果然還是會緊張的吧。

「你和葉琦唯真的有必要走到分手這一步嗎?」

李吾一愣，臉色不好。「看不出來妳還這麼八卦。」

「上次你喝醉什麼都招了，我讓你別講，你還拉著我硬是把情史都朗讀一遍。」

李吾低罵了一句：「妳可別四處亂說。」

游知春朝他吐舌，「還怕別人知道啊?既然還喜歡，怎麼不考慮把人追回來?」

「我什麼時候說還喜歡了?我也不是非要她不可，多少女生喜歡我，現在我單身，愛怎麼玩就怎麼玩，一個人過得很好。」

游知春嘀咕：「嘴硬。」

李吾惱羞，「游知春妳!」

她閃身要去按門鈴時，屋內的人同時拉開門，游知春嚇了一跳，腳步晃了兩下，何又黔眼明手快地扶住她的肩。

游知春驚愕地抬起眼，眼前身著制服的他依然如記憶一般，白淨的臉頰，雙眼柔淡。

「沒事吧?」

潔白的制服一塵不染，何又黔向來愛護自己的所有物。

游知春第一次近距離看到他胸前繡的名字，再來是他稍嫌凌亂的呼吸聲。她為了好看穿了百褶裙，何又黔的掌心很燙，驅走她身上的寒意。

高中三年，她知道一班有一位才華洋溢的少年，待人謙和，笑起來如同初春暖陽，不過分耀眼，卻讓人難以忘懷。

僅此而已。游知春從來不是勇往直前的女主角。

何又黔注意到她手臂上的疙瘩，微微擰了下眉。「快進來吧，我準備了熱茶。」

李吾跟上，嘴裡嚷著有沒有啤酒。

「自己去冰箱拿。」

他應聲，全然當成自己家，剛灌下第一口，正在擺盤的葉琦唯立刻說：「你又空腹喝酒了。」

李吾幾乎是反射性地將啤酒往身後藏，他剛想否認時，葉琦唯已經意識到自己多嘴了，兩人相看無話，低下頭各忙各的。

葉琦唯和李吾交往後，彼此形影不離，朋友圈幾乎重疊。兩人都是硬脾氣，分手前夕也是吵得轟轟烈烈，身旁的朋友無一不知情，因此見到李吾來了，場面氣氛一度陷入詭異。

游知春誰也不熟，就專注地盯著桌上的菜，暗歎葉琦唯的手藝真好，碰巧都是她喜愛的菜色，自己果然除了吃什麼都不會，她不自覺嘆口氣。

何又黔看她一個人撐頰嘆氣，忍不住抿脣一笑，彎身與她平視，「餓了吧？」

他瞥見她敞開的領口，鎖骨若隱若現。她太白了，白得透亮，高中時經常能在一群白衣黑裙的學生中發現她。

她常發呆，有自己的世界，何又黔不確定她在想什麼，但總是很開心的樣子。不同於他們總是一群人浩浩蕩蕩，她總和同一個女生同進同出。

「不餓。」

咕嚕。游知春懊惱，何又黔不給面子地笑了。

她盯著何又黔的笑顏，時光似乎倒退了，停留在少年飛揚的制服衣角，純白無瑕的笑容，在每個擦身而過的瞬間，他這次終於停下腳步了。

李吾不喜氣氛沉悶，若無其事地喊了聲開動，其他人才開始動作。幾杯酒下肚，氣氛也活絡了。

游知春全程安靜地吃東西，視線黏在電視上。

何又黔看她一口接著一口，覺得她吃東西的樣子很乖，順手拿熱茶添滿她的杯子，游知春順勢喝了一大口，何又黔來不及阻止，她已經被燙得倒抽一口氣，舌尖熱紅，雙眼泛淚。

何又黔緊張問道：「沒事吧？抱歉，茶太燙了，我沒來得及告訴妳。」

游知春疼得說不出話來，睜著通紅的眼看了何又黔一眼，委屈之餘還有點指責之意。

何又黔覺得這畫面很熟悉，一瞬間不敢輕舉妄動，看著她彎身跑進廁所的背影，準備跟上，又覺得不妥，只能站在原地看著她遠去。

游知春從廁所出來時，李吾站在陽臺抽菸，她第一次見他抽，緩步靠近。「是不是在想，早知道就不來了？」

李吾吐出一口菸，沒說話。

游知春此時就是這麼想的。即便盡量將自己的目光放在搞笑卡通上，她還是無法忽視葉琦唯好幾次幾乎倚靠在何又黔身上，偶有的關心，親密得自然。游知春不知道自己為什麼要送上門來找虐？

李吾壓熄菸頭，拍了一下游知春的腦袋後，雙手插進口袋走回客廳。游知春按著額頭，氣呼呼地跟在他後面，「你別動不動就動手……」

李吾笑了一聲，還想著拍第二下時，視線正巧與沙發上的何又黔對上。

他身側是已經醉了的葉琦唯，她今天喝得比平常還要多。她和李吾在一起的那段時間，有人邀酒，李吾就擋，從不讓她在外頭喝太多，而後她也愈來愈不禁喝。

「今天謝謝招待，很晚了，我先走。」李吾將一張信封袋放在桌上，「這是籃球VIP票，她的生日禮物，幫我和她說聲生日快樂。」

何又黔問：「怎麼不當面和她說？」

李吾卻反問：「你願意？」

他還未答話，看見游知春拿起自己的隨身包，何又黔想起身，無奈肩上枕著一個人。

他只能啓脣：「要走了？」

「嗯。」

她再次恢復成疏離的模樣，剛才對他的小脾氣彷彿只是錯覺，就像他夜裡的每場夢，真實卻飄渺。游知春經過他時，身上飄來一絲菸草味，是李吾身上的味道。

ϟ

何家是書香世家，三代同堂，家教嚴謹。

從小到大，何又黔待人處事皆小心翼翼，為人著想，幾乎不與人起爭執，但凡有了分歧，他必定先反省自己。

李吾總說：「你們何家的聖人模式是家族遺傳的嗎？還是你真的欠全世界一個道歉？」

何又黔自知無法討好所有人，但也不至於得罪人。

他看了一眼對面的門，期中考過後，就沒再見到游知春了。

回到家時，葉琦唯正盯著球賽目不轉睛。「今天怎麼這麼晚？」

「路上碰上我爸。」

「叔叔說了什麼？」

「差不多的話。」他在玄關處脫了鞋，進門時，發現桌面留有泡麵空杯。他皺眉，「妳晚餐怎麼又吃這些？」

「嗯，今天是總決賽啊！你忘了嗎？」她的視線跟著球員手上的籃球移動，發現無人接話，轉過腦袋才發現自己想錯人了。「……啊，抱歉，我忘了你不看球賽，我以為……算了，沒事。」

葉琦唯倉促一笑，連忙低身收拾桌面，顯得心不在焉。

何又黔主動接手，「我來吧。」

聽聞，葉琦唯揚起笑，「謝謝你，沒有你的話，我都不知道該怎麼辦。」

「不和李吾談談嗎？」

葉琦唯一頓，隨後聳了肩，「都結束了，再說下去也只會吵架。他的個性你也不是不清楚，說不得又愛面子。」

何又黔認同。

「你跟李吾還真是極致的反差，他要是像你幾分懂得反省，我們也不至於走到這一步。」

何又黔卻說：「但他很勇敢，至少在面對喜歡的人，他從不膽怯。」

他拿著手上的泡麵杯，總覺得眼熟，定睛一看，是游知春喜歡的牌子。

葉琦唯見何又黔又發呆，忍不住問：「怎麼了？最近常看你走神。有心事？」

何又黔回神，張口想提游知春，卻在見到葉琦唯詢問的神情，止住了聲，如果可以，他想第一個告訴游知春這些話。

「沒事。」他轉身進廚房。「我煮熱湯給妳喝。」

「好啊！」

何又黔提道：「前幾天叔叔和我說妳很久沒回家了，下週我要和我爸去研討會，順路載妳回去？」

「他們遲早會知道的。」

提起這事，葉琦唯就心煩。「他們還不知道我分手的事，回去免不了被訓一頓，不回。」

葉琦唯轉轉眼，「你會幫我說話嗎？」

何又黔默然。

「拜託——」

「好。」

葉琦唯歡呼，「太好了，我爸媽最聽你的話了。」她得寸進尺，「那……我還可以在你這住一陣子嗎？學期中不好找房子，我暫時也不想回家裡住。」

何又黔兩難，「不是我不讓妳住，而是我擔心叔叔阿姨覺得這樣不妥。」

葉琦唯倒覺得這是小事，兩人一起長大，相處就像家人，對於彼此的習慣再清楚不過，何況也是分開睡，她不覺得有什麼大不了。

「重點是，你喜歡的女生不介意就好。」葉琦唯調侃他，內心還真的無法想像何又黔談起戀愛的樣子，會不會和李吾一樣也有不講道理的時候？也是這麼溫柔嗎？

直至今日，何又黔身邊的異性只有自己而已。

葉琦唯抬眼就見他陷入沉默，有些好奇他會喜歡什麼樣的女孩？

然而這句無心的話，讓何又黔平靜無波的心裡泛起漣漪。

李吾高中時太常蹺課了，訓導主任乾脆讓他每天中午去訓導處報到，幫忙出公差，掌握他的行蹤也方便約束他。

那天，午休結束，李吾興沖沖地拉著剛睡醒的何又黔往輔導室的方向跑。

「怎麼了？」

「有仙女啊。」

「什麼？」

李吾兩眼放光，將他推向玻璃窗前，「你看就是了。」

何又黔蹙眉抬眼，少女曼妙的身姿在下一秒映入眼簾，佇立於赭石色的雕花桌前，紮著高馬尾，圓潤的指尖壓著筆桿。她微垂著眼，緊抿著脣，視線聚焦於筆下的每一道橫撇豎鉤，入木三分，行雲流水。

腦裡莫名勾起白居易的《夜聞歌者》，其中一句：娉婷十七八，原來是這副模樣。

何家代代相傳的技能之一，書法。

他練了一手好行書，由祖父親自傳授，老人家苛刻古板，何又黔不記得第一次拿起筆硯的心境，唯獨憶起小腿肚被竹棍抽了一次又一次，記憶裡只有疼痛和忍耐。

家規嚴謹，他從小就被教導謹言慎行，也許就是從那時候開始建立起隱忍的性子，磨淡了他的心性，泯滅了他所有的喜好和綺思。

「我居然不知道學校有這樣的女生。」李吾在旁嘀咕，「我要去和她說幾句話。」

何又黔盯著女孩飛舞的髮鬢，她卻絲毫不在意，握著筆，全神貫注。

在李吾推門前，他伸手阻止。「她和你身邊那些女生不一樣，你這樣會嚇到她。」

李吾抓著腦袋，「也是，我好像沒追過這類女孩。」他看向何又黔，討好兩句，「兄弟，你聰明，幫我想想辦法啊。」

何又黔抿緊嘴角，「下次吧，今天不適合。」

他轉身離去，無視李吾在後頭的叫喚：「這種事還要看日子啊？喂，不然哪天適合啊！」

何又黔是第一次追女孩子，翻遍網上的資料，推敲游知春會感興趣的方式。

日有所思，夜有所夢。

不知道從什麼時候開始，何又黔夢見了游知春。久而久之，他已沉溺其中。

夢裡女孩的樣貌並不清晰，可是何又黔知道是她。她落筆的姿勢，勾在耳後的髮鬢，他看見女孩優美的頸線，與現實驚鴻一瞥的畫面交疊成影。

女孩握筆的柔荑，下筆的力道輕重有分。他從未如此清晰地想起自己每一次揮毫落紙，字跡貫穿薄透的宣紙，落下深刻的痕跡。

何又黔第一次有了遐想的對象。

4

研討會當天，游知春一身襯衫窄裙，紮了高馬尾，從鞋櫃拉出高跟鞋，她不是踩高跟鞋的料，但正式場合不得不妥協，還是套上了跟鞋。

自從去了葉琦唯的生日派對，游知春比以往更加消沉了，誰也不想見。心情不好，靈感倒是大爆發，她直接將自己關在家寫了好幾天稿子。

這段時間，她偷偷上了一次粉專。這麼久沒新書，讀者群或多或少都散了，私訊沒有以往多，唯獨那一串熟悉的帳號仍舊鍥而不捨地發私訊給她。

「最近要降溫了，早晚記得多穿衣。」

「妳是一位很有天賦的作者，妳要相信自己！」

「別急，好的書需要經過時間的沉澱和醞釀，期待妳再次驚豔我。」

游知春都被對方誇得不好意思了，但不得不說，這真的是她近期最快樂的事。

她提前到系辦打算替何常軍整理資料，一進門卻看見葉琦唯正坐在裡頭和何常軍說話。

葉琦唯見到游知春，兩眼彎彎，「嗨，又見面了。」

「嗯。」她避開對視，「教授，我先去列印這些資料。」

「好，順便幫我裝杯水。」

游知春接過鋼杯，走出研究室時，李吾打電話來劈頭就說：「聖誕夜一起去看球賽。」

游知春沒好氣，「你是不是不清楚請問兩字怎麼說？」

「免費的。」

游知春很無恥地動搖了。「你有很多朋友，為什麼突然找我？」

李吾誠實道：「這種節日不想自己一個人過，更不想一群人過。」

游知春竟覺得他們同病相憐，注定是別人的配角，於是義氣相挺地答應，「好啊。」

她裝好水準備走回研究室，卻沒注意前頭的人，下一秒迎頭撞上身前寬實的背，杯蓋滾落，裡頭的水晃出大半。

她倒抽一口氣，瞠大雙眼，「對不起！我不是故意的。」

對方側過腦袋，沒有受到太多驚嚇。

游知春抬起頭瞬間沒了聲，拇指連按了兩次通話鍵，急忙掛了電話，何又黔全看在眼裡，包括剛上樓時，就聽見她和人鬥嘴。

何又黔低頭，發現她握著杯子的手紅成一片，「手沒事吧？」

游知春愣愣地順著他的視線看向自己被水燙到的虎口。「喔，沒事。」

何又黔接過水杯，指尖相觸，游知春慌忙縮手，何又黔見狀也沒說話，轉身至飲水機將杯子重新斟滿，接著遞給她。

「小心拿。」

「好……謝謝。」

何又黔抿唇，游知春一如往常地賞給他頭頂上的小髮旋。

半晌，似乎是察覺氣氛過於沉悶，她隨口一問：「你今天要上課嗎？怎麼來學校了？」

她也算是半個商院的學生，何又黔系上開了什麼課，她都清楚，因此也知道他沒有一間教室在文院附近。

「有些事。」他言簡意賅，面色無波。

游知春卻覺得他是故意不明說，就像在指控她，永遠對他有所保留。

游知春也沒立場追問，朝他點了點頭，「我先走了。」

她邁開腿的同時，何又黔倏然問：「妳和我說的那些話是真的嗎？」

「什麼話？」

「妳說，站在妳面前就可以了。」

葉琦唯和李吾交往時，他第一次起了攀比之心，但也僅此而已。

看著兩人幸福，何又黔給予最真摯的祝福。

硬要說介意的地方，大概就是李吾生性浪蕩，標準的少爺脾性。何又黔和葉琦唯從小一起長大，她是葉家最疼愛的小公主，半點苦頭都捨不得她吃。

何家長輩也對她疼愛有加，甚至有意收為孫媳婦，因此從小何又黔就被賦予不可虧待葉琦唯的這項任務，他謹記在心，卻未曾動心。

正值青春期，男生口中的話題多了女孩子，李吾曾問過他喜歡什麼樣的女生。

何又黔沒想過。

李吾知道他身為人的情愛慾望，幾乎被嚴謹的家教抑止了。

「上回那個寫書法的女生，你不喜歡嗎？我以為那是你的菜。」

這麼一提，何又黔禁不住勾起腦中的綺思，喉嚨一陣乾澀。

他夢到她無數次，真實得讓他想伸手勾她，撲空後，何又黔徹底驚醒了。

他在想什麼？

半晌，他憋出一句：「不是。」

李吾點頭，「既然你不喜歡，我就追了喔，到時可別說我見色忘友。」

「好。」

「那你幫幫忙啊，這不是我以前追過的類型，我怕嚇到她。」

後來，高中畢業了，李吾對這段感情早已興致缺缺，何又黔卻惦記上了。

「妳們女孩子真奇怪，喜歡得那麼容易，也不知道究竟喜歡了什麼？」

游知春回嘴：「你們也奇怪啊，喜歡得要命，也不見你說半個字。」她諷刺他暗戀葉琦唯，實則也是打臉自己。

喜歡他，喜歡得全世界都可以知道，唯獨就是他不能。

游知春愈想愈不服氣，歪著腦袋，朝他走近了一步，「你清高，那你又喜歡她什麼了？」

游知春身上的香味爭先恐後地闖入他的鼻尖，何又黔緊抿著脣，後背的水漬貼著他的皮膚，與夢中的大汗淋漓如出一轍。

不同的是，這回，他伸手就能勾到她了。

何又黔忽然抬手，游知春不清楚他要做什麼，卻也不閃不躲，他的雙眼正注視著她，真心或錯覺都好。

何又黔現在眼裡只有她。

「又黔，你來了啊。」葉琦唯快步跑來，小聲道：「趕快過去，叔叔生氣了。你以前不會遲到的啊？今天是怎麼了？」

何又黔沒應聲。

何常軍走了出來，一向待人和藹溫暖的何教授板起臉孔，游知春愣了愣，還未開口，便聽見他冷聲道：「你來晚了。」

聞言，何又黔低頭，也沒解釋，「對不起。」

「守時是最基本的處事道理，可見你沒把這件事放在心上。」

何又黔抿脣，沒有辯駁，安靜地聽從教誨。

一旁的葉琦唯早就見怪不怪，但她不能插嘴，否則何常軍必定覺得她在袒護他，何又黔只會被罵更慘。

「現下離開家了，你也開始不守規矩，前陣子說要搬出宿舍，也是先斬後奏，你現在是……」

「教授。」游知春急忙出聲，「研討會要遲到了，有什麼事回來再說吧？」

何常軍差點忘了這事，看了何又黔一眼，「先去開車。」

「好。」

何常軍讓游知春坐副駕，他和葉琦唯坐在後座。

「你和李吾是不是發生什麼事了？」

聽聞，葉琦唯與何又黔的視線在空中交會，她拋了求救眼神。

何又黔有口難言。

氣氛一度尷尬，游知春心一橫，連忙說道：「教授，他們好著呢，你想聽人家曬恩愛，我可不想。」

何常軍失笑，「就妳最能言善道，也不知道去找個男朋友讓我看看。」

游知春皺鼻子，「我等教授介紹啊。」

轉過頭時，碰巧與駕駛座的何又黔對視，他眼裡隱約含著笑，她舔了舔唇，低下頭玩手指。

葉琦唯還在為李吾解釋：「他最近忙啊，他爸希望他接家業，打算先讓他進公司實習，從基層做起。」

何常軍皺眉，「那小子可以？」

「叔叔！」葉琦唯噘嘴，「你們別總是看不起他，這個年紀本來就愛玩，何況以後他要是繼承家業，哪有這種閒暇時間。」

「男人就該有擔當和肩膀，李吾還有待訓練。」何常軍嘆了一口長氣，「妳從小就懂得替別人著想，偶爾也該為自己的未來想一次。妳不要妳父母管，那妳至少不要讓他們擔心。」

葉琦唯無從辯駁，只能乖巧應聲，「知道了。」

將葉琦唯送回家後，他們繼續前往研討會場。

整路下來，游知春思緒都是亂的。

怎麼就沒想過何常軍是何又黔的爸爸！完了，她對何常軍的態度簡直像是對待自家老爸一樣自然，偶爾還會和他抱怨幾句，甚至使使性子。就剛才何常軍對何又黔僅僅遲到幾分鐘便如此大驚小怪，她這學期的種種行為，如果要進門當何家媳婦，肯定是要被吊起來打。

何家媳婦？

游知春扶額，自己連人家兒子都沒拿下啊！

「怎麼了？暈車？」

游知春自指縫瞅他一眼，搖頭。過了幾秒，實在按捺不住體內的八卦魂，她拿出手機敲著鍵盤，接著遞到何又黔面前。

「何教授是你爸？？？？？？親生父親？？？？？？？」

後頭的問號多到何又黔忍不住莞爾，他朝游知春點了下頭，壓低聲音，「我長得像我媽。」

聽聞，游知春側頭看了一眼後座閉目養神的老人家，再回頭打量何又黔。他的膚色偏白，面容斯文乾淨，視線流轉之際，目光不免相撞，她若無其事地轉開腦袋。

仔細一想，兩人笑起來確實有幾分相像。

何又黔老了之後，也會和何常軍一樣嗎?游知春忍不住再看了一眼何又黔。

何又黔也正巧偏頭，兩人再一次眼神交會，游知春感覺所有血液都衝上腦門，自己是愈來愈沒抵抗力。

同時，手機螢幕跳出李吾的訊息，游知春下意識地遮住螢幕。舉動過於刻意，游知春想化解尷尬，順手去按音樂鍵時，駕駛座的人也正有此念頭，兩人的手指相碰。

何又黔摸到了她手指上的薄繭，她下意識地瑟縮了下，他卻刻意施力碰了碰那塊繭，不痛，游知春卻因為這突如其來的舉動感到驚慌失措。

半晌，他緩聲道:「妳選電臺，聽妳想聽的。」

隨意選了電臺，她收回手時忍不住摸了摸那塊不化的繭。

以前常覺得自己什麼不學，偏偏選了最冷門的書法，沒有女子學樂器的優雅風韻，一雙手還練得粗巴巴的，以往寫得太勤，指關節甚至稍稍變形了。

她認爲自己的手很醜，曾經向何常軍抱怨，說是以後不練了，以後要是找不到適合的戒指，嫁不出去了。

何常軍卻說：「這才是文人象徵！漂亮！」

游知春嗤之以鼻。

怎麼現在有點嫉妒這隻手啊？

研討會持續了一天，游知春的工作基本上就是替何常軍打理事前準備，以及演講結束後的收拾。她拍了幾張何常軍演講時的照片，傳給系辦當系報照片。

何常軍在文學圈算是有幾分聲量的老前輩，在學生之間也是頗負盛名。休息時間，不少名師教授紛紛上前敘舊。

幾位比較積極的研究生排不到隊，便將注意力轉往游知春，想藉此刷好感。

「妳是教授的助教嗎？」

游知春抿笑，點頭。

「妳好，教授剛提的見解和我的個人解讀有異曲同工之妙，不知道妳覺得如何？」

何又黔坐在最後方的位子上，雙手交疊於胸前，目光一寸一寸地掠過她白皙的臉龐，談吐從容，問答如流，恰到好處的溫柔，連帶脣邊的笑意都令人如沐春風。

從高中開始，她似乎就是這般懂得拿捏距離，不遠不近，對陌生人秉持禮貌，對熟人偶有的得寸進尺，卻無傷大雅。

游知春太懂得收放與他人之間的和諧，以至於替李吾追她的過程他摸不透她。看似有喜歡的人，卻從未見她和任何異性親密，看似落落大方，偶爾卻能看見她趴在窗臺眺望遠方。

他沒追過女孩子，但也不至於慘敗。

果不其然，研究生和她要了信箱，說是欣賞她的思維，要寄自己的論文供她指教，何又黔哪裡不知道他的心思。

「好啊。」聽見她輕易應允，何又黔不自覺地點了兩下桌面。

下午三點，主辦單位提供了下午茶。

游知春收拾桌面的資料時，何又黔迎面走來，他在臺下聽得比在場研究生還認真，甚至做了筆記，游知春都有些自嘆不如。

他手裡端著紙盤，上頭裝著一些小蛋糕和餅乾。

「我看妳中午都沒吃東西，吃一些吧，補充血糖。」

游知春一緊張就沒食慾，但明明上臺報告的也不是她。巫蔓說她就是愛操心，還胡思亂想，想東想西也就算了，淨揪著負面的事死心眼。

「好啊，謝謝。」游知春放下手中的資料，伸手要去接時，何又黔將盤子拿開，取了盤中的一塊可麗露。游知春以為他要自己吃，卻見他將點心遞到她面前，示意她張嘴。

她下意識地後退一步。

「我洗過手了。」何又黔看了一眼游知春沾滿灰的手。

「……我去洗手。」

他笑道：「我沒下毒。」

游知春心臟怦怦跳，臉頰緋紅，她面露難色，然而何又黔似乎不把這件事當回事，顯得她大驚小怪。

「我剛吃過了，不甜。」

他知道她不嗜甜，去福利社時多數時候就只拎著一罐無糖茶，或是裹著酸粉的軟糖。

游知春沒有察覺自己的喜好暴露，滿腦子是她到底要不要讓何又黔餵食？

機會難得，又覺得自己不要臉。

何又黔似是看不見她的掙扎，低聲催促道：「休息時間要結束了。」

聽聞，游知春心一橫微微啓唇。

感受到她溼潤的呼吸拂上自己的手，侵占所有毛細孔，何又黔不自覺地屏住呼吸。

自從李吾說要追她，何又黔便把部分的注意力移往游知春身上。從什麼時候開始，關注她似乎成了反射性動作。

那天，李吾終於按捺不住提出當面表白，「我覺得送東西這舉動已經不管用了，不如我就直接招了？總要見到面才有真實感啊，搞得像是網友一樣。」

何又黔想都沒想回了句：「不行。」

「為什麼？我這樣跟暗戀她有什麼不一樣，老子還需要遮遮掩掩？喜歡就喜歡，不說出來我太難受了，她不接受沒關係啊，當個朋友也行。」

要說李吾在這場追求出了多少力，還真沒有，就出錢而已。何又黔謀略還跑腿。

見何又黔遲遲沒吭聲，李吾狐疑道：「我說你未免也太認真了吧，不知道的人，還以為是你在追她。」

「我就是覺得，當朋友可惜了。」

何又黔的視線逗留在游知春貼近的臉蛋上，她僅僅咬了一小口，鼻息間的熱氣如同藤蔓繞上他的長指，手中柔軟的內餡微微崩塌。

何又黔緊抿著唇，指關節因使力而泛白，總覺得這主意害了自己。外頭的脆皮鬆落，他看見游知春伸出粉嫩的小舌將碎屑勾進嘴裡。

潮溼柔軟。連帶他的靈魂一同被拖進了深海。

他的喉結不可遏止地上下滾動，肌肉緊繃。

「春啊。」何常軍在叫她了。

她捂住還在咀嚼的嘴，靈動的雙眼忽然帶了點做虧心事後的心虛，趕忙回應：「來了。」

何又黔看著盤中的殘骸，以為自己會溺死。

傍晚，研討會順利結束，游知春興奮地和何常軍分享今天的心得。

「這麼高興？那下次再帶妳來。」

「好啊。」游知春心想，如果何又黔次次都跟。

「又黔呢？」

游知春後知後覺地東張西望，「好像從吃完下午茶就沒看到他了。」

何常軍搖頭嘆氣，一邊拿出手機，「他真的是愈來愈目中無人了。」

「教授，這本來就不是他的領域。讓他跟一天，已經很為難他了。」游知春逐漸感受到何常軍在他身上施加的壓力，明明對自己的學生體諒又和藹。

「讓他跟了一天又怎麼了？我是他的長輩，就這件事，說是盡點孝道都還嫌少。」

她和何常軍也算是朝夕相處，即便沒有葉琦唯和他老人家相處得久，但游知春向來喜歡和長輩說話，面對老一輩的人嘴甜也愛撒嬌，調劑氣氛算是小有心得。

游知春用手臂輕撞了下何常軍，「我要是教授的兒子，我就不認你這爸。」

「妳說這什麼話……」

「一點通情達理都沒有。」游知春努嘴，「你看你兒子，長得好，處事態度禮貌有加，遇事也不推託。論耐心，我倒覺得他還勝過教授你呢，根本挑不出什麼毛病，就教授從見面開始處處針對人家。」

何常軍被她堵得啞口無言。

游知春再補一槍：「教授，你這是身在福中不知福，別人家的兒子是會把爸爸氣到住院的。」

何常軍氣得吹鬍子瞪眼，轉念一想，「好啊，妳和何又黔認識是不是？我就沒見過妳這麼誇一個人。」

游知春捏了捏後腳跟，穿了一天的高跟鞋，皮都磨破了。「你兒子以前和我同個高中啊。」

她起身時，目光恰巧與對面的人四目相觸，游知春起了一身雞皮疙瘩。

第三章　暗戀

何常軍累了，坐在後座想小憩，游知春順勢跟在他老人家屁股後，一顆心七上八下。身後的何又黔忽然叫住她，「妳來坐前面。」

游知春看似不願，何又黔解釋：「我有點累，需要有人在副駕陪我說話。」聞言，游知春見他的眼底泛著淺淺血絲，雙目疲憊，臉頰還有未退盡的紅潮，他跟了一天的研討會，待會回程還得開將近一小時的車。

「你……是不是不舒服？」她下意識伸手要去探他的額溫，何又黔卻躲開了。游知春的手僵在半空中，表情尷尬。

「沒事，我沒事。」他轉身進入車內。

游知春站在原地握了手又放，自嘲一笑，接著坐進副駕。何常軍閉眼休息，游知春心不在焉，如同上回兩人從超市返回公寓那一次，她也是上一秒開心，下一秒便出奇的冷漠淡然。

何又黔問她：「聽音樂嗎？」

「都可以。」

見她沒動作，何又黔隨機選著電臺，顧慮到何常軍在睡覺，他選了古典音樂。流暢的鋼琴聲自喇叭鑽出，游知春沒有音樂細胞，壓根不知道是什麼曲調。

本來也不在意，就是突然想到何又黔練了一手好琴。他曾和音樂班的校花一起去參加市中心的鋼琴比賽，游知春當時還買了門票，拖著巫蔓去。

巫蔓聽慣勁歌電音，對叮叮咚咚沒興趣，死活不肯去。游知春狠下心，摔了小豬撲滿，替她一起買了門票，甚至還預支下個月的零用錢，選了VIP的位子。

巫蔓覺得她被下蠱了。「妳什麼時候對這有興趣了？」

「導師說要多聽演奏會，腦子才會聰明。」

「……她啥時說過這話了？」

「妳在睡覺。」

巫蔓半信半疑地問：「真的會變聰明？」

「妳就是都沒聽才會變成現在這樣。」

巫蔓賞她一根中指。

演奏這事，校長隔三差五就在升旗臺上宣傳，因此柳高來了不少學生，無論是慕名而來，還是兩人的好友，這讓游知春放心不少，至少她們不會是突兀的。

開場是校花的獨奏。女孩修長輕盈的指尖壓過黑白鍵，像艘搖擺的小船，撥開水浪，踏破漣漪，游知春一個不懂五線譜的人都看得目不轉睛。

巫蔓湊上來，「音樂才女就是不一樣，柔柔弱弱，碰一下就會碎。」

游知春點頭。

「聽說她喜歡李吾。」

游知春看著女孩笑盈盈地提起裙襬行禮，掌聲隨之響起，其中伴隨著李吾他們的起鬨聲，女孩紅著臉退場。

「十個女生有八個都喜歡李吾。」游知春跟著大家鼓掌。

「那妳喜歡嗎？」

「我是其他兩個。」

巫蔓笑著問：「那妳喜歡什麼樣的？」

舞臺的白光一盞一盞降至地面，為接下來出場的男孩打開了光輝大道，黑亮的皮鞋在下一秒落地。

他生得秀氣，鼻梁高挺，眉眼悠長，沒有李吾的侵略性和痞態，帶著何家的書卷氣息，中規中矩。亮黑的瞳仁承載億萬星河，讓游知春移不開眼。

「……不知道，沒想過。」

她偶爾慶幸何又黔在李吾身旁，如此一來，他的光芒會被削弱許多，誰都不會知道他。然而聽見有人稱讚李吾，她也覺得不平衡，分明是知書達禮的何又黔更為優秀。

「游知春，為什麼說謊？」

她回神，驚覺兩人已經回到公寓了，何常軍早已下車。剛才教授似乎留她下來吃飯，她當時在想事情沒來得及反應，便聽見何又黔接話：「她好像累了。」

何常軍不勉強，「早些回去，明天休息一天，不用來研究室。」

游知春第一個想法，除了逃，還真的想不到別的。她迅速挺直腰背，拉開手把就要往外逃，後知後覺地發現自己還繫著安全帶，身體下一秒被安全帶按回座椅。

何又黔皺眉，伸手要替她解時，卻發現帶子緊勒著她的胸口，游知春今天穿著白襯衫，鼓起的胸部讓衣料上的扣子參差不齊，動作一大，都看見裡頭的背心了。

緊閉的空間，雖然游知春沒有曝光，何又黔卻已經心浮氣躁，他倉促地收回手。

游知春看著他閃避的視線，低頭一看，連忙遮住胸口，一張臉熱紅，然而愈是緊張，就愈是解不開安全帶。

何又黔只好傾身幫忙，唰拉一聲，安全帶終於解開了。游知春還有些喘，兩頰因為過度施力微微泛紅，連帶眼眶也紅了。

何又黔和一般的男孩子一樣——怕女生哭。「對不起。」

半晌，游知春開口：「你幹麼總道歉啊？你做錯了什麼嗎？」

何又黔不清楚，從小到大他早已養成這種習慣，無論對錯，他先道歉準不會錯。

游知春下了車。

他不道歉還好，他一示弱，游知春就覺得自己欺負人似的。說謊的是她，說溜嘴的也是她，何又黔從頭到尾什麼也不知情，包括喜歡他多年這件事。他反過來質問，合情合理。

游知春看了一眼默默跟在身後的人，總覺得自己在他心裡的印象分數不增反減，像是個不可理喻的人。她忽然加快腳步，跟鞋敲著地板聲音響亮，下一秒，她幾乎跑了起來。

何又黔錯愕，「游知春，等一下。」

游知春不聽，兩人住在三樓，她不想等電梯讓何又黔有機會抓住她，乾脆踏上樓梯，一路跑上三樓。

跟鞋拚命摩擦她的後腳跟，走了一天的腳也有些腫，撐得腳趾都擠成一團，游知春顧不得疼，伸手探進包內找鑰匙。然而愈是緊要關頭，就什麼也找不著。

她一時間顧不上看路，腳踝一扭，整個人就摔在自家門前，包內的許多東西散落一地。

何又黔急步上前，「沒事吧？」

游知春咬著脣。

何又黔見她的眼睛都要滲出淚了，卻拚命地忍著，他焦躁起來，自己不該追她。

「我看看。」他伸手碰了碰她光潔的腿，游知春瑟縮了一下。

何又黔在研討會就注意到她時而低頭看腳的舉動，果不其然跟鞋一脫下來，後腳皮幾乎磨掉了一大半。

何又黔蹙眉不展。

游知春被他盯得心虛，「過幾天就好了。」

她要收回腳時，卻聽見他說：「鑰匙給我。」

游知春覺得自己現在似乎喪失說話權，乖乖地伸手掏了包，這回倒是很快就找到鑰匙了。

何又黔起身替她開門，「妳家裡有醫藥箱嗎？」

「有小護士……但能不能不擦啊？」藥膏擦在傷口上簡直比原傷口還要疼。

何又黔看穿她的心思，「既然知道痛，為什麼還要這樣跑？」他難得態度強硬。

「還不是因為你在追我。」

何又黔沒回話了，門解鎖後，轉而就將她扔在原地，接著回自己家。

游知春不敢置信，他這麼小心眼的嗎？說他幾句都不能？

她撐牆，自己起身，暗罵了一句：「混蛋。」

同時，隔壁戶的人又出來了。一手提著醫藥箱，另一手拿著一包五顏六色的東西。

他看著游知春泫然欲泣的模樣，笑了一聲，「給妳，止痛的。」

游知春低頭看，是她喜歡的酸軟糖。「騙小孩呢。」游知春嘀咕，手卻老實地伸向男孩。

「那妳願意被騙嗎？」何又黔笑問，偏是不給。

游知春抬眼。如同她曾坐在遙遠的觀眾席，被人群淹沒，悄聲見證他的萬眾矚目。

「願意。」

聞聲，何又黔抿脣朝她伸手，游知春的思緒還在他上一個問題，緩緩將自己的手交予眼前的人。

對方有些愣，她的手比想像中還要纖細小巧，無法與牆上筆力雄健的字句相連。他忽然感到神奇，視線繞掃過她的每一吋指節。

游知春見他看得入神，自己倒是恢復理智了，想縮回手時，何又黔已將她的手攥在掌心，手溫漫上她的手背。

她下意識想再次縮手，何又黔卻緊握不放，將酸軟糖塞進她懷裡，牽扶著她進門，嘴上叮嚀：「別這麼容易相信別人。」

游知春卻問：「你說過謊嗎？」

何又黔思忖，正經答道：「說過。」

見她沉默，似是在思考，何又黔登時有些在意她的評價。不願在她面前過於光鮮亮麗，卻也不敢揭露隱匿許久的卑劣想法。

夢裡，她也是這麼安靜，承受他所有慾望。

「游知春，我說過謊。」

她眼底有細碎的光點在流動，她並不是夢。

何又黔下意識地握起拳，聲音微啞，「是不是覺得我也沒有想像中好？」

游知春不以為意，「言出必行，為人正直，也未必是好人。有私心，才是人之常情。」

何又黔盯著女孩認真的面貌，忽而彎脣道：「妳在慫恿我嗎？」

游知春一頓，「當然不是啊！我是告訴你，好不好這種事都是主觀的，對得起自己比較重要。」

「我以前怎麼不知道妳這麼會說話？」

「你以前也不知道我。」

何又黔的注意力早就不在話上了，進屋就聞見她身上的氣味，不似常見的花草味，而是清淡脫俗的織品香氣。

屋內的東西不多，幾乎都是必備品。

葉琦唯剛和李吾分手時，礙於學期中，找房子需要一段時間，他便提議暫時住他家。他們收拾了兩大一小的行李箱，她當時還頻頻道歉，然而嘴上撒嬌道：「女生都是這樣，東西永遠比山高。」

他站在玄關富有趣味地張望，兩家的格局差不多，加上是同一個房東，家具用品全是相同品牌，硬要說哪裡不一樣，她在窗臺種了幾株青蔥。

何又黔低笑，還真是哪都跟一般女孩子不一樣。

這裡明顯是一位單身女子的租屋，直到游知春從鞋櫃拿了室內拖給他。

他低頭一看，男生款式。

游知春將跟鞋放回鞋櫃，彎身進廚房倒水。何又黔杵在門口，揚聲問：「妳會介意男生進家裡嗎？」

游知春順手把貼身衣物全掃到沙發下，書桌是來不及整理了，直接拉上簾幕遮擋。「不介意啊，我不是拿鞋給你穿了嗎？」

所以，異性來她家是常態。

她端著水走出來時，就見何又黔赤腳站在沙發旁。「為什麼不穿鞋？地板很髒。」

「我一下子就走了。」

游知春以為他是介意葉琦唯的感受，將茶水遞給他，「我這幾天都沒去超市，只有白開水。」

何又黔禮貌道謝，接著皺眉，「妳不會三餐又都吃泡麵了吧。」

「最近忙啊。」

「對身體不好。」何又黔苦口婆心。

「你對每個女孩子都這樣嗎?」游知春的嘴角輕揚，總覺得要給點笑容，否則看上去像妒婦，「輕易脫口的關心，待人都這麼溫柔體諒。」

「沒有。」何又黔盯著水杯的花紋，依然滴水未碰，猜想她是不是也用這杯子倒過茶水給其他男生。思及此，他放下水杯。

見狀，游知春抿脣，在心裡腹誹，這麼介意女朋友的話，一開始就別進來啊。

也怪她，一時鬼迷心竅就讓他進屋了。

「那請你別對我這樣。」本就是平鋪直敘的暗戀，無須再增添更多波瀾。

最近游知春常想，也許她不過是熱衷追求的過程，何又黔未進入她的生活前，她偶爾才去看一下他的社群，他生性淡泊，本就不是太招搖的人，兩三個月都不見得有一條新動態。

她也不會庸人自擾，乖乖等著他發近況。

後來，他變得觸手可及，給了她很多機會，游知春便貪圖對方的靠近，不用太多，只要他釋出一點善意，她便能得到豐沛的滿足感。人果然都會愈來愈貪心。

原本只想安分守己的喜歡，最後卻演變成看不慣他周遭的異性，甚至起了想搶過來的壞念頭。

「妳想要避嫌。」何又黔語氣肯定，接著走向她，面上仍舊不慍不火，游知春不清楚他這句話背後的意思。「妳真的喜歡李吾?」平和的嗓音，竟有幾分質問意圖。

如此私密的空間，忽然擠進一抹高大身影，游知春本來就不習慣了。踏入她家的異性就屬張洛臣還算得上頻繁，為的就是來接離家出走的巫蔓。

然後小倆口便上演起「寶貝，對不起！」、「寶貝，我更對不起你！」的戲碼，之後游知春就把人攆了出去，而那雙拖鞋是在兩人第N次和好時，巫蔓擔心自家男朋友腳受涼，買來這當備用，完全把她家當成吵架收容所。

見何又黔湊近，她微微往後挪了腳，單手撐著身後的矮櫃，保持鎮定。

細碎的短髮落在他攏緊的眉間，游知春最近才發現，何又黔極愛皺眉。

第一次見到他這樣是葉琦唯身穿單薄出來找他，她沒想到何又黔這樣聖潔的人，還有凡人的情緒。

兩人成為鄰居，游知春對他似乎才有了真正的認識。

好比他穿著休閒，經常一件素色上衣和牛仔褲便出門了。

他在孩子面前像個孩子王，偶爾會在公寓旁的籃球場和一群國高中學生打球，孩子們也愛和他玩，總是大哥哥、大哥哥的喊。

游知春常常躲在花叢偷看，甚至暗自羨慕他們這麼快就可以和何又黔打成一片。次數過於頻繁，一旁的警衛還以為她有不良企圖。後來擔心他人起疑，她便不再去了。

游知春有時候覺得，她喜歡得這麼卑微，究竟是可憐給誰看？

何又黔理應不知道，那就是她自己了。

游知春想，她是不是應該心疼一下自己？

「我不喜歡他，我喜歡你啊。」她本來是想反脣相譏，怎知出口的話卻是坦承。

何又黔的眉間落了霜雪，面色凍結。游知春暗自掌嘴，一時失言，然而她卻無從解釋，也沒什麼好多言，這就是事實。

半晌，他扔出平緩的語調，「這是什麼意思?」

游知春垂眼，眉眼冷靜，心臟卻劇烈跳動。「就是字面上的意思。」

要說她有什麼優點，大概就是處變不驚吧，簡單來說就是很會裝模作樣。

巫蔓甚至還不知道她暗戀何又黔的事。

何又黔見她曖昧不清的話說得毫無心理負擔，他微微揚脣，眼底卻毫無笑意。「難怪李吾看上妳。」

嘴上說的盡是撩撥人的話，不分輕重，甚至也不看對象。看似處事隨和，說穿了就是隨便，他們這類人就是合則來，不合則去。

見何又黔的回應是從未見過的冷淡，游知春心急如焚。

本來是想藉由模稜兩可的方式回應何又黔。如此一來，她不必承擔說謊的罪惡感，而如何解讀這句話，也不歸她管了。

兩人相對無言，最終，何又黔似乎意識到是自己無理在先，率先後退。「抱歉，我先回去了，醫藥箱妳用完再還給我就好。」

連藥都不幫她擦了啊。

他的背影頎長，步伐依舊優雅，步出門外還是很貼心地帶上門。

何又黔一走，游知春的胸腔才終於擠出了空氣，她重重吐了一口氣，扶著矮櫃抱膝坐下。

這事沉寂了幾天，迎來了期中考，游知春瞎想之餘也碰不上何又黔。

就算碰上了，又怎麼樣呢？何又黔反感的態度明顯。

趕完期中報告那週，游知春收到陸妍的關心，當然不忘詢問進度。

同時，她也十天半月沒看見何又黔了。從原先的心焦火燎，成了心如死灰。

她呵笑一聲，不是吧，比她一個被拒絕的人還要介意？

之後，巫蔓受不了，打了幾十通電話給她，游知春才終於接了。

「我的大小姐啊——在家都磨成地精了吧？」

游知春按下擴音鍵，沉寂多日的屋內才終於有了一點生氣。她像一灘死水，蜷曲著身體躺在地，巫蔓還在話筒中嚎叫：「別過了期中考就不來上課啊！」她說完還沾沾自喜，「怎麼有種我長大了的感覺，以前都是妳在說我。」

巫蔓拉回正題，「妳到底在家幹麼啊？教授都在問妳去哪了。」

整間教室，大概就游知春會回答教授問題，倒不是她愛搶風頭，而是教授們總用著真摯的眼神盯著臺下的學生，游知春覺得自己要是不說點什麼那真的是大逆不道。

然而這便演變成，她一缺課，教室就再也沒有其他人的聲音，教授們第一時間就會發現昔日的好學生缺席。

「在家寫稿啊?碰上瓶頸了?」

游知春始終沒應聲，要不是聽見她微弱的呼吸聲，巫蔓都懷疑她掛電話了。

巫蔓知道游知春在寫作上有超乎常人的執著和耐性，時常為了一小段情節，從早琢磨到隔天。遇到喜愛的劇情，就買了糧食，把自己關在家好幾天。

起初，巫蔓不知道她在寫作，發現她經常性搞失蹤，一度以為她交了男朋友。見色忘友，合情合理。

殊不知，幾個月了，連個帶把的影子都沒見到。巫蔓左思右想，最後拍了拍腦門，是她的思想太狹隘了。

「姊妹，妳放寬心跟我說沒關係。現在都什麼時代了，我支持多元成家，真愛不分性別!」

游知春納悶道:「什麼?」

而後，在她軟硬兼施的逼問之下，游知春才磕磕絆絆地說出自己在寫網文的事，巫蔓這才知道，什麼男朋友女朋友都沒有，只有游知春和一堆不存在的人為伍。

那叫一個恨鐵不成鋼啊!

半晌，游知春才從嘴裡吐出近期的第一句話。「我失戀了。」

「啊?」巫蔓愣了半秒，在另一端抓了抓臉頰，「喔，那就表示有人成眷屬了。」

游知春扁嘴，「……我是認真的，我真的失戀了。」她嘀咕，「但也不算真的失戀，畢竟我沒真正和他告白，就是我自己一個人在失戀……」

電話那頭沉靜了一會。「好喔！下一個會更好。」

這回倒不是游知春掛她電話，而是巫蔓先下手為強。

張洺臣開口關心：「她說什麼了？」

巫蔓氣呼呼地回應：「沒事，就是寫文寫到走火入魔，假想男都出來了。太丟人了，她都讓我顏面掃地了，我一定要快點替她物色男人，整天在家和沒成型的人談戀愛，成何體統！」

自稱「失戀」的游知春徹底宅在家，睡醒了就寫稿，餓了就找東西吃，累了倒頭就睡。

新文男主像何又黔，溫柔禮貌讓人心動，可是她寫不好女主角，怎麼寫就是不對勁，因為不是她。游知春沒辦法想像他跟別人在一起的樣子。

她陷入膠著，躺在床上想著快點好起來吧，就是一個男人而已啊。

她莫名想起升上大學那年暑假。

她第一次提筆寫小說。

那時知道何又黔和她同所大學，她開心地關在家寫了幾幅書法。

而後，游知春覺得這些都不足以表達她此時的愉悅，想把現下的快樂提升到最大值，於是她寫了第一本網文。以柳高為背景，暗戀為主軸，游知春寫下她對何又黔的每份小心翼翼，以及期望遇見他的每一個場景。

真實情節中帶點細碎的少女心，意外成了那年的熱門小說之一，因而被陸妍挖掘。

游知春認為，那是她給十八歲的自己最棒的禮物。即便只是暗戀。

然而風水輪流轉，二十歲的她依舊沒出息，確定是暗戀無果，甚至慘不忍睹。

游知春掀起被子蓋住頭，她愈想愈氣，氣自己一無是處，長得不夠高，還有張怎麼看都胖的小圓臉，不夠漂亮也不會溫柔細語，還看不懂五線譜！

她什麼都不會——

游知春無法排解內心那股無處安放的自卑……乾脆都寫成文字好了。

她猛地起身，大步走向書桌。

點開有段時間沒碰的資料夾，她放棄先前擬定的大綱，決定要完全放飛自我地寫。

主軸：男女主角，都往死裡虐！

大寫BE。

十二月中，第一波寒流來襲，氣溫驟降。游知春裹著小毛毯窩在電腦前寫稿，桌邊散落著零食，唯獨那包五顏六色的酸軟糖仍完好如初地躺在角落。

她事先在粉專昭告天下要連載之事，讀者紛紛冒出頭。

「嚶嚶嚶——您老可終於想起我們了！」

「這麼久沒出現，還以為結婚生子去了！」

「我們暗戀小教主回來啦——」

「聽說這次和以往的風格不同，我剛看文案還挺甜的，不會是我們小教主有喜了吧！」

游知春自嘲，沒事，就是被甩了而已。

她回覆幾則比較多人問的問題，不意外也收到月亮媽媽的私訊，簡潔地說了一句：「加油，妳是最棒的！」

游知春回了一句謝謝，一如往常地保持神祕，便關掉視窗。

陸姸前幾天收到她的初稿，還在想她哪根筋不對，平常都要三催四請兼裝死，這回倒是自動自發，連同大綱都一併上繳。

詳讀內容後，陸姸有些驚訝，「妳確定要這樣寫？」

「嗯，堅貞不改。」

游知春只寫了大綱，但光看前面的劇情鋪陳，以及最後刻意用紅色粗體的BE。

陸姸忍不住問：「妳對女主角有什麼深仇大恨嗎？我看她都要被妳虐得體無完膚了。」

對。她就把女主角當成自己在虐。

「男主角怎麼沒事？這樣讀者不會服氣吧。」小說讀者多半都是女性居多，也是用來消遣現實生活的產物，常常都是雙重標準。

追妻火葬場可以，傷了女主角一根頭髮那絕對是一面倒的被撻伐。

游知春知道，她就是沒出息。她捨不得虐男主角，即便這只是何又黔的雛形，根本不是同一個人，可是她就是見不得他難過。

游知春嘆了一口氣。

讀完一部分，陸姸以為自己搞錯角色定位，「妳把女主寫得像女二，女二寫得像女主。這要是寫不好通通都會成渣男渣女，當然也不否認會有人喜歡，可是與妳之前的風格大相徑庭，讀者不見得會買單，也可能出現比較激烈的言語，妳確定嗎？」

「沒關係，我想試試看。」

陸姸是個豪爽之人，前提說完，如果雙方都同意，她也不會再阻攔。「那妳完稿就交上來，我再送審。」

「好。」

掛上電話，游知春起身伸展，準備進入下一章節時，手機響了。她拿起手機，定睛一看，是李吾。

「喂？」

「游小姐，返回人間了啊？」

她前陣子一個人也沒理，李吾身為何又黔的好哥們，自然掃到颱風尾。

「我很忙，有什麼事嗎？」

李吾不可置信，「我發覺妳挺有成為渣女的本事，爽完就翻臉不認人。」

游知春臉一熱，「你不要亂說話，我又沒對你怎麼樣。」

「妳前陣子不是答應要跟我一起看球賽，現在是裝失憶？」

「啊！我今天有點事，你自己去吧。」

「游知春妳還真的是渣女啊！」李吾還是第一次被人這麼爽約，游知春嫌吵，準備掛他電話時，聽到他說：「我現在在妳家樓下，十分鐘後妳要是沒下來，我就上樓找妳！」

「喂你！」李吾又不聽人意見了。

游知春本來想，他愛上來就讓他上來，但萬一被葉琦唯他們看見，又說不清了。

她現在就想盡早劃清界線。

於是她傳訊息給李吾，嫌十分鐘太短。

李吾：「跟我出門是該打扮好看一點。」

游知春：「我是打扮給我自己看。」

李吾看著訊息笑出聲，「以前在輔導室第一次見到她寫書法，以為大概是不食人間煙火的小仙女，言行舉止輕柔細語。怎麼知道竟是伶牙俐齒，性格還跟男的差不多。」

一旁默不作聲的何又黔拿出手機看了一眼訊息框，訊息還停留在游知春詢問何常軍和他的關係，正正經經，連個表情符號都沒有。

餘光瞥見李吾的螢幕，游知春甚至還傳了一些不明所以的貼圖。

李吾轉過頭時，何又黔轉開視線。

「你怎麼突然想和我一起去看球賽？」

「你給琦唯的票她沒時間看，她覺得浪費，讓我替她看。」

李吾無奈，「虧她想得出來。」接著意有所指地看了何又黔一眼，「你也是好使喚，她讓你幹麼就幹麼。」

何又黔似是感受不到他的另有所指，輕描淡寫，「習慣了，舉手之勞而已。換作是你這樣要求，我也會幫。」

「那只能說你這朋友實在夠意思。」

這一回，何又黔偏過頭回應：「確實是比一些都當上男朋友的人還稱職。」

兩人相對無言，直到副駕的門被人打開。

與副駕上的人四目交接，游知春觸電般地縮回手，一顆心晃得七上八下。

天啊！什麼情況？

李吾這才提醒：「我帶了其他人，妳坐後面吧。」

游知春想殺李吾的心都有了。

事已至此，現下說要回去，大概會被冠上公主病。她深吸一口氣，轉身上了後座。

李吾踩下油門，「妳這幾天都去哪了？約吃飯也不出來，是喝露水吃空氣了啊？」

游知春聽而不聞，數著外頭的電線桿。

「喂，游知春，裝聾作啞啊？」

她將臉貼向車窗，甚至挑釁地在玻璃上呵氣寫字。

李吾氣笑，「游知春，妳再不理老子，我就把妳的祕密說出來。」

「我哪有什麼祕密啊。」她回嘴。本來想裝死，又怕他說出驚為天人的話。「你再吵我，我就把你的事抖出來。」

李吾聽完立刻大笑，轉頭徵求何又黔的附和，「我就說她很嗆吧，你還不信。」

何又黔自始至終低頭把玩著手機，充耳不聞，游知春看不清他的表情，坐立難安，接著立刻暗罵自己沒出息。

管他幹麼，他……

「可能是因為她喜歡我。」何又黔溫潤的聲音如同一瞬間壓垮枯枝的落雪，清脆響亮。

李吾一臉錯愕，「……操？」

游知春真的想跳車了。

李吾緊接著問：「游知春妳不說話是默認了？」他恍然大悟，「妳靠近我居然是看上我兄弟的美色？怪不得妳看到我時，完全無動於衷，我看就差沒把我當成路邊的雜草一樣嫌棄。」

聽聞，何又黔微微挑眉。

游知春本來還巴望著何又黔解釋，孰料當事人扔下這顆原子彈，便開啓了惜字如金的模式，不僅不表態，甚至任由李吾曲解事實……雖然有一大部分確實是真的。

游知春只能自己上陣，冷靜澄清，「我才沒靠近你，聯誼當天，我根本不知道你會來。」

游知春是第一次現場看大型球賽，對任何事都感到無比新奇。李吾搓著手，跟在她後頭，「妳別跟個鄉巴佬似的，我很丟臉。」

游知春回嘴：「你才跟個弱雞一樣呢，要女生擋風有沒有擔當啊？」

李吾天生怕冷，刻意躲在游知春身後，想藉此隔絕刺骨的寒風。無奈游知春太過嬌小，根本擋不到什麼風。

「喂，妳別性別歧視，誰說男生就不能怕冷？」

今天出門太匆忙，游知春只穿了一件寬大的毛衣，裸露在外的皮膚起了雞皮疙瘩，她的臉被冷風吹得發白。

她故意不讓李吾躲，左閃右躲，李吾在後頭笑罵。

游知春跑給他追，一瞬間玩心大開。直到撞到前方的人，她馬上立正站好。

後方追來的李吾來不及煞車，眼看就要撞上游知春，何又黔眼明手快地將人拉了過來，游知春愣愣地被他提著胳膊走。

何又黔提醒：「人多，別跑了。」

「喔……」

何又黔將游知春塞入隊伍中，自己則站在她前面，藉著身形高大，替她隔絕了冷風的侵襲。

他將手擱在身後，游知春在後頭偷看了好幾眼，她悄悄地從袖子中伸出手，人潮擁擠，稍微碰到他應該不至於被懷疑吧？

同樣是練過書法的手，何又黔的骨節分明、掌心厚實，是一雙好看的手。恍神之餘，游知春已經碰到他的手。

他的體溫襲來的瞬間，游知春像是即將窒息的人，拽著最後一口氣，拚命想汲取所有溫存。

幾秒後，她立刻回神，準備悄然無聲地收回手時，對方卻屈指反過來勾住她，接著熟練地摸上她中指上的薄繭，緩緩摩挲。

寒冷的空氣捎上一抹滾燙，游知春能感覺自己的呼吸都在顫抖。

這天，居然熱得讓人出汗。

收票人員掃條碼時，他已經鬆開了手，一切自然的彷彿他也是不小心的。

進入室內場地，驅走了寒涼，節奏感強烈的音樂震耳欲聾，敲著游知春的耳膜，她感覺體內的血液滾燙，卻不是因為這場即將到來的決賽。

刷了李吾的臉，三人一同坐在視野最好的前排位置。

游知春坐在兩人中間，她心亂如麻，朝李吾說：「我們換個位子吧。」

「為什麼？」

擔心李吾不給她換，游知春乾脆犧牲形象，「嗯……我頻尿，你的位子離廁所比較近。」

李吾一愣，拍了她的腦袋，聽見她啊了一聲。

「拜託一下，妳一個女孩子能不能好好說話？」

李吾絲毫沒有收斂力道，游知春揉著腦袋，噘著嘴，怨恨地睨他一眼，「不然怎麼說嘛？」

他放棄地擺擺手，起身示意她過去。

得到滿意的結果，游知春也安分了。

李吾湊過去問：「妳支持哪一隊？」

游知春從來沒有參與過運動賽事，抬高脖子東張西望。

紅白運動服，好看。球員，也好看。「我喜歡那一隊。」

李吾一看就知道她外行人，調侃道：「妳在挑老公是不是？」

游知春順著回：「四十七號滿帥的。」

「妳喜歡那種型？」李吾嫌棄，「一看就是小白臉，中看不中用，弱不禁風的。」

「你一個受不了冷的人，有什麼資格說別人？」

李吾嘖她一聲，接著慫恿：「等等要不要上去和他拍照？」

「可以嗎？」

游知春是不懂籃球，但機會難得，即使何又黔沒追到手，和一位帥球員拍照留戀，不過分吧？

「妳求我啊。」

兩人在旁喋喋不休，始終未發言的何又黔望向臺下的球員，無意識地摩挲著指腹。

哨音響起，觀眾席的歡呼聲拉開了比賽序幕，即便是外行人的游知春也感到一絲振奮。

下一秒，啦啦隊進場，白衣紅裙，完美呈現凹凸有致的身材，配合動感的音樂扭腰擺臀。

聽見李吾歡呼的聲音，游知春嗤之以鼻，視線越過他，發現何又黔也專注地盯著球場。

果然男人都一個樣啊！

游知春對這場比賽本就興致缺缺，現在更不想看了，心想乾脆躲去逃生樓梯寫稿。見李吾目不轉睛地盯著球場，她也沒想打擾，彎著身便跑了出去。

老實說，她在家窩了這麼長一段時間，碰上人群多少還有些不自在。她掏出手機，縮著身子坐在樓梯間打字。

冷風自門縫鑽了進來，吹得游知春直發抖，她踏了踏腳，想藉此讓身體熱起來，發覺不管用，在外頭寫稿的思路也不夠流暢。

她索性放棄，起身想回會場。

準備推開門板時，才發現自己被鎖在裡頭了。

不是吧？

游知春不信邪地再推了幾次，沒有作用，發現門的設計是外頭的人才能打開。她懊惱，掏出手機打給李吾，無人接聽。

那小子絕對是比賽看得太入迷。

游知春本來想等他回撥，無奈樓梯間的強風不斷灌進衣內，她冷得直發抖，打了好幾次噴嚏，實在待不下去了。

心一橫，決定拜託何又黔。

樓梯間訊號不好，但她沒有何又黔的手機，於是撥了網路電話，斷斷續續，好不容易接通了，結果兩人根本聽不見彼此說話。

最後，她改傳訊息。

游知春：「我被困在右側的逃生樓梯口，你能過來幫我開一下門嗎？」

訊息花了一分鐘才傳出去，游知春見他已讀了，揉了揉發癢的鼻子。

唉，何又黔一定覺得她是麻煩精。

她自嘲一笑，怎麼在喜歡的人面前永遠像個窩囊廢，說好了從今以後不喜歡，結果今天還不要臉的主動觸碰他。

說一套，做一套。

游知春蹲在樓梯口，吸著快流出來的鼻涕，自我反省。

急促的步伐聲打斷她的若有所思，游知春抬起腦袋，沉重的鐵鋁門緩緩被推開，映入眼簾的是亂了分寸的何又黔。

她愣愣地起身，搞不清楚狀況，說道：「謝謝你啊，我……」

下一秒，何又黔灼熱的指尖拂過她的眼角。

游知春屏住呼吸。

他輕聲問：「哭了嗎？」見她沒回應，何又黔偏頭確認，想從她口中得到答案。

游知春不知道他為何如此執著，答道：「……喔，沒有。我沒有你想像中那麼愛哭啦。」

是嗎？他不信。

在他的夢裡，她每每都在掉眼淚。儘管何又黔拚命哄她，說盡了道歉的話。

她不領情，哭喊道：「你出去。」

他拒絕，接著低頭去找她的唇，「只有在這裡，妳才完全屬於我。」

何又黔噙起笑，緩緩鬆開了手，「是嗎？那就好。」

準備離去時，游知春忽然拉住他的衣襬，語氣磕磕絆絆，「我們……不要回去吧。」

何又黔明顯一愣，見他遲遲未開口，游知春舔了舔唇，逐漸失去抓住他的力氣。

「妳想去哪？」

聽聞，游知春驚喜地仰起腦袋。

太冷了，鼻子都被她揉紅了，眼眶被風吹得泛紅。

她還有些不敢置信，知道何又黔溫柔體貼，她嘀咕道：「……真的可以嗎？不用勉強的。」

何又黔反問：「妳呢？要是回來晚了，不和球員拍照也沒關係嗎？」

游知春想都沒想，「沒關係啊，我又不認識他們。」

「那走吧。」

「好啊。」

游知春抑制住拚命上揚的嘴角，乖巧地跟在他身後。準備出會場時，何又黔忽然止住腳步，游知春還未問話，見他脫下身上的連帽外套。

「穿著吧。」

游知春拒絕，「你會冷。」

「我不怕冷。」

聞言，游知春噗哧一笑，「你和李吾滿互補的。」

何又黔承認，「我和李吾的個性確實不太一樣，他有趣、健談，性格也開放，生活更是過得無拘無束。大家理應偏愛他許多。」

游知春卻搖頭，「但我就不喜歡他的個性。」

何又黔看著她等待下文。

「一看就知道是個會惹麻煩的，還不會照顧自己。」游知春努嘴，「我在生活方面也是智能不足，我們要是混在一起，那絕對是天崩地裂。」

何又黔被她的比喻惹笑。

游知春表情鄭重地說：「所以我不能跟他處在一起。」

「確實不能。」

「這就表示，你有你的好，李吾當然也有他的好。青菜蘿蔔，各有所好。」

何又黔低笑，「我知道。」

游知春沒有繼續推託，接下男孩的外套穿上，上頭還殘留著他的餘溫，寬大的布料籠罩住她的身體，她整個人像被他圈在懷裡。

何又黔的喉結微微滾動。

「你對這附近熟悉嗎？」

何又黔回過神，「陪琦唯來過幾次。」

「喔……這樣啊。」游知春刻意走在前面，不想讓他看見自己的表情。她狀似不經意地問：「那你們都去了哪裡？」

她甩著過長的袖子，似乎把這動作當成一件好玩的事。

何又黔跟在後頭，「那就要看李吾去哪了。」

「喔，那她都有李吾了，為什麼還要你陪？」這句話游知春是斟酌過的，聽上去是合理的詢問，實則內心無比嫉妒葉琦唯的幸運。

真好，從小就和何又黔相處在一起。

小時候的何又黔，她也想見一見。

從何又黔的視角看來，眼前的游知春像團柔弱無骨的小生物，露出一雙靈動的大眼，套著明顯過大的衣物在街上溜達。

游知春的步伐本來就比一般人快，直到胳膊被人圈在手裡，她才停下腳步。

自掌心傳來的溫度，不斷說明她是存在的。在每個她決絕離去的清晨，呼吸仍遺留著纏綿後的滾燙，他好幾次都想伸手挽留她，可是逐漸回歸的理智告訴他，不可以了。

何又黔，不可以了。

——你在玷汙她。

此時，將她圈在手裡，才發覺她比想像中柔軟，與虛幻的夢境天壤之別。他知道，自己開始不滿足了。

游知春眨眼問：「怎麼了？」她能感受到何又黔握得用力，不疼卻也掙脫不開。

何又黔緊抿著脣，拉高游知春的手，替她將袖口摺起，一折兩折，直到露出白皙的手掌，抬起她另一隻手，重複一樣的動作。

親暱的舉動，令游知春有些不知所措。「我、我自己來吧。」

何又黔不語也不鬆手，極其專注在這件事上，藉以平息所有心浮氣躁。

游知春看著平整的折線，都要懷疑何又黔的手莫非是量尺，怎麼可以將兩邊的長度摺得絲毫不差？

她舉起雙手比對，聽見何又黔繼續上一個話題，「李吾自由慣了，不太喜歡被管。可是對琦唯來說，李吾是她的初戀，她有太多期待和想像。這倒沒什麼不可以，只是她沒辦法承受之後的落空與失望。」

游知春身為網文寫手，感情戲寫得比自己的經驗更純熟，自然也懂情侶間的紛紛擾擾。

「之後就變得有些神經質和沒安全感吧。」

何又黔笑了一聲，點點頭。「我擔心她會出一些激烈行為，才跟著一起來。」

游知春笑問：「你不覺得自己很吃虧嗎？你從小就在顧別人的女朋友啊。」

她以為何又黔至少會有點脾氣，他卻反問：「那我應該怎麼做？」

什麼都別做。

游知春邁開腳步，語氣有些悶，「喜歡就搶過來啊，不是都說，有男朋友的女生，敵人只有一個。你哪點比不過？」

聽完，何又黔輕輕地笑了。

「很好笑嗎？還是覺得這樣不符合你正人君子的形象？」

她要是何又黔，早就下手了。她從來就不覺得他輸李吾，只可惜她這輩子是游知春——暗戀無果的游知春。

他卻說：「我不是君子。」

游知春聽多了他說這種話，「對，當然不是，依照你的個性，什麼都是自己的問題。可是人不是本來就有私心嗎？」

語落，忽然一隻手環上她的腰際，稍稍施力，游知春跌進何又黔的懷裡，與身上外套同樣的洗衣精香味撲鼻而來，臉頰貼著何又黔起伏的胸膛，慌亂中還摸到他長期健身的肌肉線條。

游知春覺得自己快要死了。

「我不是。」

游知春僵著身，不敢移動半分，就怕打破這美好的瞬間。

直到何又黔伸手將她的連身帽戴上，替她整理帽簷。「妳鼻子都紅了。」

她愣怔，回神時，何又黔已經往前走了。

游知春能感覺自己渾身上下充斥著何又黔的溫度。

她快步跟上，何又黔卻一反常態的寡言，彷彿剛才的擁抱並不是出自他意願。

游知春有些不是滋味，卻又無從問起。問多了，怕是她多想，不問自己又糾結。

她倏然停下腳步。

何又黔走了幾步發現游知春沒跟上，他側身，似乎才想起要問她：「前面有市集，要去看看嗎？」

「不去了。」

何又黔擰眉，「怎麼了？」

「李吾在找我們了。」她隨口丟出這句話，轉身跑回籃球場。

何又黔一個人站在原地，默默垂下眼。

比賽結束，李吾問了幾次他們去哪，得來的是一片沉默。上了車，他覺得車內氣氛比剛來時還尷尬。何又黔不太說話，問十句答三句，游知春更不用說了，在後座睡得天翻地覆。

李吾忍了一天，最後還是問：「唯唯最近還好嗎？」

何又黔望著窗外，「你覺得呢？」

「那你……多顧著她一點。」

「你在意她，卻不願拉下臉和她說清楚。你也知道她有多喜歡你，默默關心你，努力和你考上同一所大學。她父母對你有意見，她便義無反顧地搬出來和你住。現在更是因為你們分手，她被禁足在家。」

李吾慌張問道：「你為什麼現在才跟我說？」

何又黔現下心情煩悶，不自覺冷聲質問：「你呢？為她做過什麼？」

李吾忽然嗤笑，「對，我就是沒用，你那麼厲害，高中時怎麼就不說喜歡她？眼睜睜看著她跟我在一起，什麼都不做的你最有資格說話了。」

「事後，你跟著她的家人處處挑剔我，你不覺得這樣有失風度？」

何又黔不怒反問：「她喜歡的人是你。」

李吾的音量不自覺加大，「你不是也喜歡她嗎？」

空氣一片死寂。

半晌。

「我沒有。」

何又黔自後照鏡看見睡著的游知春緩緩睜眼。

李吾將他們送到公寓前，客套話也不說了，情緒明顯不悅，準備發動引擎時，游知春還是補了一句：「小心開車。」

發生意外，誰也不樂見。

李吾應了聲，駕車離去。

游知春目睹了一場兄弟鬩牆，兩人各自帶有情緒，也不知道話語之間是真是假。唯一知道的是，她無權干涉。

但她終究不捨兩人的關係鬧僵，出了電梯口，還是沒骨氣地轉身和何又黔道別。孰料，側過身時，卻瞥見何又黔的臉浮起異樣的潮紅。

「你怎麼了？」

她走近一步，卻見他抗拒地後退。

面對他的閃避，游知春略微不滿，本來不打算搭理他了，偏偏放心不下，乾脆伸手扯住他的手臂。

何又黔看著她細潤的五指與自己的皮膚緊密貼合。

她主動抓住他了。

觸上何又黔的皮膚，熱燙熨上她的掌心。「你不會是發燒了吧？」

何又黔不語，脣色有些泛白。

游知春想起他剛才脫了外套給自己，他裡頭只剩一件單薄的長袖上衣。她忍不住皺眉責怪，「你還說你不冷？」

游知春豎起眉眼，眼底透出的指控與夢境相互重疊。

她依然在怪他。

何又黔忍不住伸手撫向她的眼角，意識混沌，他唯一清晰記得的只有他必須道歉，否則她會離開。「對不起，是我的錯。」

游知春沒有力氣避開了，甚至附和，「對，是你不對。」

本來這一段暗戀可以無疾而終，以後想起來也只覺得可惜，或是感嘆——啊，當年有一個好喜歡的男孩啊。

本來應該是這樣。

結果何又黔不按牌理出牌出現在她面前，她開始對所有事耿耿於懷，像極了一肚子壞水的配角。

「對不起。」

游知春最終還是對他心軟，斜他一眼，「我不想要你的道歉。」說完，她又覺得自己無理取鬧，「算了，你快回去休息……」

話語未落，她感覺到有人環住她的肩，輕輕一攬，游知春反射性地仰起臉，脣瓣微張，與此同時，他柔軟溼潤的嘴脣貼覆而來。

游知春眼睫輕顫，被風吹得乾澀的脣沾上何又黔的唾液，服貼密合地攪亂她的呼吸。

游知春第一次體會到男女力氣上的懸殊，何又黔看似沒有出力，她卻逃脫不出。

她停頓了幾秒才意識到——他在吻她。

如同浪潮，一波又一波地拍打著她，她還未憋足氣，再度被他拖拉下沉。

何又黔捧著她的腦袋，即使早在每一場夢中嘗盡她的甜美，卻不知在現實中，一個最簡單的親吻竟更讓人無法自拔。

他的脣很燙，像要在她身上烙下痕跡。

她柔軟的身軀與他沸騰的體溫相合，游知春能感受到身體微妙的變化。

直到何又黔加重了親吻的力道，急促的呼吸，一切如同一觸即發的烈火，蔓延至兩人的四肢，游知春承受不住，自脣齒溢出了聲響，腿都軟了。

何又黔在嘴脣感到一絲疼痛後才回過神來，見游知春雙眼盛滿水氣，他慌亂不已地想道歉，卻又覺得這句話對她來說或許已太過廉價。

還未開口，游知春便推開他，轉身跑進屋。

第四章　蓄意

最近系所都在忙研究所推甄之事，游知春偶爾會去系辦幫忙。

游知春望著窗外，何常軍喊了幾聲她才回神。

「教授，你說什麼？」

「妳之後想直升嗎？」

游知春沉吟，「目前不想，我對文學沒有這麼大的願景，單純就是不討厭而已，如果要做研究課題，或是更深入的探討，我大概會排斥。」

何常軍笑罵：「臭丫頭，在我面前，客套話也不會說。」

游知春朝他吐舌。

何常軍突然問：「妳最近有心事？」

游知春回神，「嗯？」

「看看，又發呆了。讓我來猜，談戀愛了？以前就沒見過妳這麼分神。」

游知春跳了起來，「我才沒有！我、我怎麼可能……」

此地無銀三百兩。游知春心虛地坐下，轉著電腦椅。這件事讓她足足煩惱了一個禮拜，偏偏無人可談心。她不與巫蔓討論的原因不外乎對方是何又黔。

巫蔓要是知道，大概會沉不住氣跑去和本人理論。游知春不願嘗試任何有風險的事。

她甚至苦惱到上粉專發文。游知春幾乎不在平臺上透露私生活，因此這回刻意用了「我朋友」，但事實上全世界都知道是她本人，只是假裝配合。

「我要是妳朋友，我就衝了啊！都親了，難不成是夢遊？」

「不不不！我建議不要。一定要等對方主動，女生主動會掉價啊！」

「我懷疑那男的根本是藉機吃妳朋友的豆腐。」

「對方如果一直沒有下一步，我覺得就別放在心上了。大概就是精蟲上腦，或是以為妳朋友是個玩得起的人。」

「現在都什麼時代了，女生主動怎麼了？我男友也是我追來的啊。妳朋友要是真的很喜歡他，主動出擊也不是什麼壞事。對方不喜歡，她也好認清他就是個渣男。」

游知春本來想從留言之中找些希望的蛛絲馬跡，孰料她怎麼看都像是自作多情，所有期盼在何又黔的被動之下全盪入谷底。

可是游知春不想死心。她刻意問：「教授的兒子是不是跟我差不多大？」

「嗯，大三。」

「他最近……交女朋友了嗎？」

「沒呢，也沒聽他媽和我提。我那兒子從小就跟著我父親，心性大概都被他祖父給磨光了，內斂寡淡。有時對他嚴厲只是想讓他學著表達，結果這麼多年，他也未曾說過一句不。」

何常軍似是想起什麼似的，「倒是有一件事。」

「嗯?」

「高三畢業那年，我見他寫了整整兩個月的書法，他平時是不會在未被要求之下動筆。」

游知春好奇，「他都寫了什麼?」

「他只寫元稹的《離思》，每天反覆練習。」何常軍還以為他有了心儀的女孩。

游知春大概猜到了。「後來呢?」

「後來唯唯就交了男朋友，之後也沒見過他身邊有任何親近的女孩子。他們從小玩在一起，兩人應當是有感情，不過我那兒子愚鈍，話也不太會說，追人這種事更不指望，當然就被搶先一步。」

何常軍恨鐵不成鋼，「人家都交往了，我們長輩也不好說什麼。」

果然男人的嘴，騙人的鬼。

見游知春無話，何常軍拍了拍腦門，「光顧著說他，妳呢?有喜歡的人了?說來給教授聽啊，我好替妳鑑定。」

游知春踢了踢桌腳，突然問：「那教授教過你兒子不負責嗎?」

「不是我要自誇，何家可不會教出這種丟人現眼的傢伙，要是有，不用別人提醒，我自己就清理門戶了。」

游知春冷道：「那麻煩教授快點下手，最好片甲不留。」

「啊?」他還未問清楚，就傳來了敲門聲，游知春溜著椅子去開門。

她賭氣地想，不過就是肉碰肉，也沒什麼大不了，卻又覺得一直苦惱的自己像個笨蛋，洩憤似的用手背用力擦了兩下脣，抬眼卻看見何又黔緊抿的脣。她一頓，何又黔就轉開眼了。

「爸。」

「喔，來了啊。今天要和唯唯一家吃飯，一起回去吧。」

「好。」

何常軍收拾東西時，也問了游知春：「要不要一起？反正都認識。」

「不用了。」

游知春緊張得手心直冒汗，連帶臉色也僵硬，以至於拒絕的樣子像是極其反感。何又黔全看在眼裡。

「嗯？」

沒多久，系學會的學弟來敲門，看見游知春，他鬆了一口氣，「學姊，找到妳了。」

「請妳幫我看一下這期的送舊。」

「我又不是系會的。」

「妳上次給我的建議不錯，大家都很喜歡，這次也幫一下嘛！結束後請妳吃飯，上回慶功宴讓妳來，妳也不來。」

「我去才奇怪吧。」

「哪會啊，大家都很期待仙女學姊的光臨，絕對是敝會的榮幸。」

游知春失笑，受不了他的油腔滑調，轉頭朝何常軍說：「教授，我就先走啦。」

何常軍揮了揮手。

經過何又黔身旁時，他正好站在門邊，也不知道是故意還是找碴，他沒有挪步。

游知春等了幾秒，確定他不會主動讓開，她盯著兩人的鞋尖，客套疏離地說：「不好意思，借過。」難得對他硬氣一把。

ㄣ

游知春破天荒找了巫蔓喝酒。

兩人先去看電影，她選了一部票房破億的鬼片。巫蔓非常震驚，「妳妳妳……沒事吧？」

「嗯，聽說很好看。」游知春最近的情緒十分糟糕，急需轉換心情，「最近生活……有點無聊嘛。」

巫蔓身為鬼片的忠實愛好者當然不反對。然而事實證明，被人占了便宜的游知春膽子也沒有變大，詭譎的音樂剛響起，她就後悔了。在電影院嚇得差點哭出來，全程只敢把臉埋在指縫間，標準的又怕又愛看。

走出電影院時游知春險些腿軟，巫蔓快笑死了，「我這回沒逼妳喔，是妳自己要求的。」

游知春已經被嚇得只剩半條命，氣若游絲道：「對……是我自己活該。」

她們找了一家小酒館。

游知春並不嗜酒，只有和好朋友出去玩為了助興才跟著一起喝，偶爾寫稿到疲乏也會小酌，喝得酩酊大醉倒是沒幾次，今天是其中一次。

巫蔓懂得克制，兩個女孩子也不好都喝得太醉。游知春卻全程像灌水一樣，一杯接一杯。接近半夜，她將游知春從店內拖了出來，一條手臂擱在自己肩上，順手招了計程車。

「妳沒事喝成這樣，不知道的人還以為妳失戀了。」

游知春酣笑，「我是失戀啊。」

「跟鬼啊？」

「沒有啦，他是人，他還親我——」游知春的手胡亂揮著，聲音含糊，尾音拉得好長。

巫蔓氣笑，只當她胡言亂語。「誰啊？這麼沒福氣，我們春春可是小才女，教授的寵兒，還是讀者的小寶貝。」

游知春贊同，「嗯，我是小寶貝。」

巫蔓捏捏她的臉頰，游知春也就這時候最可愛。

待司機停在公寓前，巫蔓頓時想丟包她了。

游知春醉了，思想瞬間成了游三歲，任性哭鬧樣樣都來，平時不會出現在她身上的個性全都彰顯出來。以往巫蔓總調侃她，說她就是平時壓抑太久。

游知春蹲在門口，悶聲道：「我不想回去。」

「不然妳想去哪？我現在可是有家室的人喔，沒辦法陪妳徹夜不歸。」

她噘嘴，「那妳背我吧。」

「妳還真把自己當三歲小孩啊？多大的人，重死了，自己走。」

「不，我不要——」

「游知春！」

「老巫婆。」

「妳！」巫蔓最討厭別人這麼喊她，「游知春妳完蛋了，我要打人了！」

游知春機靈地起身跑到電梯前，巫蔓在後頭追她。

正巧有人從地下停車場走上來，游知春二話不說揪住那個人的衣襬，躲進他懷裡，對方一愣，游知春抬起溼潤的眼，嬌聲地喊：「哥哥，救命。」

巫蔓追了上來，氣喘吁吁，「游知春妳真的死定了！」

定睛一看，游知春正抱著一個人不放，她一頓，「喔抱歉，我朋友有點醉了，她喝醉了就像小孩……何又黔？」

何又黔半舉著手，僵著上身，不敢碰觸游知春分毫。「她怎麼喝成這樣？」

巫蔓還真的不清楚，只能乾笑兩聲，「高興吧，就快學期末啦。」

何又黔質問：「她和誰一起喝的？」

「就我們兩個。」語畢，巫蔓後知後覺地發現這氣氛好像不太對勁。

何又黔將視線轉往游知春的臉，她身上清新的香氣混雜著淺淡的酒香，光是聞著都有些醉意。

游知春抱著何又黔還不夠，甚至變本加厲地用手摩挲著他結實的腰際，發自內心地感嘆：「哥哥，你的腰好好摸啊。」

何又黔愣在原地，巫蔓見她持續上下其手，簡直不忍直視。何又黔豈是她們這些凡夫俗子可以褻瀆的人？

巫蔓低喊：「游知春，過來！妳真的會遭天譴。」

「不要！」游知春再次抱緊何又黔，大有誓死黏在他身上的決心。

感受到她柔軟的身體拚命往自己身上蹭，何又黔不敢移動半分。

「妳！」

游知春忽然朝何又黔張開手，要求道：「你背我上樓。」

巫蔓崩潰扶額，「妳別鬧……」

「好。」何又黔乾脆地將高大的身軀緩緩伏低，游知春絲毫不客氣地跳上他的背。何又黔轉頭確認她是否趴好的同時，她把下巴抵在他的肩，潮溼的呼吸拂過他的鼻尖，他動了動喉結，「好了嗎？」

她晃了兩下腿，「嗯！出發！」

何又黔長期健身，游知春這點重量並不算什麼。他絲毫不費力地直起身，即將走進電梯時，游知春又不安分了，她扯了扯何又黔的領口。

「不對，要走樓梯。」

巫蔓罵人：「游知春！妳不要太過分。」

何又黔卻順著她，「好，走樓梯。」

巫蔓一臉錯愕地望著何又黔走向樓梯，來不及釐清現在的狀況，只能默默跟上。

游知春一手扶在何又黔寬實的肩，另一手擱在他的脖頸處，指尖有一下沒一下地撓著他的側頸。何又黔憋著呼吸，繃緊下頷。

巫蔓在後頭跟著，見他憋紅了臉，以為他累了。「何又黔你讓她自己走沒關係，不用管她。」

「沒事，快到了。」

幸好他們住的樓層不高，只是在門口找鑰匙時又是一陣兵荒馬亂，游知春一下說想吐，一下說想上廁所，讓兩人急得不行，只能分工合作，一個人哄她、一個人找鑰匙。

「我找到了！」巫蔓好不容易從游知春的包內挖出鑰匙，側身才發現那兩人似乎有了自己的小天地，沒想到何又黔哄人還挺有一套的。

「再忍一下，好嗎？」

「我想吃酸軟糖。」她委屈地揪著何又黔的衣角。

「上次我已經把軟糖都給妳了。」

游知春努嘴，鬆開了手，「那我不想要你了。」

何又黔趕忙抓住她的手，「我再去買給妳，行不行？」

「不行，我不要了。」游知春茫然地看著何又黔擰眉，即便頭昏腦脹，她依然見不得他皺眉，伸手撫平了他的眉間。「好吧，你再買給我。」

何又黔展顏一笑，「好。」

巫蔓看得一頭霧水，到底是誰在哄誰。

將游知春送上床已是凌晨的事，張洛臣擔心巫蔓，騎車到公寓樓下等她。

巫蔓向何又黔道謝，緊接著嘗試挽回游知春的顏面。「呃，我好姊妹平時不是這樣的，她是個很有禮貌和分寸的人，絕對不會像剛剛那樣耍脾氣。」

巫蔓見何又黔沒反應，目光反而落在床上睡得極度不安穩的游知春，只好再次強調，「真的！」

姊妹，我仁至義盡。

何又黔頷首，「嗯，我知道。但這樣也沒什麼不好。」

巫蔓忍不住打量何又黔，她雖不是情場老手，但在情感方面也有點經驗。她總覺得，何又黔和游知春之間有股說不清的曖昧，但兩人分明八竿子打不著。

她對何又黔認識不深，訊息都來自眾人的評價，多數都是溫順有禮、俊逸非凡，顏值與李吾同樣亮眼，性格卻有強烈的對比，各有各的擁護者。

張洛臣又打電話來催，巫蔓抱歉道：「我得走了，不好意思給你添麻煩了，你人真好。」在被人非禮的情況下，還能替游知春說話，換作是其他人大概都發脾氣了。

何又黔點頭，「路上小心。」

巫蔓搭上電梯後，何又黔關上門，裡頭忽然傳來一聲巨響，他趕忙衝進屋內。

游知春裹著棉被，從床上滾了下來，她悶哼一聲，卻只是踢了踢被子，似乎不打算睡回床上。

夜裡氣溫低，何又黔擔心她會感冒，可是他不敢再繼續靠近她了。繼上回的失控，他一個人在家自省了好幾天無法入睡，哪怕只是夢，他都不願再次輕薄她。

然而慾望是延展的，即便他極力克制，但游知春的滋味仍殘留在舌尖久久不散。他還是忍不住走到她身旁，只要一下子就好。

一下子，就好。

「游知春。」他喊了幾聲。「睡在地上會冷。」

游知春眼都沒睜，估計意識也不清醒，卻仍是頂嘴：「不冷。」

何又黔輕笑，但也不能縱容她就這麼睡一晚。「起來吧，我扶妳。」

「不要，你抱我。」

空氣彷彿凍結了，何又黔能感覺自己的呼吸像是被灌了鉛。

她繼續說：「你抱我，我就不冷了。」

「妳知道自己在說什麼嗎？」何又黔問完，自己都覺得可笑。一個小酒鬼說的話，怎麼能當真？

「知道啊。」她軟聲應著，下一秒卻抱著棉被俐落起身，何又黔還搞不清楚狀況，便看見她噘著嘴說：「不能睡地上，床底下有可怕的東西……」

何又黔蹙眉，「什麼東西？」

游知春腦袋裡還轉著鬼片劇情，有幾幕驚悚畫面她仍然印象深刻。她爬回床上，咕噥道：「早知道就不看了……」游知春睏得要命，但一想起恐怖畫面，卻又不敢睡。

何又黔見她乖巧地坐回床上，本來鬆了一口氣，然而游知春又丟了一顆震撼彈，「你陪我睡覺好不好？」

游知春全然忽略何又黔僵直的身影，拍了拍身邊的空位，喜孜孜地安排。「你睡外面，我睡裡面。」

何又黔不打算搭理她，轉身要走時，聽見游知春可憐兮兮地說：「我一個人不敢睡，可是我好想睡覺喔……」

他用力閉了閉眼。游知春的哀求宛若潘朵拉的盒子，掐著他的慾望，不斷誘使他掀開。

游知春打了個哈欠，雙眼含淚，「快啊！何又黔。」

何又黔全然不清楚自己在做什麼，回過神來，兩人已經安安靜靜地躺在床上，如同他的每一場夢。

習慣牽引著生理，何又黔感覺到自己澎湃的血液逐漸往上衝，游知春身上的香味即刻就能將他淹沒。

他不能繼續待在這裡，他快沒有自制力了。

感到安心的游知春睡著了，她柔軟的手臂無意識地攀上何又黔的肩。

她的呼吸、體溫以及心跳，衝破夢境來到他的身邊。

何又黔內心有多震撼，將人攬在懷中的舉動便有多小心翼翼。

是她主動過來的。

是她。

何又黔垂首，在游知春的肩窩落下一個滾燙的吻。

這場延續了好幾年的夢，終於來到現實了。

游知春是被陸妍的來電叫醒，一睜眼就頭痛欲裂，嚴重的宿醉讓她又躺了回去。

「喂？」

「妳怎麼還在睡？」

「昨天和巫蔓出去了。」游知春說完，隱約覺得漏了什麼，「妳打電話來是怎麼啦？」

陸妍今天特地看了一下留言區，大概是有事先在簡介排雷，謾罵的人不多，忠實粉絲也很捧場，還有不少讀者在討論結局。

「這暗戀太真實，我總感覺會是BE。」

「我們小教主沒寫過悲劇，放心啦——」

「人都會長大，有時我覺得沒有在一起也不是壞事，而且女二感覺就是男主的白月光啊。」

「認同。何況女主是默默喜歡，兩人最多只是同校學生，硬要扯上男主喜歡她，就有點不切實際了。」

「希望是好結局。」

陸妍知道游知春設定男主角最後會和女二在一起，也就是說女主暗戀無果。

「我就想確認一下，結局不改嗎？」

游知春起身，太久沒這麼放縱，全身腰痠背痛。「嗯，當初就這麼設定了。」

「男主確定對女主沒感覺？」

游知春一覺醒來已經下午了，肚子空蕩蕩的卻沒什麼食慾。「對啊，我寫得不是很明顯嗎？」

陸妍考慮到讀者市場，還是想以圓滿結局為優先。

「我只是在想，換個角度思考，男主就不可能是暗戀女主嗎？他的那些行為，也可能是故意混淆女主的吧？」

游知春撓著頭髮走進浴室洗漱，「怎麼可能？我的設定就是男主喜歡女二啊，再說，男主和女主根本沒什麼接觸……呃！」

游知春倒抽一口氣。

「怎麼了？」

游知春瞪著鏡子，肩窩上有一枚小紅印，這是她抓的嗎？還是蚊子叮？

不對，這看起來不像是傷口，更像是……

完蛋了，她昨晚幹了什麼事了嗎？

游知春回頭看一眼床，成團的棉被以及床頭的布偶，都與平時無異。

昨晚是巫蔓送她回來，這點毋庸置疑。她還記得自己叫巫蔓背她，想也知道巫蔓不可能會理她，可是最後還是有人背著她上樓，是誰呢？

零碎的片段閃過腦海，她著急地掛了電話，「我、我晚點再跟妳說啊。」

游知春知道自己喝醉是什麼樣子，巫蔓曾經錄影給她看，簡直像個煩人的小屁孩，愛抱人又無理取鬧，她的形象全毀。

ㄣ

李吾發現何又黔更加沉默寡言了，今天除了必要的開口，都沒說過其他話。

「喂，沒必要這樣吧？我們都幾年的朋友了，你要因為這種事跟我冷戰嗎？」

得不到回應，李吾自顧自地接著說：「好啦，我那天的態度確實也不好，我先道歉。」

何又黔置若罔聞。

李吾的脾氣也上來了，「你不是說你沒有喜歡唯唯嗎？現在這樣，難不成是騙我的？」

何又黔似乎是嫌吵，胡亂應了聲。「沒事，我沒放在心上。」

李吾見他心不在焉，順著他的視線看去，便看見游知春端著空盤準備離開學餐，身旁還跟著一票人，萬綠叢中一點紅，她笑得燦爛，容光煥發。

李吾出聲喊她。

「喔，大少爺能吃學餐啦？」游知春調侃，李吾沒好氣地瞪她一眼。

「有人從昨晚就不回我訊息，到現在都還沒回。有了小鮮肉，我們就得等著回收再利用。」

游知春笑回：「我這幾天比較忙，改天再一起吃飯。」

「妳根本就養了一池魚塭。」李吾目光掃過後頭那一票學弟妹，文院男生不多，但恰巧這屆的系學會大多都是男生。

「哪能跟前輩您比呢。」

李吾笑罵一句，順勢邀請，「跨年一起來我家玩啊。」

「好啊。」

她和李吾一來一往地搭話，自始至終都沒有正眼看何又黔。上課鐘聲響起，游知春趕著去研究室替何常軍批改考卷，微笑道：「那我先走了。」

李吾擺了擺手，「滾吧。」

何又黔抿著唇，見游知春轉身，積壓在胸口的情緒迫使他開口：「妳幾點結束？要順路載妳回去嗎？」

游知春卻直接回絕，「不用了，我自己可以。」

這是何又黔第八次站在陽臺往外看去，已經凌晨了，游知春老是這麼晚回家。

他像個老父親似的，杵在門邊等人回來。

關於兩人的事，游知春什麼也未提起，是忘了嗎？還是打算把這件事翻篇？

何又黔敲著欄杆，意識到自己在責怪她，急忙打住所有想法。他怎麼有臉說她？無恥的可是自己啊。

一輛熟悉的車緩緩停在公寓門口，何又黔盯著游知春從副駕下車的身影。

游知春從電梯出來時，何又黔從樓梯間走出來。

她有些驚訝，「你也剛回來啊？」

何又黔模稜兩可地應了聲。

「怎麼不搭電梯？」

「走樓梯，運動。」何又黔看她一眼，意有所指。

「挺好的。」游知春並無太大反應，「那我先走啦。」

何又黔發現她明明與其他人都能相談甚歡，碰見他卻總無話可說，見她毫不留戀地開門，梗在喉間的話嚥不下也吐不出。

游知春似是想到什麼，「喔對了！」

何又黔雙眸亮了亮，「怎麼了？」

語落，他才意識到更嚴重的問題，游知春要是真的問了昨晚的事，他該怎麼回答？情不自禁？蓄意為之？

還是不承認吧。

「你在這裡等我一下喔。」她脫鞋進屋。

游知春出來見何又黔一動也不動地站在原地，她笑了一聲，傻不傻啊？

她將手裡的醫藥箱遞給他，「之前一直忘記還你，謝謝你了。」

何又黔被動地接下。她把什麼都還給他，連帶笑容都疏離得像是告別。他在游知春準備轉身前，搶先一步問：「腳都好了？」

「只是皮肉傷，不嚴重。」

「讓我看看。」

「啊？」

「女孩子留疤不好。」

聞言，游知春也覺得無不可。她已經換上拖鞋了，稍稍抬起腿，露出潔白的後腳跟。何又黔溫熱的掌心環上她纖細的腳踝，游知春忽然重心不穩，整個人往前撲。何又黔張手攬住她，游知春順勢抱住他的腰，兩人的姿勢頓時成了相擁。

何又黔的身體瞬間僵直，游知春磨磨蹭蹭地鬆手，指腹悄悄滑過何又黔的腰，接著一本正經地道歉。「啊，抱歉，我沒站穩。」

「沒事。」

游知春笑問：「我的腳還好吧？不會留疤吧？」

何又黔咳了一聲，聲音乾澀道：「嗯，確實好得差不多了。」

「那就好，晚安。」

「晚安。」

何又黔目送她進屋，腰間仍殘留她的溫度，與虛幻的夢境相差甚遠，她一主動，就讓他的冷靜碎得精光。

明明是大冬天，他卻忍不住回家沖了冷水澡。

第五章 告白

何又黔星期五整天都沒課，如果沒事他就會回家陪家人，然而今早游知春頭一次主動傳來訊息。

游知春：「你今天有空嗎？」

何又黔：「有。」

游知春：「那陪我去買禮物吧。」

何又黔：「誰的？」

游知春：「你好哥們的。」

兩人約好半小時後出發。時間一到，門鈴便響了，開門就見游知春一襲杏色大衣和毛呢長裙，脖子圈著圍巾，眼底含笑，「早安，你好了嗎？」

感染她的愉悅，何又黔也跟著笑了，「嗯。」

「穿外套吧，外面很冷。」

「好。」他掃一眼衣架，拿了一件杏色外套。

「妳想好要去哪買了嗎？」

游知春對買禮物一向很不拿手，苦惱問道：「你們以前都送些什麼給李吾啊？」

「妳想得到的幾乎都送過，我覺得妳不用送，他不在意這些。」

「我在意啊，我第一次參加你們的聚會，總不能空手去，至少該給李吾帶一份禮物吧。」

何又黔抿脣，見游知春努嘴思考，他不願她在李吾的事上琢磨太久。「那送球衣吧，他前陣子才說球衣洗壞了。」

「好主意！」她豎起拇指，「找你一起去買果然是對的。」

何又黔笑了一聲，卻在心裡暗怪自己多嘴。

游知春發現何又黔好像生氣了，就在自己第N次問手上的球衣好不好看時，何又黔千篇一律地回：「都可以。」

連正眼都沒看。

游知春覺得再問下去也不是辦法，於是討好地說：「你和李吾差不多身形，要不然你幫我試一下？」

何又黔微微擰眉。

「我怕耽誤你太久，今天是星期五，你應該要回家吧。」

游知春的語氣聽起來不是問句。她都知道。

何又黔試探地說：「妳似乎都知道我的事。」

游知春笑了聲，「教授天天嚷著要回家吃飯啊。」

「是嗎？」

游知春顧左右而言他：「所以你趕緊幫我試一下，不然拖太晚，教授得怪我了。」

何又黔還是接下了。

見他進了更衣間，游知春在外拍胸，虛驚一場。

何又黔換了不少款球衣，當然不免除是游知春有私心，想與他相處久一點。

何又黔平時穿得寬鬆，為人溫文儒雅，不免給人有些弱不禁風的形象，實則是天生的衣架子，身形修長，寬肩窄腰，手臂線條明顯。

店員小姐頻頻誇讚：「同學，你穿起來真的很好看，很適合你。」她伸手想碰何又黔的肩膀，游知春先一步鑽到兩人之間，阻隔店員的觸碰，自然地撫平球衣上的皺摺。何又黔盯著游知春的手撫過他的肩頭，接著又掃過他的鎖骨，他眼神暗了暗。

「那就這件吧。」紅色招搖又喜氣，適合李吾。

準備結帳時，游知春瞥見店員小姐正在整理何又黔剛穿過的衣服，裡頭混著一件簡白的球衣，略顯樸素無新意，可是游知春就覺得適合何又黔。

何又黔自更衣間走出來時，一位工讀生默默走到他身旁，「那個……我能和你要個聯絡方式嗎？我知道你是我們學校的……」

游知春目睹搭訕場景，她假意沒看見對方在說話，張口喊了何又黔。「我也幫你買了。」

何又黔愣了愣。

「你過來看一下喜不喜歡。」

聽聞，何又黔揚起笑，輕聲和工讀生說了聲抱歉。

游知春亮出球衣，「不喜歡的話，現在就換。」對於送禮，她還是講求實用性。

何又黔看著球衣背號，毫不猶豫地說：「喜歡。」

「那太好了。」

上了車，游知春看了一眼時間，「你要是趕時間的話，就找一個最近的捷運站讓我下車，我自己回去就可以了。」

何又黔啓動引擎，「我爸讓妳過來跟我們一起吃飯。」

「啊？」

「他說平常都在麻煩妳，請妳吃一頓飯也是應該的。」

游知春還未應允，何又黔已經將車駛進車流，讓她連反悔的機會都沒有。

「你跟他說我們一起出去？」

「待人誠信，是何家首要之道。」何又黔義正詞嚴。

游知春無語。不是……怎麼突然就要見父母啦？

抵達何家門口時，游知春慌忙道：「可是我什麼都沒帶，怎麼辦啊？」

何又黔見不得她憂心忡忡，轉而安慰，「吃頓飯而已。」

「你的親戚兇不兇？」

她知道何家是大家族，繼上次見何常軍對何又黔的態度，總覺得何家上下全是循規蹈矩的人，只要犯一丁點錯，就要被釘在牆上一輩子。

游知春只是一般人家的小孩，躺在沙發吃零食看電視是常態，還會趴在地上看搞笑影片，偶爾甚至會不小心睡著，絲毫沒有禮儀可言。

「整個何家最兇的就是我爸。」他莞爾補充，「妳經常逗著玩的教授。」

游知春傻了。

何又黔推門而入，游知春乖巧地跟在他身後。何家的前院設計偏向日系風格，木製小門，兩旁鋪著小石子，還有一池瓦石製的魚缸，周遭皆是植栽百花。

游知春走進玄關脫鞋時，就見葉琦唯已經坐在沙發等候了。

「你們來啦？」葉琦唯揚起笑，她看起來消瘦不少，「大家都在飯廳等你們了。」

聞言，游知春一陣緊張。

何又黔見她神色繃緊，她似乎很怕生。他忍不住說：「沒事，有我在。」

走往餐桌時，何常軍一眼就看見游知春。

「春啊，來來來！快過來啊，杵在那兒幹麼呢？」

游知春下意識地看了何又黔一眼，何又黔抿笑，示意她快過去。坐在何常軍身旁的是師母蕭玥，游知春曾在何常軍的辦公桌上見過照片，神韻和氣質確實和何又黔十分相像。

游知春禮貌地打招呼，「教授、師母。」

何常軍笑吟吟點頭，「來，坐這邊。之前要妳來吃飯，妳怎麼樣也不肯賞臉。今天是怎麼了啊？又黔問就可以了？」

聽聞，游知春掃了何又黔一眼，何又黔面不改色地在她身旁落坐。

發現自己被坑，游知春微笑，「一日不見，如隔三秋，想你就來啦。」

何常軍樂開懷。

何家祖父母前些年都過世了，何常軍在家中排行老大，自然成了何家大家長，他的兄弟姊妹將近十人，加上結婚生子，在場少說也二十多人，飯桌甚至都得開三桌。游知春是第一次參加這麼大場面的飯局，這麼多人繞著說話，她都快招架不住了。

尤其她和何常軍互動熱絡，還是何又黔帶回來的女孩子，親戚們自然把焦點放在她身上。

「又黔第一次帶女孩子回來呢。」

「兩人怎麼認識的啊？」

「長得真漂亮！和我們又黔真配。」

何常軍像她的發言人，逐一替她答了，至於另一邊的何又黔則是不斷夾菜給她，父子倆活像是游知春的左右護法。

但何常軍也有疑問，「你們兩人怎麼湊上一塊？」

游知春知道李吾在何家大概是敏感詞，避重就輕地說：「一起買朋友的禮物。」

始終無聲的蕭玥忽然開口：「游小姐和我們家這兩位的關係似乎不錯。」

游知春乖巧恭敬地回答：「我這學期當了教授的助教，教授人很好，喜歡跟我們年輕人玩在一起。」

蕭玥微笑點頭，「在家他可是老古板。」

游知春順勢道：「我知道。」

眾人突然陷入安靜，游知春尷尬，不小心答得太順口，她轉頭朝何常軍討好地燦笑。

何常軍刻意板起臉孔，「妳怎麼知道？又黔跟妳說的？」

游知春連忙解釋：「沒有，真的不是，教授你不可以不分是非地罵他。」

何常軍氣笑，「妳這吃裡扒外的東西，為了維護何又黔，就把我說成糟老頭。」

「我才沒有。」游知春深感多說多錯，乾脆夾菜給他，「來，教授，是你喜歡的龍鬚菜，多吃一點，長命百歲。」

「臭丫頭。」

蕭玥適時打斷，「吃飯吧，再說下去，菜都涼了。」她掃了一眼飯廳的所有人，「唯唯去哪了？」

一名女孩回：「她跑去頂樓的陽臺，說是讓我們先吃。」

何常軍忍不住嘆口氣，便揚聲讓大家趁熱吃。

何常軍向蕭玥低語：「我過幾天和老葉聊幾句好了，他一直把人關在家也不是辦法，唯唯幾乎絕食抗議了。」

蕭玥意有所指，「他們也是為唯唯好，怕她回去找那個男孩子。我認為趕緊替她找個好對象，大家才好放心。」

聞言，游知春忍不住瞥了身旁的何又黔一眼，不知道他是聽見對話，還是湊巧，他也朝自己看了過來，兩人四目相對。

游知春急著轉開眼，卻忽然想知道要是她不移開視線，何又黔會怎麼樣？

於是她鼓足勇氣看了回去，何又黔絲毫沒有預料到她的反常，窘促地低下眼，耳根子都紅了。

游知春第一次見他這樣，驚訝之餘又有點開心，自己也跟著臉紅了。

兩人很有默契地低頭吃飯，直到何常軍出聲提醒：「別光顧扒飯啊，也吃點菜。」

飯後，蕭玥準備了甜點和水果，轉身對何又黔說：「讓唯唯下來吃一點。」

「嗯。」

何又黔一走，游知春也有些心不在焉了，無奈下一秒就被何常軍拉去書房欣賞他成天嚷著的筆墨山水畫，最後甚至要求游知春替他和畫作拍照。

游知春笑道：「教授，你在家是不是都沒人陪你玩啊？」

他嘆氣，「說這些他們也不懂，又黔尤其無趣，我說什麼就是什麼，他也不會跟我辯，還是跟妳好玩多了，我就喜歡妳成天跟我瞎扯。」

游知春失笑，真不知道何常軍這是褒還是貶。

「我能看看他寫的書法嗎？」

「能啊，不過都是高中的事，這幾年他沒寫了，應該都放在他的書房。」何常軍欣賞著游知春替他拍的照片，想著待會要發什麼文。

「直走右轉就是了，直接進去沒關係。他這幾年也不住家裡，裡頭應該沒什麼東西了。」

「好。」

游知春照著何常軍的指示走到一扇深紅木門，她壓下金屬門把推開門，小心翼翼地踏入，深怕踩碎陪伴何又黔成長的空間。

室內一如她所想的整潔，層層書櫃擺放著他各個年級的教科書。

他是個念舊的人。選球服永遠是同色同款，連手錶也戴了好幾年都不見他換。游知春的指腹抵著書背，一路滑過這些曾經參與過他年歲的書籍。

游知春順勢戳了戳自己的臉，她應該也算參與過吧。

牆上掛滿他的獎狀，桌上擱著無數獎盃。

游知春抿脣一笑，她都記得他上臺領獎的樣子，目光一瞥看見被何又黔壓在玻璃桌下的便簽。

最不符合邏輯的地方，一定埋藏著最深刻的邏輯。——余秋雨

看著熟悉的筆跡，游知春愣在原地，思緒逐漸飄遠。

起初，高中導師並不知道游知春練了一手好書法，這項才藝不像學樂器或跳舞那般值得一提，在正值青春期的年紀，她甚至覺得有些丟臉。

直到她被巫蔓陷害，成了一學期的輔導股長。

某天放學，她將這學期的學生壓力量表送到輔導室，推門就聽見幾位老師在討論評鑑的事。「輔導室太空了，這海報上學期用過，現在抓得很嚴，一定得換掉。」

幾人嘰嘰喳喳地討論，其中和游知春經常聊天的老師見她來了，突然道：「對了，我記得知春妳會寫書法啊。」

「嗯，怎麼了嗎？」

「不然這樣好了，我們就寫幾幅勵志小語掛在牆上吧。」

游知春推託不了，便趁著午休到輔導室出公差寫書法。

「知春的書法寫得真好看，前幾天掛上一幅，馬上就有老師在問了，想讓妳也幫他寫幾句。」

「我們都說那得收錢，否則知春可要累死了。」

游知春對於這類的誇讚向來不敢邀功，僅僅靦腆一笑，「老師們喜歡就好。」

輔導室順勢做了勵志小語的便簽，上頭的字都是她的筆跡，老師們將這些便簽放在公共桌上讓學生自由拿取。

當時輔導老師還問她：「知春這麼厲害，怎麼不參加書法比賽？這類比賽都沒什麼人參加，學生都喜歡歌唱熱舞偏動態的活動。」

她婉拒，「我太容易緊張了，比賽會失手。現在在輔導室寫這些，已經算是給我展現的機會，其他我就不多想了。」

游知春甚至連在紙上落款都省了，輔導老師笑她，「深怕紅了會被抓走一樣。」

而後，書法這項才藝在柳高紅了——何又黔掀起的。

有段時間，他參加了不少書法比賽也得了不少獎，高三最後一學期更是不負眾望拿了全市書法比賽的冠軍回來，那是柳高近幾年頭一次拿到書法冠軍。為了提倡多元教育，校長在升旗時大肆讚揚。

何又黔得獎的書法被放在中廊的玻璃櫥窗內供同學欣賞，書法一時成了柳高的熱門話題，為此還流行了一段時間。

游知春抬眼看向牆上的書法，時間僅在宣紙上留下些許暈黃，卻不影響紙面每一筆的匀整峭拔，她細細描摹眼前的字句，眼底充滿驚豔和讚嘆。

當她察覺有人來時，已經來不及了。

「這是我畢業那年寫的。」

游知春的思緒還有些混亂，她不敢轉頭，只低聲回道：「我知道。」

「游知春，妳說謊。」

她承認。「你指哪一句？」

「妳不認識我。」

「嗯。」

「妳更喜歡李吾。」

「嗯。」

何又黔沉默了一會，接著說：「平生不會相思，才會相思，便害相思。」

游知春睜大眼。

「是不是妳塞在置物櫃給我的？」

游知春倉促地仰起腦袋，眼神充滿驚慌，她以為他沒收到，她也沒打算讓他看到。只是在畢業時，想用相思之情哀悼這三年的青春，才會將自己寫的紙條藏在何又黔的置物櫃，卻沒想到他會發現。

游知春不解地問：「為什麼覺得是我？」

「待人誠實，一向是何家的首要之道。」何又黔聲線柔和。

「我知道，你說過……」游知春一瞬間不知所措，自己何曾這麼赤裸地站在一個人面前，彷彿前些時日的自己像個笑話。

「高中的時候我們一句話都不曾說過。」游知春對那些舊時光感到遺憾。

「我知道妳。」

「因為你幫著李吾追我。」

何又黔無以辯駁，更不能將午夜夢迴之事攤開來說，於是垂眸，「對不起。」

游知春覺得好笑，「你怎麼那麼喜歡道歉啊？」

「妳好像很不喜歡我道歉。」

誰喜歡啊？

「道歉的人是你沒錯，但每次聽起來都像是我的錯。」

何又黔正色道：「我絕對沒有那個意思。」

游知春覷他一眼，總覺得何又黔就是這般禮讓的個性，短時間內也無法改，多說無益，「算了。」她想回何常軍的書房了。

大概是她的回覆太過簡短冷靜，何又黔誤以為她生氣了。

「等一下。」他拉住游知春的手腕，出口的道歉又因為她剛才的話縮了回來，最後乾巴巴地問了一句：「……妳沒什麼話想對我說嗎？」

游知春想起那個吻，她下意識地咬唇，「搬來我租屋隔壁也是故意的？」

何又黔趕忙解釋：「不是，真的是巧合，我並不知道妳住在那裡。不過後來也確實因為這點，我才果斷租下。」

游知春有些慶幸自己正背對著他，否則臉紅成一團，哪還有什麼底氣質問他。

「你是為了什麼而搬出宿舍？」都住校兩年了，何又黔看上去也不太像會和室友鬧不愉快。

何又黔陷入短暫沉默，游知春大概也猜出來了。「葉琦唯嗎？」見他默認，游知春忍不住說：「你對她真好啊。」

確實，這是主因之一，但他早就計畫好大三或大四搬出宿舍，之後去實習也比較方便。李吾和葉琦唯都是他的朋友，誰難過，他都不樂見。李吾的個性他再了解不過，大男人主義，吵架後拉不下臉還意氣用事，他只能轉而勸導葉琦唯。

「她之前和李吾同居，有陣子兩人經常爭吵，唯唯有時不想回去就會去住旅館，來來回回好幾次，她一個女孩子在外面很危險，我住男宿更不能收留她。」

游知春偏頭，「跟你住就不危險啊？」

男女單獨共處一室，其中一方還有情傷，正是趁虛而入或尋找備胎的最好機會。

別問她怎麼知道，小說都這麼寫！

何又黔正經八百，「我不會對她做什麼的。」

游知春反將他一軍，「你親我了，你怎麼可以親我？」

「我、我不是……」抱歉的話就快說出口，卻被游知春打斷。

「你敢再道歉一次。」

游知春發怒的模樣遠比夢境鮮明，握在掌心的柔軟不斷說明她是真實的。歷經無數個空虛留戀的破曉後，她第一次為他停留。

聞言，何又黔閉上嘴，俊臉充滿慌張，但更多的是無法言喻的欣喜。

游知春生得嬌小可人，說實話，她擺起架子來還真的不怎麼樣，甚至激得何又黔忍不住想逗弄她。

「都說男生的話全是騙人的。」游知春嘀咕，忍不住再斜他一眼。

見他恢復成惜字如金的狀態，游知春也氣惱，「讓你不道歉，你就不會說其他話了嗎？」

「我無話可說。」

游知春無語，何又黔就是一個貨真價實的直男！

游知春試圖拉回手，何又黔下意識緊握不放，兩人力氣懸殊，扯了老半天，只有游知春的手腕紅了。見狀，何又黔怕她疼，率先鬆手。

游知春一瞬間失去重心，踉蹌幾步，眼看整個人就要往後倒，何又黔趕忙將她拉進懷裡。

「你故意的吧？」

何又黔擔心被說是趁人之危，想要鬆手時，懷中的游知春忽然抱住他的腰不放，悶聲道：「我故意的。」

刻意與他保持距離，對他差別待遇。

游知春嘀咕：「你親那麼用力，痕跡一直消不了，我穿了好幾天的高領。」

何又黔臉一熱，他以為自己足夠克制了。「我還以為妳想裝作沒這回事。」

游知春確實不太記得那晚的細節，隔天何又黔也沒其他動作，她要是主動問起，還真像倒貼的人。可是他親她，總歸不會是下半身思考吧？游知春相信他的人品。

「你還做了什麼？」

何又黔思忖幾秒，「……抱了一下子。」

「什麼時候走的？」

「清晨。」

「為什麼不等我醒？你大可以說是我先開始的。」游知春知道自己喝醉是什麼德性，熱情到逢人就抱，對何又黔動手動腳也不是什麼奇怪的事。

「我也不是全然對妳沒想法，不能都推給妳。」

游知春笑了，克制不住想逗他的心，「但你還是偷親我了啊，你就是占我便宜。」

提起這事，何又黔確實站不住腳，本來只想淺嘗輒止，孰料，燒成漫天大火。

「我願意做任何事彌補。」

游知春被他嚴肅的模樣逗笑，不客氣道：「好啊，那我要討回來。」

「好。」何又黔很乾脆。打罵都行，任她宰割。

然而，何又黔預期的行為都沒發生，只看見游知春朝他伸出手，接著扯了他的領口，他被迫彎下腰，少女身上淡淡香氣竄入他的鼻腔。

他並不是每晚都會夢見她，只有睡不好時才會做夢。他一開始很慶幸，只要他保持良好的心理狀態以及睡眠，他便可以不再褻瀆游知春。

直到後來，他開始主動讓自己陷入壓力之中。何又黔並不是好勝心強的人，卻一反常態地參加大大小小的比賽，以往都是長輩替他決定，自己很少主動提出想做的事，何常軍還為此感到欣慰，殊不知他是把每場夢當作對自己的犒賞。

他曾想過，如果游知春主動究竟會是什麼樣子？

脣齒相碰，她吻他了。

游知春吻人的技巧很生澀、毫無章法，甚至只能稱得上是脣碰脣，卻已經挑起他體內的火光，何又黔滿眼通紅，幾乎不敢動嘴，就怕忍不住弄痛她。

直到脣角傳來一絲疼痛，游知春才鬆開嘴。

她咬他。

控訴以往那些擦肩而過的日子。

何又黔似乎還在回味剛才的吻，游知春臉皮薄，生平第一次這麼衝動，臉紅得不像樣。她寫了幾本網文，男女主角承襲她的個性，多是含蓄，戀情水到渠成，連接吻都是淺嘗，然後完結，游知春從未想過後續的事。

思緒紛亂，轉身要跑時，何又黔拉過她的手臂，氣息鋪天蓋地而來。他一手撐在游知春身後的書架，不知道該說他無師自通，還是侵略向來是男性的本質，游知春覺得招架不住。以往懸掛在天邊的夢，朝她走來了。

腳步虛軟，背脊撞上後方的書架，她悶哼出聲，何又黔已經覆脣而上，連同她的呼吸一併吞噬。

夢境，清晰了。

游知春被吻得全身發軟，身體幾乎都靠在何又黔身上，她呼吸不過來，微微鬆了牙關，何又黔趁虛而入，伸舌試探地勾弄她的舌尖。

禮儀約束在何又黔的思緒裡逐漸磨成灰。

何又黔駕輕就熟，彷彿這件事他已經做了無數次，游知春忍不住低吟出聲。

何又黔眼底浪潮翻湧，手臂勾上她細軟的腰，將她往身上攬。

門口突然傳來動靜打亂兩人的情動，何又黔鬆口，將游知春護在懷裡。

下一秒，游知春與葉琦唯的視線碰撞——有種被正宮捉姦在床的既視感。

葉琦唯愣怔了幾秒才移開視線，尷尬地捏著衣襬。

「呃抱歉⋯⋯那個，又黔，阿姨讓你去客廳。」她說完便落荒而逃，比兩位當事人還要慌亂。

游知春的腦袋糊成一團，推開何又黔的胸膛，嬌嗔道：「怎麼辦啊？被看到了。」

何又黔意猶未盡，滿口清甜滋味，但他知道不能再繼續了，染上慾望的嗓音低啞幾分，

「嗯，被看到了。」

游知春緩緩抬起頭，兩人相望無話，脣齒間還殘留著彼此的氣息，她再次低下腦袋，羞得無地自容，「都怪你突然這樣……」

「對不起。」何又黔也沒想到，不過是一個吻，竟讓埋藏已久的衝動一觸即發，以後大概得保持距離。

思及此，忽覺不太對。「妳……喜歡我嗎？」

游知春哭笑不得，現在才問會不會太遲？

「我要是說不喜歡，你打算怎麼辦？」游知春存心逗他。

何又黔緊抿脣，認真思考了這個問題，最後慎重地說：「我會對妳負責。」

游知春憋笑，「誰要你負責啊？何況都什麼時代了，親嘴也沒什麼大不了。」

「妳親過別人？」何又黔眉頭緊鎖。

「不是，我、我沒有，真的沒有！」游知春暗罵，沒事給自己挖坑，現下愈解釋愈顯得欲蓋彌彰。

何又黔鬆開攬住她腰的手，還真的來脾氣了。

「何又黔，我喜歡你。」

十七歲的游知春大概沒想到，這句話竟會有撥雲見日的一天。

以往，每一份小心翼翼都埋葬在數不清的時光裡，偷偷記錄巧遇的次數，為他所有賽事鼓掌。

「再說一次。」

「嗯?」

「我沒聽清楚。」

游知春一陣彆扭。「不說了。」

「妳和李吾傳的訊息比和我還多,妳和學弟說的話也比我多。妳只說一句妳喜歡我,對我不公平。」

她就想問一下,何又黔什麼時候這麼斤斤計較了?

好不容易哄好何又黔,兩人從書房出來時,何常軍正巧出來尋人。

游知春反射性地從何又黔身邊跳開,何又黔見她故作鎮定地走向何常軍,忍不住低頭莞爾。

何常軍問:「你們兩個在一起啊?」

游知春覺得,中文有時也挺惱人的。

「看完書法啦?」

她莫名心虛,咳了一聲,眼神飄忽,不自然道:「嗯。」

「如何?」

「很好。」

「就這樣啊?」

游知春大言不慚地評論:「我覺得我比較厲害。」

何常軍開懷大笑，「那倒是！我們春啊確實高人一等，高中那時可得感謝妳禮讓我兒了。」

「好說，好說。」

何常軍推了她腦袋，「妳來幫我看看這篇文發得怎麼樣？我這內容排版老是用不好……」

游知春一邊聽，悄悄側過腦袋，瞧一眼後方的何又黔。

何又黔的目光自始至終都未從她身上移開，兩人的視線碰撞，何又黔彎了嘴角。

游知春臉頰都熱了，倉促地轉開臉，總覺得自己愈來愈沒出息。

人家一笑，就心花怒放。

走進客廳時，蕭玥端正地坐在沙發，吃水果的姿勢優雅，葉琦唯乖巧地坐在一旁。游知春低著腦袋不敢與她對視，選了沙發最角落的位置，試圖把自己的存在感降到最低。

孰料，何又黔逕自走至她身旁落坐。

游知春掃了他一眼，何又黔讀懂她眼底的嫌棄，似乎讓他別靠過來，何又黔氣笑。

葉琦唯看著他們眉來眼去，回想起方才在書房看見的那一幕，她非常訝異認識十多年的何又黔竟有如此充滿侵略性的一面。

從她有記憶以來，何又黔一直伴隨左右，謙遜溫和、體貼入微，是她遇過個性最好的人，她至今還沒見過他發脾氣。

思及此，葉琦唯意識到一件事，她也從沒見過何又黔談戀愛。

流言蜚語她沒少聽，何又黔對她好確實半分不假，而她也是何又黔身旁最為親近的女生。剛和李吾交往時，何又黔捎上祝福，老實說，葉琦唯總覺得心裡不踏實。有一段時間，一直想介紹對象給他。

葉琦唯考量到自己和李吾交往，三人幫勢必得散，不能再和以前一樣玩在一起，她見不得何又黔孤身一人，他寡言，甚少與人交流，她都怕他孤老終生。

何又黔說不過她，為了不讓她食言，仍去見了她幾位朋友。

朋友們對何又黔的評價，無疑是正人君子、成熟穩重，與同年紀的男孩相比，簡直是完美情人。

然而女方不斷釋出好感，何又黔卻無動於衷。

「何又黔究竟喜歡什麼樣的女生啊？我介紹給他的朋友們，吃過一次飯後，就都沒後續了，他完全沒主動問起。」

她絮絮叨叨這件事，轉而問李吾：「你們私下沒聊過喜歡的類型嗎？」

李吾淡道：「沒什麼好聊。」

葉琦唯自知問錯話，之後這件事便不了了之。

何又黔對葉琦唯的關心，眾人都看在眼裡。李吾和葉琦唯成為一對，而何又黔仍舊獨善其身，抗拒其他異性，硬要說兩人對何又黔的存在不甚在意，也都是檯面上的話。

幾年過去，她和李吾都分手了。

本來以為何又黔依然會是隻身一人，孰料，身旁竟多了一個女孩——游知春。

葉琦唯對游知春的印象僅停留在何常軍的得意門生，怎麼也想不到兩人會擦出火花。

究竟是什麼時候好上的呢？

一群人在客廳享用甜點，游知春起初還有些不自在，所幸何常軍頻頻與她搭話，她漸漸聊開才沒有剛來那般拘謹。

見游知春和何常軍像是父女一樣一吵一鬧，對面的何又黔忍俊不禁。

「教授，你別發這種長輩圖，太丟人了。」

「什麼丟人！上面都是金言良語，我也傳一張給妳吧。」

游知春笑著拒絕，「我要封鎖你。」

同時，蕭玥出聲：「時間不早了，讓又黔送妳們回去，不然我會擔心妳們？」

游知春才抓住關鍵字，就見蕭玥拉過何又黔說話。「唯唯這幾天狀態不太好，關在家遲早會悶出病。我剛剛和葉叔叔他們聊過，先讓她住你那一陣子吧，你好好照顧人家。」

葉琦唯現在算是被半禁足在家，父母輪流接送她上下課，哪都不准她去，就擔心她回頭找李吾。

何常軍和蕭玥覺得這方式太過嚴苛，極力勸說葉家父母物極必反。

蕭玥提議：「不然就先讓唯唯和又黔住吧，同齡的勸導或許比較有用，有個人也好照應，又黔也能替你們隨時掌握她的行蹤。」

何又黔的個性葉家父母知曉，是非分得清，待人誠信負責。葉琦唯跟著他，有好無壞。長輩們都達成協議了，何又黔自然沒有說話的餘地。

臨走前，蕭玥意有所指，「你有空就多關心唯唯，帶她出去走走。」

葉琦唯現下最想做的就是脫離禁足，之前和何又黔住一起也沒什麼不習慣，自然舉雙手贊同。不妙的是，現下何又黔和游知春交往，一名單身女子住他家便不合理了。

一時半刻，所有人進退兩難。

游知春率先開口，間接贊同了這提議。「教授，謝謝你們的招待，我們先回去了。」

「好，路上小心啊，下次再來玩。」

何常軍轉頭叮囑何又黔：「先把知春安全送到家，再和唯唯一起去買些生活必需品。」

何又黔瞥了一眼毫無異狀的游知春。最後，淡淡地應了聲。

三人在車上，氣氛微妙地陷入沉默。

何又黔本來想單獨和游知春說幾句話，甚至邀她一起去超市。他沒有想對葉琦唯隱瞞兩人的關係，孰料游知春回去後就直奔電梯。

難不成是生氣了？

葉琦唯見何又黔心不在焉，逛完超市，他只拿了兩包酸軟糖。

她打趣道：「你什麼時候喜歡吃這種東西？以前不是老愛念我吃零食不健康嗎？」

何又黔養生，一直保持健身的習慣，零食和甜品幾乎不碰。

提起這事，何又黔眼底含笑，「不是我要吃的。」

葉琦唯自然知道他指誰，開門見山地問：「你們什麼時候認識的啊？居然一個字都沒和我提，還是不是朋友？」

何又黔回顧剛才的種種，還有些不真實，總覺得自己是在做夢，一度想打電話給游知春確認，又擔心造成她的困擾。

「高中的時候。」

「這麼早？等等！意思是說你從高中暗戀她到現在？難怪我介紹那麼多朋友，你都不滿意。」

「她們都很好，是我心有所屬。」何又黔澄清。

「何又黔你可以啊，跟你認識這麼久，我還真不知道你這麼長情。」

何又黔鮮少與人討論感情觀，對於情感他深知自己含蓄內斂，卻不知原來還有死心塌地。

葉琦唯見他魂不守舍，總覺得他已經不像是她熟識的那個男孩了，脫口而出：「有沒有可能你其實只是習慣啊？畢竟她是你的初戀，大家對初戀都有不切實際的幻想。」

見何又黔陷入沉默，葉琦唯意識到自己多嘴，急忙打住這話題。「不過兩情相悅是好事，很不容易，有些事等交往後再煩惱。」

等待結帳時，何又黔低頭看了一小時前傳的訊息，游知春沒有已讀。

睡了嗎？不對，她是夜貓子。

葉琦唯看他煩悶地滑著手機，忍不住道：「打電話啊。」

何又黔一頓，「這麼晚，她應該是睡了。」

葉琦唯卻說：「我是朋友都會接你電話了，女朋友不是更要接嗎？交往就是要互相麻煩啊。」

對於麻煩別人這種事，何又黔始終有口難言。

他是第一次談戀愛，根深蒂固的價值觀一時之間也沒辦法說改就改。

最後他沒打電話，交往第一天，他覺得自己還是不要太纏人。

孰料，隔天起床也沒收到任何訊息，他懷疑游知春真的有搞懂兩人的關係嗎？抑或全都是他在做夢。

何又黔忍不住了，走到隔壁按門鈴，按了兩次，無人應門。

難道她一大早就出門了嗎？何又黔發覺，自己似乎一點都不了解游知春的行蹤。

這麼想的同時，應門的人姍姍來遲，懊惱的聲嗓被門板阻隔，悶成一團，「你、你等一下啊。」急促的步伐聲漸行漸遠。

何又黔在外等了將近十分鐘，眼前的大門才緩緩打開。

游知春戴著連身帽低頭，只露出一雙心虛的眼，乖巧地站在玄關，沒有其他異樣，就是兩人距離有些遠。

何又黔微微擰眉，「妳在忙嗎？」

「也不能說在忙……」游知春瞥了時鐘一眼，星期日早上八點。

聽見門鈴時，她只想賴床，本來想假裝無人在家，怎知外頭的人不屈不撓地按了第二次。游知春帶著起床氣爬下床，從貓眼看到何又黔來了，直接驚醒。

她剛睡醒，水腫都還沒消，無計可施之下，只好把自己裹得嚴嚴實實的。

何又黔這才意識到自己過於急切，滿臉歉意，「抱歉，我沒注意。」

游知春搖搖頭，連忙說沒關係。「怎麼了嗎？」

何又黔一時無話，想起剛才出門前順手帶了酸軟糖，「這個給妳，之前答應要買給妳。」

游知春受寵若驚，但想起自己酒後失態，面子完全掛不住。「謝謝。」

她接過手，兩人一時半會都有些尷尬。

何又黔杵在門前沒動，游知春內心天人交戰。屋內太亂，屋外又站著何又黔。

她思忖幾秒，最終還是敵不過何又黔的目光，「要進來嗎？」

「好。」何又黔就等這句話。

「呃，平常沒這麼亂，就是期中考那段時間有點忙啦……」游知春領著他進門，一邊解釋，不想營造出邋遢的形象，一邊從鞋櫃拿出室內拖。

「穿鞋吧，地板涼。」

何又黔沒動，開口問：「我家裡有多的拖鞋，我拿過來放妳這，可以嗎？」

語氣聽上去是禮貌詢問，游知春卻覺得是不容拒絕，但想想又覺得無不可，便爽快答應，「好啊。」

趁著何又黔回去時，游知春快速整理了一遍客廳，把書桌的草稿和筆電的寫作畫面全收拾乾淨，確定萬無一失後，腦袋才開始運轉。

昨晚確認關係後，她想到的第一件事是新書不能是壞結局。

一心一意就想回家重理大綱，打算在目前連載的章節中直接扭轉劇情。礙於現下已經連載了四分之一，若中途要更改劇情，勢必有許多細節和轉折要修改，為了不影響讀者閱讀，游知春熬了一夜。

知道隔天是假日她便肆無忌憚地修稿到早上，腦裡的情節令人熱血沸騰，要不是身體支撐不下去，她可能不會甘心上床睡覺。

接近清晨，她在粉專發了一篇貼文。

自覺人生最幸運的三個瞬間。第一，買了尾數九元的東西，而錢包剛好有九元。第二，火車關上門的前一秒，跳進車廂。第三，你喜歡的人，剛好也喜歡你。

「我們小寶貝有喜了？」

「這是在說連載的小說，還是作者大大的三次元？」

「我也有過第二點的幸運，只是書包被車門夾住，整個車廂的人都在看我：）」

月亮媽媽甚至私訊她類似嫁女兒的感言。「希望我們作者大大永遠幸福。」

何又黔回來時，大門敞開，游知春蜷縮在沙發，抓著手機昏昏欲睡，一點危機意識都沒有。

他無奈，順手帶上門，也不知道她昨晚熬到幾點，居然還不回他訊息。

他進臥室找毯子，從小和葉琦唯一起長大，對於異性的房間早就沒有好奇心，然而進了游知春的私人空間，他卻什麼都想看一眼。

床邊散滿書，扔著她脫下來的睡衣，梳妝臺放滿瓶瓶罐罐，老實說和葉琦唯的房間大同小異，他卻覺得哪都新奇。

他順手撿起一本掉在地上的書，封面意外地眼熟，但一時想不起在哪看過。意識到自己在房間逗留太久，他拿了毯子趕緊出去。

「游知春。」他走近輕喊，游知春含糊應聲，眼都沒睜。

何又黔將毯子輕蓋在她身上，接著蹲在沙發前，看她睡得舒適，他有些不平衡。「妳昨晚……沒有看到我的訊息嗎？」

「唔……有啊。」

何又黔盡量讓自己的詢問不過於苛刻，然而毫無起伏的語調仍是出賣了他。「有的話，為什麼不回我？」

游知春看到他訊息時已是凌晨，本來想回覆，但想起何又黔似乎不太喜歡她熬夜，想著乾脆明早起床再回他。

誰知道本人就出現了，住太近似乎也不太好呢。

游知春緩緩睜眼，半張臉埋進領口，她老實道：「很晚才看到……回了，你就會發現我熬夜。」

何又黔被晾了一晚，難免有些胡思亂想。現在聽見游知春這麼誠實，語調比他還委屈，他一股氣無處發，「妳也知道我會生氣。」

「嗯。」

聽見她還不知死活的應聲，何又黔氣笑。

「起來，去床上睡。」

游知春不想動，有一就有二，懶惰勝過臉皮。「你背我。」

見她毫無反省之心，何又黔直起身，「妳能自己走，不背。」

游知春鼓著臉嘀咕道：「喝醉時，你趁人之危就算了，現在清醒了還想始亂終棄。」

何又黔本就對那件事存有罪惡感，聽游知春提起，他也過意不去。「我沒有這麼想。」

「那你背不背我？」

何又黔伏低身子，游知春竊笑著跳上他的背。

視野上升，游知春問：「你帶了什麼東西過來？怎麼去那麼久？我等到都快睡著了。」

「就一些個人用品……」

何又黔偏頭說話，游知春忽然貼上他的唇，中斷了他所有思緒。

一觸即離，有淡淡的薄荷味。游知春主動完有些不自在，刻意將臉貼在他的後背，聲線柔軟許多，「別生氣，我不是故意的。」

何又黔臉熱，忍不住咳了一聲，又補了一句：「妳剛剛還嫌我來早了。」

「不是，我不是嫌你……」游知春想辯解，後知後覺才會意過來他的用意。

她笑著親了他的臉頰，何又黔抑鬱了半天的心情煙消雲散，悄悄勾起了嘴角。

游知春也笑了，鬧彆扭的何又黔真是可愛啊。

第六章　沸騰

交往後，游知春多一個人照顧，生活品質比以往提升許多，僅有一個煩惱——她沒有個人空間可以寫稿。

對她來說這是一件很棘手的事，尤其是現下連載到精彩橋段，男女主角好不容易成功被她圓成了有互動的小倆口。

她這親媽開心得不行，讀者更是一片激動，不斷在留言區催稿喊加更。

身為寫手，沒有什麼比看見留言更開心了。

就連陸姸也問她：「怎麼突然改變主意？之前不是篤定不改嗎？」

游知春模稜兩可地回答：「生活已經夠痛苦了，至少寫小說時，我得給他們多一點幸運和機會。」

陸姸呿了一聲，「我看八成是談戀愛了吧。」

有這麼明顯嗎？

「前陣子妳的文一點感情都沒有，文筆實力都在，就是人物空洞，我看妳都快成為了寫文機器人，而男女主角就是妳的工具人。」

游知春被她的比喻逗笑。

「對方怎麼樣？」

游知春有點難以形容現況。她沉吟，「不太真實。」

因為寫文的緣故，游知春非常需要私人空間和大量的時間，大概是習慣了這種生活模式，以至於現在身旁多了何又黔，她偶爾還是有些不自在。

巫蔓得知這件事，第一個反應是說她瘋了，然後掛電話。

隔了兩分鐘，她又打電話過來。「妳知道說謊的人都要下地獄的吧。」

「我都沒說妳瞞著張洛臣去夜店玩。」

「噓！噓！我那是放鬆解壓。張洛臣偏說我去那就是給人摸，穿得露就是給一群色豬哥看。我又不是不潔身自愛的人，沒下舞池，連酒保的手都沒碰，就單純喝酒聽音樂。」

游知春敷衍道：「對對對——您說的都對。」

巫蔓氣急，「我就不信何又黔會讓妳去。」她說完仍舊不敢置信，但回想起游知春喝醉的那一晚，一瞬間兩人的行為都合理了。

「我本來就不太去那種地方，不需要他限制。」

巫蔓見她答得認真，總算意識到這件事的真實性。

「靠！妳他媽真的跟何又黔在一起？妳連鄰居都可以搞上，我真的太小看妳了。以前說妳老處女，是我有眼不識泰山。」

游知春臉一熱，「妳別亂說。」

巫蔓比她還興奮，昔日的柳高校草居然拜倒在好姊妹的石榴裙下。「試過沒？住隔壁應該很容易就擦槍走火吧。」

游知春手足無措起來，不自覺壓低聲音，「妳腦子怎麼整天都裝這些，我、我們也才剛在一起。」

「都成年人了，有什麼好不能說，何況情侶間不就那幾件事嗎？」

游知春無話可說，她是寫了幾年愛情小說沒錯，但人生經驗確實少得可憐。

這段時間她和何又黔除了牽手，還真的沒做什麼事。

兩人沒有再同床共枕，甚至連接吻都很少，偶爾還是游知春逮到機會主動湊過去，何又黔不會拒絕，但多數時候都是點到為止，次數多了，她難免有些自我懷疑。

何又黔也從未在她家過夜，待到她準備就寢，便回自己家去。

這才幾個禮拜，游知春覺得何又黔對她的新鮮感不在了。

她嘀咕：「是不是我太快答應了……都說很快追到手，就不會珍惜了。」

巫蔓摸下巴，「也不是沒有這個可能，畢竟外頭花花草草如此多，何又黔又有本錢。妳漂亮是漂亮，但漂亮的女生也不少啊。」

「妳到底是不是在安慰我？」

「所以我讓妳直接上他啊，情侶之間就是需要情趣，否則日子久了就會膩，不然妳以為我跟張洺臣是怎麼維持……」

游知春打斷她，「停，我知道了。」

掛斷前，巫蔓又苦口婆心道：「姊妹，我這不是詛咒妳，但你們都交往了，情侶的權利就要通通拿出來行使，吃乾抹淨最重要，以後散了，也沒什麼好遺憾。」

游知春直接掛她電話，別把她形塑成飢渴女啊。

ㄣ

何又黔今天滿堂，至於游知春批改完作業後，便躲在何常軍的研究室寫文。

何又黔：「我過去找妳，好嗎？」

游知春：「你先走，我還要一段時間，我待會自己回去就可以了。」

何又黔：「還是我在圖書館等妳？」

游知春：「不用了。」

過了約莫五分鐘，游知春看一眼手機，發現何又黔沒回覆了。

她想起今早兩人沒有見到面，她醒來時，何又黔已經在學校了。礙於不同教學樓，還被巫蔓纏著抱怨張洛臣如何惹她生氣，兩人也沒能一起吃午餐。

於是，她又傳了訊息。

游知春：「天氣好冷，想吃火鍋。」

何又黔：「好。」

何又黔先前說想練廚藝，倒真不是講講。游知春得知這件事，拜託他露一手，他擔心自己手藝不好獻醜，始終沒有正面回應，後來她開始撒嬌，抱他，親他。前些日子還彆扭的事，現下都有模有樣了。

何又黔也愈來愈無法控制自己。

進了超市，他推著推車。

游知春的口味與他相似，扣除泡麵，她偏好清淡蔬食，也不挑嘴。何又黔嘴角輕揚，暗喜兩人共同點不少。

他挑了幾樣當季的菜，拍照傳給游知春，她回得很快，從中挑了兩種，何又黔又拿了兩包酸軟糖一併結帳。

何又黔在進門前碰見正好要外出的葉琦唯。

葉琦唯掃了一眼他的購物袋，基本上何又黔已經算是住進游知春家裡了，只是每晚還是會回來睡覺。她曾提過房租讓她負擔的事，何又黔拒絕，「我還是會回去。」

葉琦唯其實比誰都清楚男女界線，以往她就常揪著這一點和李吾大吵，反感他周邊所有的異性朋友。

然而現下卻因為何又黔的關心感到安慰。何又黔就是這樣，他的關心向來低調，從不是要誰的感激。

「吃晚餐了嗎？」

「還沒呢，附近的餐廳都吃膩了，這麼冷的天，一個人吃飯真沒意思。」

「還是要替妳叫外送？」何又黔知道葉琦唯挑嘴，腸胃不好的緣故，她也不是任何東西都能吃。

「不用了，我會自己想辦法，別總把我當小孩子。」

何又黔彷彿看穿她的想法，「別把手搖飲當正餐。」

葉琦唯笑了，「果然逃不過何大神的法眼。知道了，最近長胖了，我也不敢再喝。」

何又黔皺眉，「一點都不胖，身體健康才重要。」

葉琦唯從以前就知道他正經，玩笑話很少說，不同於李吾，何又黔從小就無趣。

不遠處有腳步聲傳來，游知春低著頭，白皙的臉蛋埋進柔軟的圍巾，她的注意力全放在腳尖，嘴裡哼著不知名的旋律。

葉琦唯抬眼就看見何又黔笑了，眸眼溫柔滿溢。

他刻意站在游知春抬頭就能看見他的位置，等了幾秒，發現她走太慢了，主動往前走了幾步。

游知春在腦子裡順著剛寫的劇情，壓根不知道對面有人在看她。

何又黔不想等了。「地上有什麼好看的嗎？」

聞聲，游知春隨即抬起頭來，澄澈的眼盈滿光亮。「你也剛回來嗎？」

「嗯。」

游知春注意到一旁的葉琦唯，葉琦唯率先朝她頷首，何又黔也招手讓她過去，有一瞬間游知春覺得自己像外人。然而她一走近，何又黔就牽過她的手。

感受到一片冰涼，他蹙眉，「買給妳的手套怎麼不戴？」

游知春皺著小臉，「我不習慣。」

何又黔無可奈何，單手試圖搓熱她的手背。「先進屋吧。」

游知春點頭，側過臉便發現葉琦唯一人站在走道，目光寂寞。「我們今天吃火鍋，菜買太多了，琦唯也一起來吃吧。」

葉琦唯早已受夠一個人吃飯的孤獨，她和李吾一上大學就交往。兩人同進同出，她和系上的朋友大多數都不熟。

兩人戀愛談得高調，旁人稱羨。她依附著李吾，人前是漂亮幹練的葉琦唯，人後是體貼乖巧的女友，不知不覺，生活全是李吾。

現下兩人分開的事傳得沸沸揚揚，共同朋友間更是不能談及此事，她一瞬間只剩何又黔。

「太好了。」

何又黔一人攬下準備晚餐的責任。

葉琦唯看著游知春替何又黔繫圍裙，何又黔的目光自始至終都在她身上，順手將她垂落的髮絲勾至耳後。

李吾從不做家事。

游知春回頭就見葉琦唯的目光落在何又黔身上。

葉琦唯在何又黔家也住了一陣子，縱使兩人分開睡，要說游知春不介意，肯定不可能。

兩個女生各自坐在沙發的一角，一邊是青梅竹馬，一邊是現任女友，游知春怎麼想都覺得是小說情節，她甚至不確定誰是女一，誰是女二。

葉琦唯突然道：「又黔從小做什麼都很厲害，前陣子才開始進廚房的人，現在已經能展現廚藝了。」

游知春認同，「然後從不邀功，怎麼有人可以什麼都不想要？」

葉琦唯笑了一聲，「他是爺爺一手帶大的，何爺爺生前是軍人，是我看過最嚴謹又最威嚴的人。小時候一看到他老人家我就會嚇哭，知道他在家我都不敢去何家玩，無法想像又黔天天和他生活在一起。」

游知春不知道這件事，何又黔鮮少提及家裡，也不太說自己的事，更多時候他都是順著她。

她喜歡，他就喜歡。她討厭，他就避開。

葉琦唯又想起一件事，笑著說：「現在上了大學還好，不然他以前都是五點起床，十點睡覺，活像在當兵一樣。我和李吾都笑說，他之後服役一定適應得很快。」

游知春跟著笑了幾聲，聽著葉琦唯又說了很多何又黔小時候的事。

他的年少都和眼前的女孩分不開。

游知春玩著何又黔剛剛塞進她手裡的暖暖包，心裡的話脫口而出：「那妳怎麼不喜歡他？」

似乎是被游知春的直言嚇住，葉琦唯一瞬間以為自己聽錯了，見游知春一臉認真，她低下腦袋，「可能他當時一直在身邊吧。」

這句話有太多含義了，游知春竟不敢解讀。

葉琦唯嘆口氣，「我喜歡李吾的爽朗義氣、幽默和風趣，他與何又黔截然不同，怎麼知道這些都成了交往後最討厭的事。他講義氣，所以朋友經常擺第一；他幽默，所以有些女生千方百計想靠近他。我喜歡他，可是總覺得這樣的生活太累，他跟我也沒有想像中合適。」

愛情並沒有多神聖，大多都是自私自利。

「人都是犯賤的吧，永遠不懂珍惜眼前的人，得不到的總是最誘人。」

兩人分手後，她第一個想到何又黔。

她坐在公園哭了一整晚，何又黔只是靜靜陪著她，身上僅穿著單薄的短袖，他把帶來的外套披在她身上。當晚，何又黔因為臨時外宿而被宿舍記了一點，那是他第一次不守規矩。

她也沒和何又黔說太多緣由，只拋出一句結論。「我們分手了。」

「好，沒關係。」

後來，何又黔陪她住了幾天旅館。學期末時，他和何常軍說自己想搬出來住，何常軍問他理由，他沒說，只是堅持己見。

所幸蕭玥出來打圓場，安撫何常軍後，同意何又黔在外頭租屋，那是他第一次反抗長輩。

「我跟李吾鬧分手也不是第一次了，吵的事大同小異。他不改，我不讓，沒完沒了。」

她也不想再讓何又黔成為中間人了，想就此結束這段分分合合的感情。

「就是沒想到又黔也有另一半，真羨慕你們，我敢說他什麼都會為了妳妥協，他一直都是這樣，對喜歡的人不遺餘力。」

熱騰騰的菜色上桌了，氣氛卻十分詭異。

游知春與人交戰的次數是零，她向來是服從的角色，生活風平浪靜。她裝不來若無其事，一頓飯下來也沒說幾句話。葉琦唯倒是自然許多，頻頻誇著何又黔的手藝。

飯後，游知春主動要求洗碗，「你煮飯，我洗碗，天經地義。」

葉琦唯是客人，游知春讓她在客廳休息。

她心不在焉地搓著碗盤，手上裹著泡泡的盤子險些滑出洗手槽，所幸何又黔急忙握住盤子的另一端，才免於摔破。

「想什麼呢？」

看見來人，游知春轉開眼。

「喔……沒有。」她低頭，繼續仔細搓洗盤子。

「唯唯回去了，她說謝謝妳讓她來蹭飯，改天換她請妳一頓。」

游知春笑了聲，「菜是你煮的，我什麼也沒做。」

見何又黔絲毫沒有挪步的意思，她忍不住抬頭，「你忙了一天，要不先回去休息吧，我自己就可以了。」

何又黔肯定道：「妳生氣了。」

「啊？沒有，真的沒有。」她答得快，反倒顯得欲蓋彌彰。「我就想……安靜地想一些事情，你真的不用理我。」

交往前，何又黔大概就知道她是個怎麼樣的女孩。聰明獨立，有自己的世界。相處之後，他更加確信這一點。

「對不起，是不是我哪裡做得不好？」

「不是，沒有。」游知春緊張地沖去手上的泡沫，伸手想觸碰何又黔時，卻被他硬生閃開。

游知春眼底充滿錯愕，一隻手還尷尬地懸在半空中。

何又黔也愣住，完全是出於反射動作——不能再靠近了。

游知春捏了捏指腹，笑了一聲想化解凝結的氣氛，卻發現聲音有些哽咽，長期累積的自我懷疑一瞬間爆發。「……你是不是不喜歡我碰你啊？這陣子好像都是這樣。」甚至愈發抗拒。

游知春一直以為是錯覺，認為何又黔單純是不習慣，但隨著時間愈長，她愈覺得何又黔對她似乎沒有其他慾望，反倒都像是配合。

情侶該有的互動，他從來不會主動。如果不喜歡對方觸碰，那他們到底算什麼啊？

何又黔嘗試解釋：「不是，我只是……」

游知春垂著腦袋，柔軟的長髮垂在兩頰，清亮的眼逐漸染上水霧，與夢境重合。

他讓她哭了，何又黔深感罪不可赦。

「你如果那麼不喜歡的話……為什麼要跟我在一起？」游知春說得斷斷續續，眼眶溼潤，卻仍舊挺直腰。「何又黔，我不需要你這樣，感情不是憐憫……」

何又黔伸出手，修長的指尖攀上游知春的腰。她的每一吋肌膚真實又滾燙，呼吸和哽咽聲在他的耳畔奔竄。他收不了力道，將人抵在冰箱。

何又黔太怕會弄傷她了，偶爾牽她時，甚至不敢使力。害怕與她共處一室，更別提同睡一張床。

彷彿體內的拙劣因子都會因為一時的不自制而出閘，何又黔不願展露這樣低俗卑鄙的自己。

夢裡的游知春因為他的鉗制哭得泣不成聲，何又黔懺悔之際，卻也墜於慾望之海。憑藉著一場虛無的夢，數次將她占為己有。

這樣喪失思考猶如野獸的他，游知春若是發現，一定會想逃的。

「不要離開我，好不好？」他抓住游知春的雙臂，明明是哀求，卻讓人無法抵抗。「我喜歡妳，喜歡到不知如何是好。」

突然的告白令游知春一瞬間慌亂了，眼一眨，含在眼眶中的淚滑落，何又黔俯身輕啄她的臉頰，一併吻去她的眼淚。

他這回不再克制，一路吻上她的唇。他的動作帶著難以言喻的小心翼翼，彷彿他做了無數遍這件事。

極具攻勢的親吻令游知春招架不住，「何又黔，等、等一下……」

「不分開。」何又黔再次強調，態度難得強硬，甚至輕咬住游知春的唇，帶著些微的懲罰意味，更是自己慾望出籠的警示。

「妳屬於我，一直都是。」

聽見游知春倒抽一口氣，他再次貼上她的唇。

游知春此刻總算是體驗了一回溺水的感覺，手抵著他的胸膛，掌心能感覺到他劇烈的心跳。

他急躁，動作卻是一貫的輕柔，將手探進衣內摩挲她的腰都不敢出力。直到灼熱的指腹壓過下胸圍，游知春輕吟出聲。

如同得到應允，他的下身燒起源源不絕的熱，他情不自禁地頂向游知春柔軟的身軀，游知春知道那是什麼。

「……春，我難受。」何又黔靠在她耳旁，溫熱的呼吸繞過她敏感的肩頸，酥沉的嗓音壓過她每一條神經，她感覺耳根子要燒了。

何又黔吻著她的鎖骨，她的身體軟了一大半，想推開何又黔又捨不得他憋壞。「何又黔……」游知春的制止聲被吞沒，動情的聲音反倒弄巧成拙，讓何又黔的身體愈發熱燙。

「妳的手好涼……好熱，摸摸我。」

游知春咬唇，何又黔活脫脫就是在勾引她。

如同受了蠱惑，她任由他領著她的柔荑探往未知的深處，抵觸的溫度激得何又黔溢出聲響，喘息聲愈加濃厚。

游知春慌亂想收回手，何又黔卻緊抓不放，兩人十指緊扣，他聲音低啞，「再一下，再一下就好。」

游知春臉紅氣躁，放任他拉著自己的手。何又黔白淨的臉早已覆上紅暈，滾動的喉結，抿緊的唇，她竟覺得此時的何又黔鮮明許多。

何又黔見她分神，不由分說地轉過她的臉，兩人四目相交，何又黔極致的反差讓游知春似乎現在才開始了解他。

「抱一下我，可以嗎？」

交往期間，何又黔一向尊重游知春，兩人在相處上幾乎沒有不愉快，就如葉琦唯所說，何又黔一定會退讓。見游知春都快哭了，他也捨不得逼她。

可是夢境好不容易裂開了縫，真實得令他喜悅，總想快點伸手拆開所有封口，讓他徹底擁有游知春的一切。

游知春捨不得他難受，朝他張手。「……好。」

何又黔將腦袋埋在游知春的肩，汲取她身上的芳香。他張口喊著她的名字，一遍又一遍訴說愛意，低沉的音調伴隨著粗重的喘息。

夢裡，何又黔從不敢奢望她能夠回應，如今終於聽到了。

「嗯，我也愛你。」

在她用手幫他紓解慾望後，何又黔緊緊擁住她，餘喘未平卻略帶緊張地問：「怕不怕？」

手中黏膩的觸感讓她明白這不是一場春夢，而是她真的和自己喜歡多年的男孩做了最親密的事。

「嗯，怕。」她好委屈。「你怎麼可以突然這樣，我都沒有心理準備……」

「我準備好很久了。」

游知春臉紅得說不出話來，乾脆將臉埋在他的胸口，完美詮釋鴕鳥心態。

何又黔低笑。「那怎麼辦？以後我也還是會這樣。我見到妳，不可能沒有反應。」見游知春靜靜不說話，想必是真的嚇到了。他剛剛態度稍微強硬，如今退了一大半的慾望，也覺得自己禽獸不如。

他抱著她，解釋這段時間的行為：「我不是故意避著妳，正是因為擔心現在這樣的狀況。我忍不了，妳逃不掉。」

見游知春依然沉默，何又黔垂首，眼神抑鬱，「我……是不是跟妳想得不一樣？」

半晌，游知春在他懷裡搖頭，聲音細如蚊蚋，「沒有，我不討厭的……」

此話一出，何又黔全身一僵。

游知春本意只是想闡述對他的感覺，完全沒想到這是一句極具性暗示的話。當何又黔將她抵上餐桌時，她才驚覺自己口出狂言。

何又黔發燙的肌膚幾乎與她完全貼合，兩人的心跳頻率一致。

酥麻感陣陣攀上，游知春第一次見到毫無克制力的何又黔，連忙求饒，「不行，真的不行了……」

何又黔刻意將頭停在她敏感的脖頸處，開口告狀：「妳讓我下廚，卻一句都沒誇我。」

說起這事，游知春還真有了要脾氣的資格。「不是有人都要把你捧上天了嗎？」

何又黔還原她剛才的話，「妳說妳不在意。」

「我、你……」她惱羞，「何又黔，你先從我身上起來。」

「妳不在意我，也不要我理。可是妳剛剛明明用手幫我……」

游知春打斷他，「別、別再說這種話了，你到底想做什麼啊？」

「妳親親我，好不好？」

果然，男人開葷後就是禽獸。

以為一次就完事的游知春，下一秒看到何又黔下身再次挺立。她想遮眼，但手上的液體都還沒清掉，小臉泫然欲泣。

何又黔將她的表情全看在眼裡，交往後，他其實沒怎麼見過她柔弱無措的模樣，對比從小在身旁的葉琦唯，他知道很多事游知春都可以處理好，自己便顯得沒有存在感。

「我們去洗手吧。」

見游知春乖巧地點頭，何又黔忽然覺得這樣也挺好的。

游知春才要動手，身後的何又黔已率先一步拉著她的手沖洗，接著在自己手中壓了洗手乳，轉而搓洗著她的手。

游知春不習慣一件簡單的事硬要分成兩人做，彆扭之餘，發現他跨間的腫脹仍未消退，與他清朗爾雅的模樣大相徑庭。她覺得這畫面在短時間內不可能從她腦海中刪除了。

何又黔的注意力都放在她小巧的手上，過於白皙使皮膚下的血管清晰可見，纖細到令人擔心一用力就會傷了她，正感嘆男女不同時，游知春用了另一隻手幫他紓解。

「我怕你憋壞……」

何又黔忍不住失笑出聲，靠在她身上，喘息低語：「壞不了。」

游知春臉一熱，卻無法抽出手捶他，乾脆咬了他的脖子，雖是在洩憤，但她仍舊不敢太用力，反倒像極了情趣之舉，下場便是手中的東西愈加聳立滾燙。

無奈都上車了，總不能半途而廢，她只能哼出埋怨聲，聽在何又黔耳裡無疑是催情劑。他側頭舔吻她的頸子，衣物摩挲及親吻聲在狹小的空間裡清晰無比，一室旖旎漫漫。

7

巫蔓見她時不時轉著手腕，關心問了句：「妳的手怎麼了？」

游知春直接藏起自己的手。「……喔，假日打太多字，手痠。」

「看來紙片人的地位比男朋友高，何又黔要是知道，還不吐血？」

提起敏感人物，游知春瞟了一眼從一早就沒點開的訊息。

下課時，巫蔓問：「什麼時候帶他來一起吃飯？我替妳鑑定，不過何又黔的人品認識的人都說好。」

游知春沒好氣地看了她一眼，她這幾天可是過著貓抓老鼠的生活——努力避著何又黔。

「再說吧，他忙……」

「忙？他在外面等了妳一節課。」

上課途中，巫蔓就瞄見窗外有人影，應該說整間教室就游知春一人對黑板上的課程內容有興趣，其餘的人時不時就望向外頭，想知道是誰的家屬。

游知春不知道何又黔如此明目張膽。

何又黔就站在門口等游知春出來，巫蔓羨慕道：「熱戀期的小倆口啊，張洺臣上次等我下課都不知道是多久以前的事了，現在估計還躺在床上睡死。」

游知春尷尬，這幾天她不是說不在家，就是說在圖書館，美其名是她在用功向上，實則是能閃則閃。

兩人沒見面的時間，游知春就寫文，讀者在留言區誇讚她最近更新勤奮，無條件免責前陣子的怠工。

「我總覺得小教主最近肯定談戀愛了，這文風都飄著一股戀愛的酸臭味。」

「有沒有人要回答我，春曉第一本書是不是真人真事啊？」

「是的話，第一本書應該就算自傳了吧！」

「不可能有這樣的男孩子存在吧？有的話，我要重讀高中！」

何又黔目光柔和看著游知春，「一起去吃飯吧。」

巫蔓才想當個跟屁蟲點頭說好，卻見游知春猶猶豫豫，敏銳地嗅到家庭革命的前兆。

「喔你們吃，我先走啦。待會下午都沒課，游知春妳別找我，我要陪男朋友。」

游知春傻眼，背叛說來就來。

巫蔓跑走後，游知春遲遲沒動，何又黔也不是傻子，本來前幾次是想給她一點空間調適，隨著等待的時間愈長，他便深感不安，只好來文院堵人。

「還不舒服嗎？」

凡事拉起開端後，便有了後續。游知春總算知道以往她真的誤會何又黔了，說他清心寡慾，對她絲毫沒有任何慾望，那都是裝的。

「……沒有。」

老實說，何又黔每次也沒做到最後，最多就是讓她用手幫忙解決。

「脖子上的痕跡還沒消嗎？」

游知春困窘地低聲道：「別人看不到的……」畢竟只有他會脫她衣服，甚至是在胸口、腰腹上留痕跡。

此話一出，雙方皆是一愣，接著各自低頭臉紅。

何又黔是反省過的，可是他忍不了，夢境逐漸成了真實讓他欲罷不能。然而每回見游知春慌亂無助的模樣，他也於心不忍。

何又黔小心翼翼地問：「妳討厭……這樣的我，是嗎？」

游知春一驚，「沒有！」

聞言，何又黔垂落的腦袋忽而抬起，眼瞳熠熠閃亮，「不討厭，對嗎？」

有一瞬間，游知春覺得他就是抓著自己會心疼他，有恃無恐地裝可憐。

「……就是覺得次數太多了。」她短時間內無法接受太快進入陌生的領域，以往未曾出現的生理反應都讓她不安。

何又黔愣怔，俊顏發熱又忍不住低笑，「那我以後注意一點？」

游知春覺得自己被嘲笑了，轉身就要走，何又黔自後方抱住她。

幾天沒見，他很想她啊。

游知春還是想解釋：「我沒有討厭你，你是我喜歡那麼久的人，開心都來不及了。」

身後的人一頓，加深了擁抱，緊接著咬牙道：「我覺得這件事妳也有責任。」

「啊？」

何又黔將臉埋在她的肩窩，「妳就盡說這些話討我開心，還不讓我做點什麼，妳覺得有可能嗎？」

游知春頂嘴：「我也只是動口說啊，哪像你每回都動手動腳。」

「我不是也讓妳摸回來了嗎？」

無賴！

兩人回家後，正巧碰上房東來收房租。房東見兩人共處一室，屋內甚至多了不少男性用品，大概也明白什麼情況了。甚至出言調侃：「住外面果然方便多了吧。」

游知春臉一熱，趕忙轉身去拿錢包，卻忘了自己身上沒那麼多現金。

「阿姨，我轉帳給妳……」

身旁的何又黔已經掏出皮夾，「我先付吧。」

房東收到錢後，也不多打擾。

游知春拿出手機，「我轉給你。」

孰料，何又黔卻拒收。「我付錢了，表示我有一個月的居住權。」

何又黔現下算是半住在她家，兩人便達成默契，游知春繳房租，何又黔負擔伙食開銷。

「你不是早就住進來了嗎？」

「我是指同居，要過夜的。」

游知春佯裝鎮定，故意道：「別吧，我們兩清，我比較沒有心理負擔。」

何又黔逼近她，「用錢就想打發我？」

「那不然呢？」

「用別的。」

溫熱的氣息撫過她的臉頰，游知春反應過來時，人已經被困在牆角。

她有不好的預感。「什麼？」

何又黔伸指點了點游知春紅潤的唇，「這裡。」

……是誰上一秒才說要節制！

第七章　夢

李吾的跨年派對辦在星期六傍晚。

游知春睡到中午驚醒，以為自己睡過頭，一向生理時鐘很準時的何又黔居然沒有喊她起床。翻過身，何又黔果真還在睡。

似乎察覺到身旁的人醒了，何又黔伸手將人攬在懷裡，游知春先行投降，「別、別，一大早的。」

何又黔其實也沒想做什麼，見她反應極大，就想逗逗她，「已經中午了。」

游知春皺著小臉，何又黔輕笑，「開玩笑的，這麼不禁逗。」

游知春沒好氣地看他一眼。何又黔入住的這一個月，她的睡眠品質大起大落。

第一晚，何又黔有分寸主動提出：「我先睡沙發。」

「你來住我家，就只想睡沙發，那你不如回去睡。」游知春這句的原意是：有床幹麼不睡？

何又黔卻解讀：這是女朋友的暗示。

轉眼游知春就被人壓在身下。「喂你！」

「妳讓我一起睡。」何又黔理直氣壯。

「我讓你睡床，沒讓你……」睡我。

她的話還沒說完，便被咬了脣角，暖熱的掌心趁機伸進睡衣，細細摩挲她的腰腹，游知春怕癢，笑著掙扎。

單人床本就小，兩人要是都不安分，自然只能滾在一起。

游知春嬌軟的身軀趴在何又黔身上，胸前的柔軟抵著他結實的胸膛，何又黔的氣息瞬間就不穩了。

游知春也沒好到哪去，何又黔邊親邊脫去她的睡衣。她睡覺時不習慣穿內衣，但知道何又黔要過夜，她還是套了一件小可愛。

她其實有些緊張，想起曾和巫蔓請教過一次床事，她原本就想問一句：「痛不痛啊？」

誰知道巫蔓就像看見自家女兒總算長大成人般的欣慰，硬是灌輸了一下午的性知識。一開始確實很受用，只是愈到後面，話題愈來愈不對勁。

當尺寸、持久這些詞冒了出來，游知春崩潰，「我、我不知道啦！」

「何又黔的東西就妳看過而已。妳不知道，誰知道？」

語落，兩人面面相覷，最後笑成一團。

笑了一會後，巫蔓突然認真道：「不過我覺得妳也不能太鬆懈，何又黔雖有人品保證，但什麼事都可能會變，最好還是多留意。」

「為什麼？」

「葉琦唯不是還住在何又黔家嗎？」

「嗯。」

「妳之前跟我說李吾應該還喜歡她，現在呢？兩人有進展嗎？」

游知春不清楚，葉琦唯上回在她家說的話，她雖耿耿於懷，然而對方並沒有實質舉動，她也只能靜觀其變。

游知春不打算把這事告訴任何人，就怕被人說自己心眼小。

「她平時都在打工、上課，很早出門，很晚回來。何又黔現在也不住那了，別擔心太多。」

巫蔓努嘴，「沒怎麼樣當然最好，我就是擔心葉琦唯反過來咬妳一口。」

察覺到她走神，何又黔以為她對此舉感到不適，語氣有些緊張，「怎麼了？」

游知春無措地坐在他的腿上，臀下壓著一塊熱燙，她幾乎不敢移動半分。

半截小可愛讓她露出玲瓏腰線，何又黔盯著那塊裸露的皮膚，眸色混濁。

與夢境重疊，游知春像塊精雕細琢的玉石，與粗糙的世界格格不入，卻不慎落入他的手中。何又黔抬手輕輕摩挲她的眼角，確認有無眼淚。

「沒事。」

指腹乾燥，知道她沒哭，何又黔勾起嘴角。

「妳真的不愛哭。」明明怕得要命，仍然抬頭挺胸。

「我就跟你說過……唔！」

何又黔炙熱的唇貼上游知春的嘴角，灼熱的大掌順勢貼上她的後腦杓，唇齒交纏，細碎的親吻聲填滿寂寥的夜。

游知春深刻體會，何又黔做什麼事都十分出色，不用刻意練習，所有親密都是水到渠成。

他鬆開嘴，「怕嗎？」

游知春見多了他的小心翼翼，反而讓她膽子大了起來。她笑問：「你嗎？」

何又黔沒有回答，卻充分顯現自己的不安。

「你有什麼好怕的啊？」

何又黔低笑，「讓我抱抱妳，好嗎？」

他總喜歡詢問她的意見，游知春起初還暗自讚賞他為人紳士，懂得尊重。最近她才發現，何又黔雖然提出詢問，卻沒得選擇。

問話的同時，他湊了上來一把攬住她，將臉埋在她的鎖骨。「對不起。」

游知春蹙眉，「你幹麼總道歉啊？」

「我不夠好。」

游知春摸著他的臉，「對我來說足夠了。」

「妳覺得我是個怎麼樣的人？」

「確實跟我想的有些落差。」

聞言，何又黔抿脣、目光黯淡，讓游知春忍不住笑了，「我以前都不知道你這麼會撒嬌。」

聽到這答案，何又黔徹底垂下嘴角，他不喜歡這形容詞，但也不會說出來掃興，僅用臉頰蹭了蹭游知春的脖頸。

「可是，我更喜歡這樣的你，這個樣子只有我知道。」

何又黔的身軀微微一震。

半晌，他私自推導，「所以就是不喜歡以前的我。」聲音低落幾分，「高中時，妳是不是只喜歡我寫的書法？妳是看了我的書法才知道我這個人。」

游知春覺得完了，給自己挖了大坑。她飛快轉著腦袋，「愛屋及烏，我都喜歡啊，沒有分別的。」

何又黔下結論，「對，我是順帶的。」

游知春無語。

兩人在床上賴了一陣子，洗漱後才趕緊準備出門。游知春穿了一件奶油色寬鬆毛衣，整個人柔軟明亮，要繫鞋帶時，何又黔先一步彎身，單膝跪地，替她綁好鞋帶，微微仰起腦袋問：「會太緊嗎？」

游知春一愣，搖頭。

他起身，伸手牽她。「走吧。」

推開門時，葉琦唯已經在外面等了。

何又黔說：「這是每年的聚會，我們都會一起去。」

葉琦唯帶著歉意，「不好意思，還麻煩你們。」

游知春搖了搖頭，「不麻煩。」

李吾每年都會邀請好友一同跨年，派對辦在自家一棟小別墅，位置正好看得見大廈的新年煙火。

以往游知春都和巫蔓去看跨年演唱會，但自從巫蔓交了男朋友後，游知春也沒當電燈泡的習慣，大多時候都是回家或是一個人在租屋處打稿，鮮少去人擠人了。

她第一次參加這種派對，對任何東西都感到新奇不已，見到別墅外有小型游泳池，眼睛都亮了。

葉琦唯和何又黔年年都來，別墅內的人也都是熟面孔，見到何又黔和葉琦唯一同出現似乎見怪不怪，不過表情有些微妙。葉琦唯維持一貫的笑容，凡是對到眼的人皆微笑打招呼。

「我還以為妳今年不會來。」幾位網美打扮的女孩走近，「前陣子約妳都不出來。」

李吾周邊多是一些酒肉朋友，葉琦唯從以前就不喜歡這些人，偏偏李吾重朋友，兩人談起這事，以往會讓步的李吾罕見地與她大小聲。

葉琦唯第一次在這件事上氣哭，半夜跑到何又黔當時住的男宿外找他訴苦。被有心人士見了，便說葉琦唯背著李吾和何又黔搞曖昧，在李吾那得不到慰藉，就往他的兄弟貼，腳踏兩條船，他們私下都傳她是紅顏禍水，專破壞兄弟感情。

葉琦唯這次來就是不想被那群人閒言閒語。

「有免費的酒水，還有煙火可以看，不來太可惜了。」

女孩們笑呵呵，「李吾就是大方，性格也好，什麼都不計前嫌。」她們瞟了一眼何又黔，暗諷意味十足。

兩人分手的事早已傳得滿天飛，以往葉琦唯會阻止李吾去各種聚會，現下他時不時就出現在酒局，再怎麼瞎也察覺異樣了。何又黔不免成了眾矢之的。

看完了一場硝煙四起的戰爭後，游知春開口：「我想去吃東西。」這是她今天的大事。

「好，我們去前面吃點東西。」何又黔牽起她，朝在場幾位朋友頷首便轉身離去，「先喝點熱湯暖胃，妳別老想著吃甜點。」

「你怎麼知道的啊——」

「妳寫在臉上了。」

游知春戲劇性地倒抽一口氣，用另一隻手摸了摸臉，何又黔被逗笑。

見兩人離去，幾個人後知後覺地發現，他們還穿了同色系的情侶衣。何又黔攬著懷中的人低頭淺笑，眉目溫柔。

何又黔居然有女朋友了！而且不是葉琦唯，是個不知道打哪來的女孩。

這麼多年來，何又黔一直處於單身，大家也就不約而同地默認他單戀葉琦唯。他們的三角戀被討論得熱火朝天，眾人一致認同葉琦唯上輩子大概是拯救了銀河系。

落單在後的葉琦唯看著兩人親暱地遠去，旁人憐憫地看她一眼。如今她和李吾分手了，何又黔也心有所屬，她一瞬間覺得自己像被全世界拋棄。

游知春剛到食物吧，李吾正好從房間走出來，「我還以為妳這沒良心的女人又要爽約了，想說妳哄騙人的技術真是爐火純青。」

說完，李吾與何又黔對上眼，忽然覺得怪不自在的，連忙朝游知春招手，「妳過來。」

「幹麼呀？」

「過來！」

游知春蹙眉，剛要走過去，就被何又黔拉住，淡道：「有話直接說就可以了。」

李吾嗤笑一聲，「還怕我吃了她？你一定沒見過她兇起來的樣子，打人都不手軟。」

游知春覺得太丟臉了，怕李吾把她沒形象的事都說出來，乾脆拉開何又黔的手，「我就過去一下看他想幹麼。」

何又黔抿了脣，還沒應聲，她已經跑去李吾面前。

李吾掃了一眼何又黔，接著彎身靠在游知春耳邊，小聲問道：「那個……她來了啊？」

「嗯。」

「她有沒有跟妳說什麼？」

游知春故作不懂，也學著他降低音量，「沒有啊。」

李吾沒好氣地看她一眼，「妳們女生不是都很愛聊這些嗎？」

「人都來了，你問她啊。明明平時跟我說話嗓門特大，真正有事又什麼都不敢說。」

「妳！」

游知春仰高下巴，挑釁地看著他。

「我看妳現在過得倒是很幸福快樂，之前還說妳跟何又黔沒怎麼樣，結果居然在一起了？」

「奇怪，我也沒礙著你啊。」游知春就喜歡和李吾鬥嘴。

李吾勾脣，「現在有了！」

游知春疑惑的同時，李吾忽然抱了她一下，刻意壓低聲音讓她身後的何又黔聽不清。

「新年快樂啊，朋友。」

何又黔冷眼看著這一幕。

派對，其實就是大型八卦現場。

游知春從頭到尾專心地吃東西，一旁的何又黔還怕她吃不飽似的，頻頻夾東西到她碗裡。

葉琦唯見狀，夾了一塊牛肉給他，「你自己也吃一點吧。」

游知春回神才發現何又黔的盤子都是空的，「你怎麼不吃？」

「不是很餓。」

她夾了眼前的甜椒炒肉給他，一旁的葉琦唯連忙阻止，「他不喜歡甜椒。」

游知春懸在半空中的手一瞬間進退兩難，她不知道何又黔挑食。

「給我吃吧，他從小就抗拒甜椒，直到現在也沒辦法克服，明明是很好吃的東西。」

第一次在游知春面前展露缺點，何又黔有些不好意思，「我可以試試看的。」

他伸手要夾，葉琦唯卻連忙說道：「算了吧，你不喜歡就別勉強，待會要是不舒服，知春會擔心。」

聽聞，游知春笑了笑，「對啊，不用強迫自己去喜歡。」

游知春突然沒什麼胃口了。

好不容易挨到離座，依照慣例，男女總會分區坐。

男生們全轉移到露天陽臺觀看球賽投影，歡呼聲宏亮，至於女生們各個短裙透膚襪，最後都不約而同地聚在屋內取暖。

不同於眾人，游知春怕冷，包得像隻小胖熊，坐在位子上乖巧地喝奶茶。

「妳叫知春吧?名字好特別喔!跟又黔交往多久啦?」

「幾個月而已。」

「難怪還這麼黏，過了熱戀期有時連看到對方都不想。」

游知春現在心情有點糟。

「是妳的第一任嗎?」

游知春點頭，立刻收到羨慕的迴響。「又黔可是我們公認最完美的男朋友人選，妳真幸運!他一定很疼妳。」

游知春不否認何又黔面面俱到，同時也覺得他過於關注她的一切，沒有屬於自己的喜好。

她曾和巫蔓提這件事，對方聽了只覺得她不懂得惜福。「何又黔完全是所有女性的首選，搞不好連男生都想要他。妳才第一任就遇到這種極品，妳要是膽敢再嫌棄下去，我們就絕交！絕交！」

「我也很難說明白，就是很有距離感，而且不真實。」

她實在忍得難受，甚至嚴重影響她寫文的手感，怎麼寫都寫不出個所以然來，分明劇情都進展到最後一階段，順利寫完就可以快樂交稿，可是她總覺得哪都不對。

留言區的讀者催得凶，她這幾天心煩得很，偏偏何又黔跟前跟後，她完全沒有自己的思考空間，她都忍不住想朝他發火，卻毫無理由。

何又黔對她百般順從，甚至將她照顧得無微不至，確實就如巫蔓所說，在外人看來她就是不知足。

游知春忽然問：「妳們上次和男朋友吵架是什麼時候？」

有人秒回：「剛剛。」

「昨天吧，天天都會吵啊，雞毛蒜皮的事都可以說。」

游知春至今都沒和何又黔有太大的衝突，他總會先道歉，說他可以改。

一直沒說話的葉琦唯似乎察覺游知春問這話的緣由。她拉高語調說：「又黔從小就是這樣，別人要求什麼他都盡可能達成，看似對所有事都上心，其實僅僅是責任感，而不是他的喜好。」

游知春覺得她話中有話，葉琦唯卻反過來安慰她，「別想太多，他就是這樣的人，何況他對妳好也不假。」她停頓幾秒，笑了笑，「比起其他男孩子，我這青梅竹馬敢掛保證，又黔可比他們貼心多了。」

「是嗎?」游知春一瞬間五味雜陳。

兩人的對話在旁人加入後結束。

「我們寒假要出國去北海道玩，唯唯要不要一起啊?」

葉琦唯也知道來這絕對避不開一堆名為關心，實則消遣的問候。

按照慣例，每年長假他們都會相約出國玩。

葉琦唯的生活費幾乎都靠自己打工賺取，頻繁出國對她來說十分吃緊，更別提這幫人絲毫不懂得節制。

李吾心疼她，想替她分擔，但葉琦唯覺得這是不必要的開銷，偶爾幾次沒去不要緊，偏偏李吾覺得這樣就是不合群，更不想被友人嘲笑重色輕友。

「重色輕友怎麼了?讓別人知道女朋友比朋友重要很丟臉嗎?」

李吾懊惱道：「我不是這麼想，旅遊就是要大家一起去才好玩。他們都帶男女朋友，我也想跟我女朋友一起去啊。」

葉琦唯聽了也有些心軟，「就不能等以後我們再去嗎?」

「可是這次他們真的規劃得很好玩，我想跟妳一起去啊。」李吾撒嬌地抱著她，「妳要是過意不去，這些錢以後再還我就好。」

直至今日，李吾也沒真和她討回那些錢，而兩人的旅遊也從未實現。

「我還要打工，不一定有時間。」

「喔，這樣啊。」

其中一人注意到沒說話的游知春，將目標轉向她。「知春要不要也一起啊？」

另一位眼妝濃厚的女孩接話：「以前又黔都不跟我們去。」

「他當時單身，李吾和唯唯在交往，他要是一起去就落單了，多尷尬啊。」她們有意無意地掃了葉琦唯一眼，「現在他有伴了，一起也比較好玩啊。」

游知春禮貌一笑，「我晚點回去問問他。」

繼幾個游知春不感興趣的名牌包話題後，她謊稱肚子餓就跑出去透氣，此話一出，又開啓一波減肥的方法，游知春才發現她們根本不在乎她有沒有參與其中。

李吾家的小別墅位於山區，身後是一小片果園，有特別聘人維護照顧。

果園周邊設置幾盞照明燈，石子路披滿斑駁月光，游知春刻意踏著搖動的光影前進，一個人玩得不亦樂乎。

穿過果林，山下的一片夜景映入眼簾，星空墜降，流光閃爍，游知春席地而坐，暗歎李吾可真會享受，這裡一定很適合寫稿。

「碰！」

忽然傳來的大叫聲讓游知春抖了一下，循著聲音看去，瞪了一眼來人。

「大半夜一個人跑來這幹麼？不知道的人還以為妳失戀。」李吾跟著坐了下來。

游知春反脣相譏：「現在失戀的人可不是我。」

被戳中痛處，李吾反手勒緊她的脖子，惹得游知春啊啊大叫，學著摔角的投降姿勢，猛拍草地，「認輸！認輸！」

李吾哼了一聲才放手。

游知春哀怨地摸著脖子，一定勒紅了。「我是女生耶，下手也不知道輕一點。」

「又不是我女朋友，我為什麼要手下留情？」

游知春嗤了一聲，「這麼疼女朋友，現在人來了，怎麼不過去展現你的男友力，非要來這煩我。」

「我就喜歡欺負妳啊。」

游知春總覺得這兩人不是憋死自己，就是逼死她。「就道個歉也不是那麼難。」

「我為什麼要道歉？是我的錯嗎？每次都要我先低頭。」

「那你最好都別說，眼睜睜看她被別人追走。」

他繼續嘴硬，「我看是妳聽習慣何又黔道歉了吧，那小子本來就沒什麼脾氣，妳們都是被他慣成這副模樣，認為男生就該低聲下氣。」

提起這事，游知春聽了也不高興。

「你自己的女朋友為什麼不顧好？還要何又黔幫忙。我就是不如她和何又黔相處得久，對他一無所知，但他明明是我男朋友，她非要在我面前炫耀他們交情……」

李吾被她的嗓門嚇住，但他也聽不得有人批評葉琦唯。「妳不知道妳還沒出現時，何又黔有多愛管閒事，他一來，就顯得我哪都不好。不夠體貼，沒有他細心，更沒有他的好脾氣。」

游知春回嘴：「這些你本來就應該改進。」

李吾忍不住罵了一聲。「那好，何又黔現在是妳男朋友，妳了解他也是應該的！怎麼還反過來怪人家多嘴？」

你一句、我一句，最後游知春氣得要踢他，兩人在草地上你追我跑。

「說不贏就動手，我告訴妳，何又黔會給妳面子，我可不會！錯就是錯！」

「何又黔怎麼就沒脾氣了？」此話一出，游知春自己都覺得沒底氣，「他、他平常也會罵我啊，揍人都會！」她作勢舉起手。

「哦？那妳說說，他都怎麼動手的？」

游知春隨口亂說：「呃，就、就打屁股啊。」

語落，兩人皆是一愣，那畫面怎麼好像有點色情啊。

游知春覺得丟臉，停下腳步。「我要回去了。」

李吾笑得不行，伸手要攔她，游知春轉身就要跑，誰知腳底打滑往前撲，身後的李吾急忙扯住她的手，游知春重心後移跌到李吾身上。

「游知春妳到底是吃了什麼？怎麼這麼重啊！」

「我哪有重啊！」游知春掙扎要起身，慌亂之餘誤觸了某個敏感處，兩人頓時僵住。

游知春這陣子隔三差五就被某人抓著演練，那是什麼自然再清楚不過。

下一秒，兩人焦急地跳開身。

「呃，抱歉，我、我不是故意的，我就是……」

「妳給我閉嘴。」

「喔。」

半晌，游知春見他始終低著腦袋，試探地問：「……真的沒事嗎？我剛剛好像滿大力的。」

李吾咬牙大吼：「游知春！」

游知春咳了一聲，最後實在憋不住，噗哧笑出聲，見李吾要揍人了，她轉身就要跑，下一秒便和站在不遠處的何又黔對到眼。

何又黔半身浸在陰影處，脣角抿起，眸底墨色濃郁，不知道站在那看了多久。

他並無明顯的喜怒起伏，就如往常一般，很快便勾起和煦的笑容。

李吾本來還僵硬的肢體，頓時鬆了一口氣。

嗯，果然是沒半點脾氣的何又黔。

何又黔走向游知春，將她亂糟糟的頭髮勾往耳後，「外面這麼冷，怎麼不進去？」

「呃……喔，裡面悶，我出來晃晃。」

何又黔雖與平時無異，游知春卻覺得哪都不對勁，稍稍側過腦袋避開他的觸碰，卻無意間碰到他涼得嚇人的指尖，她縮了縮脖子，何又黔瞧見她脖子的紅痕。

動情時，他都沒敢這麼用力。

李吾見氣氛詭異，決定先閃為妙。游知春也不想待了，總覺得怪尷尬的。「我們回去吧。」

何又黔沒動也不讓她走，單手攬著她的腰。游知春還未來得及出聲詢問，何又黔已經俯身吻上那塊紅痕，她倒抽一口氣，驚慌地閃躲。

寒風削薄了何又黔眉間的柔和，他變本加厲地舔過她細緻的皮膚，長時間包裹在毛衣下的肌膚碰到寒風立即起了雞皮疙瘩，下一刻沾染上何又黔溼熱的口水，讓游知春不自覺呻吟出聲。

她急忙摀住嘴，「……你、你等一下。」

何又黔第一次沒有聽從她的話，他從頸子向下吻至鎖骨，毛衣衫的鈕扣一顆接著一顆被解開，敞開的衣衫露出軟白的隆起，何又黔在那處用力吮含。好似在確認她完好無缺，而這些地方只有他能碰。

他很少有這種時候，極力想在某些事物留下痕跡。遇見她之後，儘管多次警告自己不要為她帶來困擾，卻放任自己屢次淪陷。

他夢見她無數次了，始終認為自己僅痴迷她的身子，他不夠虔誠談情說愛。如果游知春喜歡他，他可以盡自己所能滿足她。卻沒想過，萬一哪天游知春不喜歡他了呢？

「會被看見的……」

何又黔突然問：「妳喜歡李吾嗎？」

游知春現在根本無法思考，「你先鬆手。」

大掌卻摸向她的腿，一陣麻癢攀上她的背脊，何又黔的指腹逗留在她最柔軟的地方，奇異的感覺填滿神經，游知春直接軟了身子。

何又黔無動於衷，「妳喜歡他嗎？」

游知春從沒有哪一刻覺得自己這般無能為力，強迫她的對象還是她最沒想過的人——何又黔。

她咬脣，偏不說話就想賭氣。

誰知何又黔見她貌似默認，將另一隻手探入她衣內撫摸，他的手在空氣中暴露多時，早已被風吹得寒涼，游知春瑟縮了一下，委屈道：「……冷，你別摸了。」

每回她示弱，何又黔向來都會退讓。

「剛剛和李吾在這待了十多分鐘，妳都不嫌冷。」

游知春沒想到這次居然不管用！

「游知春。」他喊了她的全名，嗓音低沉，「我會動手的。」

游知春愈想愈氣，偏偏眼前是她最喜歡的人，不捨得罵他，又覺得不被諒解的自己委屈得不得了，剛才還被他的青梅竹馬下馬威，腦袋一陣亂七八糟的想法，她忍不住氣哭了。

見游知春淚眼婆娑，何又黔的情緒瞬間崩塌。「對不起，知春，我不是故意。」

他彎身吻了她含淚的眼睛，如同每個夢裡，這也是他唯一能做的事，一遍又一遍吻去她的眼淚，親吻她的控訴。

何又黔快速替她整理儀容，最後脫下大衣，將她包裹在內抱入懷裡，嘴裡不斷道歉。他彎身要吻游知春時，她卻偏頭避開了。

「你放手。」

「我放了，妳會跑。」

「我就是要跑啊。」

何又黔無奈一笑，「對不起，我不是有意的。」

「你是故意的，鬆手。」她堅決。

起初，何又黔是真的沒打算對她做什麼。李吾有他受歡迎的道理，健談大方、言談風趣，與誰都是一拍即合，他並不意外游知春會與李吾打成一片，何況兩人確實熟識在先。只是當他看著游知春毫不猶豫地跟在李吾後頭，他忽然覺得自己好像什麼都不是。

可是他們明明睡同一張床、親吻、擁抱。何又黔忍不住想，會不會……李吾和游知春也做了這些事？一股衝動猝不及防湧上，回過神來時游知春已經在他懷裡泣不成聲。

見游知春倔強地睨著他，眼尾還有哭過的痕跡，他嘆了一口氣，緩緩鬆開手。得到自由的游知春才起身，兩腿便一陣痠軟，險些跌倒時，何又黔急忙扶住她。

游知春佯裝鎮定地拒絕何又黔的幫助，她忍著腿間殘留的溼潤不適，邁開步伐，走了幾步發現他沒跟上，本不想理他，誰讓他在戶外對自己動手動腳，再度抬腳時，忽而意識到身上還披著他的大衣。

她捏著衣襬，躊躇幾秒才側過身，見何又黔仍傻傻站在原地，短髮被晚風吹得凌亂，連帶神色都有些蒼白。山區氣溫比平地低上許多，他只穿了一件薄毛衣，任憑寒風吹打。

游知春心軟地等了他幾秒，見他不知變通，乖巧地與她保持距離，她要煩死了，朝他走了幾步，最後實在受不了，直接跑到他面前抱住他。

感受到游知春的溫度，何又黔一愣。

游知春悶聲道：「你背我。」

何又黔黯淡的眼神轉瞬明亮，「好，我背妳。」

游知春脫下大衣替他穿上，「穿著，別感冒了。」

「感冒了才好。」

游知春沒好氣地看著他。

「感冒了就可以親妳。」

游知春仔細一想，很多事，這傢伙也不如表面的憨厚老實。好比說現在，就是抓準了她會捨不得。

她踮腳湊上脣吻他。「不感冒也可以。」

何又黔試探地伸手去攬游知春的腰，見她沒有反抗，他將人擁入懷中，撬開她的脣齒，伸舌而入。

「唔！」游知春懊惱，她怎麼又自投羅網了？

何又黔吭咬她的下脣，指控她剛才轉身就走。游知春不甘示弱地咬回去，何又黔趁勢托住她的臀抱起她，接著敞開衣襟將她包在懷裡，吻了吻她的頭髮，「剛剛有沒有弄疼妳？」

游知春咬脣，將腦袋埋在他懷裡，「……沒有。」

回到小別墅後，何又黔被李吾一群人灌了酒，游知春自告奮勇開車回去。

李吾跳出來厲聲拒絕，「妳那什麼破技術，不行，妳和何又黔怎麼樣我不管，唯唯的話，我自己叫車讓人送她回去。」

此話一出，一旁的葉琦唯表情有些微妙。李吾也陷入尷尬，忘了他和葉琦唯目前身分敏感。

何又黔略帶醉意，思緒不如平時清明，他想都沒想就同意，「好，妳開。」

李吾見狀直搖頭，「平時就沒男人的尊嚴，喝了酒就直接成了女友狗。」

礙於是山區，開車確實危險，最後所有人還是留下來過夜。

小別墅的套房很多，大家隨心選了喜歡的房間，紛紛回房。

天空清朗，星點綴滿夜色，游知春忽然說：「真希望可以在臺灣的平地看一場雪。」

「為什麼？」

「因為知道不會實現啊。」

「那為什麼還要許願？」

游知春沉吟，「生活應該有些期待，無論這件事會不會發生。如果有一天真的碰到了，就會成為這輩子最幸福的事。」

「如果沒有呢？」

「那也不會失望啊，本來就知道是不可能的事。」

何又黔低笑，不知道該說她是悲觀還是樂觀。「我也在妳的這些期待裡嗎？」他忽然想知道。

游知春愣怔片刻後緩緩說：「早就不在了。」

何又黔開門的手微頓，「是嗎？」

他對游知春的要求一直很少，今天如此反常，已經令他十分愧疚。應該說他一直都是這樣，對所有人事物的期望都不高。

游知春繼續說道：「都實現了，我當然要許新的願望，我就是這麼貪心的人。」

聞言，何又黔扯了扯嘴角，發現心裡舒坦許多。

解開門鎖時，游知春微微側過腦袋問：「你呢？你有什麼願望？」

何又黔想了想，搖頭。

「難道你之前都沒有特別期望的事嗎？」游知春驚訝，「那你趕緊許吧，多許一點，把前些年沒用掉的願望都一起許，我想要你快樂。」

何又黔看著她說：「我已經很快樂了。」

何又黔洗了澡後，人清醒不少，出來時發現游知春不在。準備打電話找人時，敲門聲響起。

他以為是游知春便直接開門，皺眉說道：「這麼晚了，去哪呢？不是說好，以後晚上都要我陪著出門的嗎？」

沒有聽到熟悉的撒嬌，何又黔定睛一看才發現是喝醉的葉琦唯。

「又黔。」

「妳怎麼喝那麼多？」

葉琦唯酣笑，徑自入房，腳步不穩地轉著圈，語調輕盈，出口的話卻很沉重。「新年快樂啊，一年又過了，怎麼好像什麼事都沒有好轉……新年新希望都是騙人的嘛！」

何又黔皺眉，「妳醉了，我送妳回房休息。」

葉琦唯偏過頭，眼神迷濛，「啊，都忘了你已經是有女朋友的人。」她笑了一聲，「如何啊？有喜歡的人感覺怎麼樣？」

「唯唯，時間不早了，有什麼話明天再說。知春還沒回來，我很擔心，想去找她。」

「那誰來擔心我呢？何又黔，你以前都把我擺在第一位的啊。」

何又黔的語氣驀地嚴肅，「琦唯，這樣的話別再說了。」

「李吾走了，連你也要離開我嗎？」葉琦唯無助地蹲坐在地哭了起來。「為什麼全世界的人都不要我了？我做錯什麼了嗎？你可不可以告訴我……」

何又黔安慰道：「我們沒有不要妳，葉叔和阿姨都很關心妳，不要胡思亂想，我們都希望妳快樂。」

「可是我不快樂，又黔，我一個人不快樂。從小到大我都努力想證明自己，想讓家人驕傲，想被愛人疼愛。可是我現在……什麼都沒有了，我一無所有了！」

她聲淚俱下，何又黔擔心她情緒過激會傷害自己，上前想扶她起身。孰料葉琦唯伸手緊抱著他哭，全身顫抖。「又黔，你可不可以不要走？拜託你，我一個人好累。」

感受到她的懼怕，何又黔於心不忍。他知道葉琦唯有多努力，她向來不服輸也好強，任何事都想做到盡善盡美，常常一個人咬牙硬撐從不喊累。

何又黔勸不動她，大多時候也只能為她瞻前顧後。

他伸手輕拍她的背，她像是抓到最後一根救命稻草，雙手環著他的腰不放。然而葉琦唯太沒有安全感，受酒精干擾的思緒，讓她遵循著原始慾望。

她忽而抬起腦袋，脣瓣微張，就在快要碰上何又黔的脣時，他瞬間轉開臉，「琦唯，妳該回去了。」

聽見何又黔制止的聲音，葉琦唯頓時清醒。「對不起，對不起，又黔，我、我不是有意，我現在腦子很亂……」

葉琦唯狼狽起身，跑至門口時，看見游知春站在門外，手裡攥著解酒藥。

她連招呼都沒打，就落荒而逃。

何又黔見到游知春回來，立即上前握住她的手，「去哪了?也不和我說一聲，知不知道我會擔心?」

游知春笑著道歉，把手中的解酒藥遞給他，「吃這個會舒服一點。」

何又黔吃了藥，見游知春什麼也沒問就進了浴室，他在外頭飽受煎熬，待游知春頂著一頭溼漉漉的頭髮走出來時，有些訝異他還沒睡。

「過來，我幫妳吹頭。」

屋內有暖氣，游知春穿著單薄的睡衣裙，她盤腿乖巧地坐在床邊。

多數時候她都是這樣安靜乖巧，一個人默默做所有事，不張揚也不愛出風頭，只有遇見熟人時偶爾調皮撒嬌。她不愛參與外務，僅在自己的世界飛舞，性格神祕得讓人難以捉摸，眼神卻純淨的如一潭泉水。

吹風機的運轉聲停了，游知春的眼皮逐漸沉重，道謝的話還未出口，何又黔從身後緊緊環住她。

下一秒，游知春就被壓在床上，柔軟的身軀與何又黔結實的肌肉相貼。

「知春。」

「嗯？」

「知春。」

「嗯？」

何又黔邊喊邊親吻游知春的脖頸，想確認她不只是存在於夢中，而是鮮活地在他身邊愛著他。

游知春怕癢，左閃右躲，清脆的笑聲不斷。

「怎麼了啊？」何又黔抱著她許久不說話，游知春用手輕撫著他的後腦杓。

「妳沒有這樣對我笑過。」

游知春抗議，「亂說。說得好像我天天生氣。」

何又黔伏在她的肩膀上笑了，又吻上她的脖子。「是我不好，總讓妳生氣。」

「他們都說我男朋友世界第一好，全世界的男生都該向你看齊，你怎麼會不好？不好的是我，我太愛生氣，也太愛鑽牛角尖。」

何又黔緊緊抱住她，情急之下吐不出動聽的話，直白地說：「妳最好，沒有人比妳好。」

游知春覺得懷裡的人比她更委屈。「你先鬆手，你勒得我快喘不過氣。」

何又黔立即鬆開手，「對不起。」

游知春抬眼就看見何又黔不安的眼神，好似跟她在一起總有許多顧慮。

何又黔忽然說：「我現在可以許願嗎？」

游知春點頭，「當然可以，新年總要有新希望嘛。」

何又黔沒有正面回應，而是俯身吻她，「妳會幫我實現嗎？」

游知春被動地迎接他的攻勢，知道他的願望是什麼了。

兩人次次親密都險些擦槍走火，何又黔從不強迫她，但也看得出來他的難耐。慾望是無止境的，游知春對未知的情事依然害怕，但也感到好奇，還有她更想徹底獨占何又黔。

「嗯，要做嗎？」

何又黔一愣。

「你說你沒許過願，這是你第一個願望。」游知春面對未知，第一次沒有了遲疑，單憑直覺行事。「我可以替你實現。」

她應允了。

何又黔感到喉頭一陣乾渴，旋緊垂放在腿邊的手，未退的酒氣讓腦門隱隱作痛。

游知春踮起腳，伸手勾下他的脖頸，何又黔猝不及防，唇齒相碰，他的舌尖帶著絲絲酒氣，游知春嘗試伸舌去勾他。

面對更親密的行為，游知春向來被動，現下不僅主動挑逗，甚至動作大膽。何又黔還帶著些許醉意，自制力早已煙消雲散。

游知春確實勇氣可嘉，但也只是撐場面而已，真實反應依舊生澀無比，何又黔只是掀開她衣服，她便急忙抽身，慌張道：「呃……燈、燈先關。」

何又黔重新覆上她的脣，另一手摸了兩三次才終於關上燈。

四周靜謐，察覺游知春微微顫抖，何又黔終究於心不忍，「不勉強……」

話還沒說完，游知春已經伸手去拉他的褲頭。

冰涼的小手撫上何又黔的滾燙，他的氣息逐漸不穩，忍不住轉移陣地，張嘴輕咬她的鎖骨，逐漸往上找到她的脣。

何又黔比她想像中強勢，三兩下便褪光她身上的衣物，月光淺淡描摹她玲瓏的身軀，何又黔熾熱的目光細細掃過她每一吋皮膚，輕喚：「春……」

游知春受不了他無意間的誘哄，覺得全身像是要燒起來一般。

「你等、等一下。」游知春下意識要遮掩，卻發現暴露的部分太多，全是白費功夫。

何又黔抬手要求，「替我脫。」

游知春咬著手指，表情掙扎，弱弱地問：「……你不能自己脫嗎?」

「就要妳脫。」何又黔俊挺的五官融入斜影，平時溫煦的氣質抹除得一乾二淨，獨留要將她消耗殆盡的執念。

游知春竟覺得情緒如此洶湧的他，才是真正的他。

她忐忑地抬起手解著他胸前的襯衫扣，頭頂上的目光炙熱，餘光瞥見他褲內的腫脹，頓時進退兩難，急得眼角都紅了。

何又黔俯身親吻她的眼睛，「不是不愛哭嗎？」

她只能嘴硬道：「我沒有哭。」

何又黔突然說：「妳還記得，妳曾經問我有沒有說過謊？」

游知春點頭。

「準確來說，我沒和任何人說過這件事。」

游知春覺得他醉了，因為她開始聽不懂他說的話。

「你現在說這些的意思是……你要說給我聽嗎？」

何又黔的謊言啊，總覺得是些雞毛蒜皮的事。

「我夢過妳，游知春。」

「嗯？」

「高中的時候。」

游知春不明所以，「你夢到我什麼了？」

「我夢到我們在做愛。」

他能感覺到游知春的身軀微微僵住。

這陣子和她在一起有太多無法言喻的快樂，讓他忍不住想卸下這個祕密，想要心無旁騖地和她在一起。

高中時，他試圖吸引她的注意，本來以為到此為止了，兩人卻在大學碰了面，原以為不堪的往事早已消逝，他卻無法遏止自己再次見到她而沸騰的情感。

見游知春沒吭聲，何又黔內心開始忐忑，他後悔了。

游知春終於明白了，「這就是你一直忍著的原因吧，你對我感到愧歉。」

何又黔到口的道歉被游知春截斷，「這次不用了，是我自願的。」

這是她暗戀多年的人，如果能全心全意占有一次，也算是給十七歲的自己一些交代了。

「何又黔。」

「嗯？」

「你喜歡我嗎？」

何又黔頓了頓，游知春不想聽他的答案。解開最後一顆扣子，她傾身吻住他的唇，而後又忍不住低下腦袋，彎唇自嘲。

何又黔抬高她的下巴，低聲問：「笑什麼呢？」

「笑夢境成真啊，我在你的夢裡，沒笑過嗎？」

何又黔輕撫她的眼角，「妳都在哭。」

游知春又笑了，「那一定不是我。」

她故作輕鬆，實則腦袋混亂，可是她不想思考了。如同巫蔓所說，有些事即便知道是錯的，也會執意去做，只是想不留遺憾。

「你確定沒找錯人？也許你只是帶入我的模樣，其實心裡另有他人。是葉琦唯吧？從小一起長大，要說沒半點感情，我想也不可能。」

她不知道是調侃他，還是挖苦自己，更不知道他之前說過的所有話，究竟是真是假。

何又黔將掌心覆上游知春胸前的柔軟輕輕揉捏，中斷她的話。

她輕咬著唇試圖制止自己哼出聲，何又黔俯身吻住她的唇，含住她的舌攪弄，攻勢來得凶猛，發顫的小腿支撐不住身體，搖搖欲墜的同時，何又黔騰出一隻手勾過她的細腰，接著長指抵按著最柔軟的地帶，一邊輕聲誘哄她：「叫我。」

未知感令游知春慌亂，還未反應，何又黔更加深入指尖，逐漸加快速度，她唔哼低吟，「……啊，嗯，又黔，何又黔。」

聽聞，何又黔滿意了，彎身將她抱起，瞥見他胯下的腫脹，游知春繃緊了身子。

何又黔將人抱到沙發上，他嫌身上的衣物礙事，抬手脫除。游知春還是第一次見他脫得精光，精壯的上身，俐落的肌理線條，她明明也摸過幾回，卻還是默默吞了吞口水。

見狀，何又黔淺淺地笑了，莫名填平了今天的心浮氣躁。

游知春對於自己此刻的生理狀態感到陌生，見何又黔過分愉悅，她就覺得丟臉不自在，轉而想起身時，何又黔俯身將人壓了回去，彎身吻著她的下巴，身下已是不安分地頂著她含水的道口。「疼的話就咬我。」

游知春盯著忍得鬢角都溼濡的他，瞳孔裡塞滿自己的模樣，她有幸看見他的渴望與熱烈。跟第一個喜歡的人在一起，真的很快樂啊。

她沒回應，主動湊近他，卻感覺自己的身體像是被閃電劈成了兩半，死擰著眉，雙手緊抓臀下的沙發。

「疼就咬我。」何又黔又說了一次。

游知春不願，緊咬著唇，悶聲不吭，指尖掐得都泛白了。何又黔捨不得之餘也無法止步，忍不住挺動腰再深入，來來回回，游知春的堡壘幾乎被擊潰，撕裂感逐漸轉為酥麻的電流，她不受控地嬌吟出聲。

她真的和何又黔這樣那樣了。

何又黔吻著她的眼眉問：「還疼嗎？」

「我、我們今天就先這樣了，好不好？」她幾近央求。

何又黔彷彿聽見什麼笑話，洩憤似的吮咬她的耳垂，「不好。」

游知春哼聲，睜著盈滿水氣的眼瞪他，他卻刻意進入得更深，在這方面似乎有不可考的天分，游知春承受著他的撞擊，在滔天駭浪間載浮載沉。

她覺得自己要脹壞了，開始低泣。「啊，何又黔……慢點、慢點啊……」

游知春總覺得眼前的何又黔，已經和她以往所認知的不太一樣了，變得更加真實。

何又黔置若罔聞，狂熱的眸子緊鎖著身下的游知春，一吋一毫全收進眼底。「從頭到尾都是妳啊，游知春。」

游知春被他搗弄得說不出話來。

「在夢裡，妳就是這樣哭求著我。」

第八章　裂痕

巫蔓開門時，差點被蹲在門邊的不明生物嚇死。

「游知春，妳發什麼瘋啊？知道現在幾點嗎？妳也真會挑時間，我才剛看完日出回來睡沒多久就得來伺候妳。都有男朋友了，連假妳不跟他兩人世界，是三心二意想把我當備胎？唉，妳就老實告訴我，何又黔就是妳隱藏愛慕我的擋箭牌。」

巫蔓自導自演完卻沒有聽見預期的吐槽，低頭才發現蜷曲著的游知春紅了眼眶。

巫蔓總算察覺不對勁，焦急地蹲下身，「怎麼了？」

寬大的衣領微微露出游知春的肩，她倒抽一口氣拉起衣袖，所見之處布滿曖昧的吻痕。

巫蔓大概猜出情況，感嘆道：「我的天啊，第一次果然就是不一樣，戰況激烈。如何？技術怎麼樣？」

見游知春閉口不提，她以過來人的口吻說：「唉唷，第一次通常都比較掃興啦，後面就會漸入佳境。」

游知春沒說話，眼淚倒是先掉了下來。

巫蔓嚇了一跳，認識游知春這麼久，從沒見過她哭，巫蔓一時不知如何是好，她胡亂猜測，「不會是何又黔強來吧？靠！人渣！長得帥也不能被原諒。」

但巫蔓還是忍不住懷疑，「確定他是這種人嗎？我自己是不覺得吃虧啦……但每個人感受不同，妳要是真覺得不舒服，我們就去討回公道。」

見色眼開，游知春沒好氣地瞅她一眼，然而發紅的眼眶沾滿水霧，絲毫沒有平日的朝氣。

「唉唷，我的寶寶啊。」巫蔓怪心疼的，抱著她的腦袋安慰道：「我讓張洺臣帶球棒，長得帥是吧，我們就專打他臉，打到他媽都認不出來！」

游知春急忙阻止，「妳別這樣，是我主動的……」

巫蔓驚喜，「是我也招架不住一個帥哥天天在我眼前晃。過程還愉快嗎？」

游知春咬咬唇，憶起昨晚兩人交纏的畫面，情不自禁臉紅了。

她最後哭得一塌糊塗，何又黔回神後，趕緊抱起她哄，「對不起，對不起。」而他自始至終就只會說這句話。

「嗚，我太討厭你了……」

何又黔伸手抹開她的眼淚，試圖撫平她的眉心，一次又一次，自己的眉頭皺得比她還深。「可是我們已經做了，無法回溯。」

游知春破涕為笑，眼淚卻仍掉不停，她自己也分不清是生理上的疼痛，還是心理。

何又黔耐心地拍著她的背，親吻她的側頸。

夢境裡，游知春的一切任他描繪，正因為如此，回歸現實，他不敢輕舉妄動，怕自己沉淪在慾望之中。

然而，夢裡的游知春，遠遠不及真實的游知春，她美好得令他無法想像。

進屋，巫蔓倒了一杯熱水給手腳都凍涼的游知春，沒好氣道：「大冬天，飾演賣火柴的小女孩啊？」

見她發呆，巫蔓在旁坐下，「吵架啦？一早就來我這，肯定是大事。」

「……也沒有。」

「照我上回見他在教室外默默等妳，何又黔那脾氣，是把妳當小祖宗供著吧，到底還有什麼事能鬧彆扭？」

游知春反問：「妳想過他為什麼喜歡我嗎？」

「他不是妳鄰居嗎？日久生情？還是一見鍾情？」巫蔓再猜，「還是他高中就對妳意圖不軌？不對啊，你們根本不認識吧。」

還真被巫蔓猜對一半。

「高中那時候……」游知春捏了捏衣襟，「我暗戀他。」

巫蔓驚聲尖叫，「那妳這不是人生圓滿了？他現在是妳男朋友了啊！」巫蔓勒著她的脖子，「好啊，瞞著我這麼久，還是不是朋友？」

游知春哀嚎，她骨頭都快散了，巫蔓鬆開手，正經問道：「他知道妳來我這嗎？」

「……不知道。」

今早激情退去，所有理智回籠，游知春無法想像他們一覺醒來是否還能如常，只好叫車就跑。

巫蔓稍微了解了來龍去脈。「先不管做夢這件事，我就說那個姓葉的一定會出來作亂！這種人我看多了，她就是見不得你們好，妳和何又黔鬧矛盾就順了她的意。現在回去跟他把話說清楚，要葉琦唯還是要妳？」

游知春囁嚅：「其實這也不是他的問題，換作是我，一個相處這麼久的朋友，我也會心軟。」

巫蔓斜她一眼，「這麼護著他，還偷跑出來幹麼？」

她將臉枕在膝蓋上，「……怕他根本沒有想像中喜歡我，我對他而言究竟是怎麼樣的存在，我突然就不確定了。」

暗戀何又黔的那幾年，游知春畏縮得不允許自己被看見，正因為如此，當何又黔忽然出現在生活中，她不敢置信，也將任何事情都放大檢視，顯得敏感和小心翼翼。她不愛與人爭執，更討厭紛紛擾擾的事，所以當她看見葉琦唯哭著抱住何又黔時，她再次卻步了。

見她若有所思，巫蔓開口道：「或是妳和他提議先暫時分開一段時間。有陣子我和張洺臣吵很凶，見面就吵，日子太難受了，我們就說好先分開一陣子。分開不是壞事，偶爾也是需要冷靜期和自我反省，重新回到對方不在的日子，回歸自己的生活。妳會找到以往在一起沒發現的事，而你們會有新的默契，當然也可能再也不見。」

游知春有一瞬間是不敢回租屋處的，總覺得沒辦法面對接下來的決定，卻也無法對此事將就。

巫蔓送她回公寓，「要我陪妳上去嗎？」

她故作輕鬆，「不用啦，也不是什麼大事。」

「妳都快把衣襬抓破了。」巫蔓吐槽。

「我會不會後悔啊？」畢竟是第一個這麼喜歡的人。

巫蔓拍拍她的肩，「人生不是本來就一直在後悔和做選擇嗎？就選當下最想做的事，妳現在不做，日後也會耿耿於懷。」

聽完，游知春雙手握拳，用力點頭。

說是這麼說，為了拖延時間，她不計較兩腿間的痠疼，硬是爬了樓梯。她順手撈了包內的手機，發現已經沒電了。

步出樓梯間，就見兩個熟悉的人影出現在她的租屋外，倒也不是多稀奇的事，就是葉琦唯站在何又黔身前哭得淒慘。

游知春不知道還要撞見這種場面幾次。

何又黔擰著眉，抬頭便與游知春四目交接，他的眉頭蹙得更緊了。

游知春下意識想轉身，卻被後頭的聲音制止，「妳要去哪？」

令她回頭的不是何又黔的問話，而是他充滿煩躁的聲嗓。游知春還是第一次知道何又黔能這麼理直氣壯，她握了握拳，慢騰騰地走上前。

葉琦唯見有人來了，連忙低下腦袋抹掉眼淚。「啊，知春，妳去哪裡了？」她的聲音夾雜著哭過的鼻音，楚楚可憐，聽得游知春都想讓她別說話了。「又黔一早就四處找妳，妳手機又打不通，他找妳找得都要瘋了。」

游知春笑了一聲，「找我？找到妳這裡來。」

何又黔插話，「妳跟李吾去哪了？」

面對他的質問，游知春也拿不出好態度。「李吾？我沒跟他在一起。」

葉琦唯急忙說：「李吾一早也不見了，昨晚我們有點不愉快，我很擔心他，妳如果知道他在哪，拜託告訴我。」

游知春皺眉，覺得有理說不清。「我不知道他在哪，他也沒有義務告訴我。」

何又黔卻說：「那不一定，有些事他只會跟妳說。」

游知春覺得睡一覺起來所有人都不可理喻。「我不知道的事，我也沒辦法告訴你。」

葉琦唯察覺氣氛微妙，忽然開口解釋：「知春，昨天的事不是妳想得那樣……」

游知春本來也不想多想，她這一提就像是此地無銀三百兩。

「我沒想什麼。」

以往在小說裡看到這種橋段，都忍不住想捶死女配或是男主，沒想到現實中碰到了，她第一件想到的事反倒是自己臉皮沒那麼厚，無法自稱女主角。

「我太累了，想先睡一覺。不介意的話，你們就換個地方聊吧。」

游知春下了逐客令，轉身進屋時，身後的何又黔扯住她的手，聲線壓抑，她被他捏得有點疼。「一大早就一聲不響地離開，妳不知道這樣有多讓人擔心？現在回來了，連一句話都不解釋。游知春，妳就是這麼對待關心妳的人？」

游知春感到好笑，「見面就質問李吾的事是在關心我？」

何又黔抿脣，語氣稍微和緩，「妳如果有不高興的事就說出來。」

游知春沒看他，忽略手腕的疼痛。「我希望我們先分開一陣子。」

何又黔將人拉進屋，擋在門前，徹底封住她的去路。「分開一陣子是什麼意思？」

雖然是游知春主動提出分手，但其實她自己也很慌亂，如今何又黔的情緒前所未有的糟糕，讓她更加無所適從。

見她不答，何又黔又問：「妳一早到底去了哪裡？」

巫蔓總笑她不會吵架，罵人也不夠有底氣，但就是脾氣硬。「不是很重要吧。」

何又黔皺眉，不喜她這般不冷不熱的樣子，「那妳告訴我什麼才重要？」

見他走近，游知春下意識地後退幾步，倉皇的模樣讓他停住腳步。

她揪著身後的衣襬，「就只是發覺跟你在一起，我有點累，我不想這麼累了。」

他不明白，忍著煩躁，緩下聲說：「昨天我們明明那麼好。」

游知春承認，無論是身心靈，她都得到了他最好的照顧。

「你問我什麼才重要，我覺得也許我們對彼此都有太多不切實際的幻想，畢竟我對你的記憶時常還停留在高中的時候。我是喜歡你，但我僅僅想停留在這一步。」

游知春不想再有任何負面情緒，也不想再自嘲自己就是故事中的女配角。以為如願以償，倒頭來才發現自己是多餘的。

她就是想逃，想完結。

ㄣ

「最近更新那麼快，按照以往的經驗，非奸即詐。」

「前幾回甜到我天天想要一個男主，怎麼一瞬間跌到谷底啦，男主到底有沒有喜歡女主啊？」

「看得好心塞，又想起暗戀那些破事，此生最沒有尊嚴的一刻。要是重來，我絕對繞道走！」

「前陣子還和朋友賭了會是好結局，怎麼劇情又急轉直下了？」

游知春滑著留言，選擇視而不見那些求她輕點虐的字句。

何又黔搬出自己家了，她多了很多時間和空間，應該慶幸終於能夠安心寫稿，她卻總用來發呆。

她隨手回了一條留言。

春曉：「即使重來一次，我也還是會喜歡他。」

游知春的生理期晚了一個禮拜，當時她還擔心得不行，就怕自己一試就中。

好不容易生理期來了，也不知怎麼的渾身都不舒服。整晚沒睡好，早上又被頭痛疼醒，她吃了止痛藥舒緩後，走至玄關打開鞋櫃，發現何又黔還有幾雙鞋遺留在這。

今早在浴室內也看見他的刮鬍刀和盥洗用品。游知春甚至還煩惱冰箱那些食物究竟要不要還他？平時都是何又黔下廚，她不會煮菜，留著沒用，丟了浪費。

思及此，她又覺得頭痛了，早知道就不要讓他住進來。

出門時，陸妍正好打電話過來關心，「最近還好吧？」

游知春闔上門，「……不好，爛透了。」

陸妍笑說：「還以為妳又會說，就那樣啊、沒什麼特別、哪能有什麼事。」她學著她的口吻，游知春卻覺得眼眶有些熱。

她和陸妍合作了幾年，不常見面，但也通過不少電話，雖說都是公事居多，但游知春大多時候也把心緒寫在文稿內，投射在女主角的個性上，陸妍大概也把她摸透透了。

游知春嘆氣，「最近深刻覺得我還是一個人好了，談戀愛就交給小說吧。」

「分手了？」

游知春看著腳上繫好的靴子，忽然想起何又黔彎身替她繫鞋帶的時候。「嗯。」

不緊，但太鬆了，穿起來一點都不舒服。他對她一直都是如此小心翼翼。

陸妍知道她平常不愛說私事，如果主動提起想必是超出負荷。「如果狀態不好跟我說一聲，晚點交稿沒關係。」

游知春故作輕鬆，揉了揉發酸的眼睛，「我不好過，誰都別想好過啊。這時候就是要虐一虐那些主角我才甘心！」

她說著，側身就看見何又黔正巧闔上門，游知春一愣，剛才出口的氣勢全被殲滅。

他今天應該沒課啊，難道是要回家？還是出門討論報告？

意識到自己開始猜測他的行蹤，游知春連忙拍了拍腦袋，轉身對著話筒說：「我先去上課了，下次聊。」

「路上小心，有什麼問題都可以提。」

游知春掛了電話快步走向電梯。她和何又黔一同搭電梯，游知春第一次覺得這幾分鐘漫長得令人焦慮。

回歸原本的生活，兩人便是平行線，朋友圈不同，學院不同，若非有心，也許到學期末都不會再見。

游知春刻意滑著手機找事做。這幾天李吾總傳訊息騷擾她，無疑是詢問葉琦唯的狀況，還有他該怎麼辦？

游知春自己的感情事都一團糟了，李吾還一天到晚哀怨，彷彿不斷提醒她更加悲慘這件事。

游知春：「你上回跟人吵架就直接搞失蹤，換成是我，我也不想理你。」

李吾：「妳不知道唯唯吵起架來有多尖銳刺人，分手難道是我一個人的問題嗎？她的個性就不能改一改？」

游知春：「你可以換人。」

李吾：「我不就是愛她愛得要命！」

李吾：「對了，我聽說妳和何又黔分了？最近是分手潮？」

游知春看著那句直白的告白，相較之下，她什麼都不是。

電梯的提示音響了，她順勢已讀李吾，跨出電梯時，身旁的人忽然開口：「妳怎麼了？」一瞬間，她以為自己聽錯了，察覺是他開口，情緒險些失控。

兩人有好一段時間沒說話，就連何又黔收拾東西那天，她都回家避開了，因為不知道怎麼和他道別，一個人窩在房間偷偷掉淚。

交往時的小心翼翼，促成了何又黔對游知春的了解，她情緒稍有波動起伏，在他面前便無所遁形。

然而，游知春卻不如想像中的了解他，只管享受他給的好。

游知春沒回頭，腹部隱隱作痛，卻故作輕鬆，「沒事啊。」

下午連三堂硬課，下課時游知春半條命都快沒了，但她今天得去研究室幫忙檢查學弟妹的報告。準備敲門而入時，卻聽到裡頭傳來何常軍異常不悅的口吻。

「你的意思是你不打算回家住？」

「是。」

「給我一個理由。」

「我並不是喜歡聚會的人，我非常需要個人空間。我很好，也不需要旁人時刻的關心。爸，我想自己做決定。」

何常軍扔了手邊的書，「你現在說這什麼話？你是嫌棄家人干涉你太多？這陣子你愈來愈不像話，不回家也不接你媽電話，現在連我的話也不聽了！親戚會怎麼看我們？和兒子不親？還是你不孝？」

何又黔默不吭聲。

何常軍最氣他軟硬不吃的模樣，比頂嘴更讓人生氣。

游知春聽見裡頭傳來東西散落的聲音，急忙推開門大喊：「教授！」

見兩人都盯著她，游知春暗自掌嘴，到底關她什麼事啊？活該何又黔被揍。

何常軍氣惱，「妳又要來袒護他了是不是？」

「……我沒有。」游知春見何常軍還想繼續罵，連忙問何又黔：「為什麼不願意回家？」

何又黔言簡意賅，「我喜歡我目前的住所，方便。」

何常軍似乎聽到重點了，倏然笑開懷，「啊，原來是這樣嗎？那你老實說就好啦。終於急了吧？我本來是看唯唯最近回家裡住了，才想著也把你叫回來，原來你們已經有自己的打算，那更好，我這週末就把人叫來家裡吃飯。」

游知春轉開眼的同時，聽見何又黔說：「並不是因為她，我只是希望有些事能自己決定。」

聽聞，何常軍的臉色微變。

他沒再給何常軍發表意見的機會，微微頷首，「我先走了，你們忙。」

何又黔走後，游知春莫名鬆了一口氣，轉而癱在一旁的小沙發上。

何常軍碎念：「這小子最近也不知道在搞什麼？像個還沒結束叛逆的青春期小孩。」

游知春忍不住笑，「他應該沒有叛逆過吧。」

何常軍嘆了一口氣，「我先去上課了。」臨走前，他看了一眼游知春，「妳臉色不太好，哪裡不舒服嗎？」

「身為女生的悲哀，生理期。」

她仰著腦袋，望著玻璃窗，本來想藉機看一眼何又黔的背影，等了又等，卻沒見到半個人影走出這棟大樓。

「太累就回家去，這些東西我自己也可以處理，我可捨不得妳生病，那誰還來和我這老頭開玩笑。」

游知春笑了一聲，「教授，你要是再年輕個三十歲，我真的會考慮你的。」

何常軍笑罵她貧嘴。

游知春不想回租屋處，把自己泡在研究室幾個小時，中途實在太睏了，吃了止痛藥後忍不住蜷在小沙發上睡覺。

她是在一陣鈴響中醒來，迷迷糊糊接起電話，「喂？」

「妳在哪啊？」

「學校。」她望了一眼外頭暗沉沉的天色，兩旁的路燈接連亮起。

「晚上一起吃飯，我去接妳。」

游知春回絕，「不要。」

「我請客。」

「好，我在後門等你。」

李吾在那端氣笑了。

掛了電話，游知春起身時，身上的毯子滑落，她茫然地撿起來，轉頭就見自己平時辦公的桌上放著巧克力條和酸軟糖。

好違和的組合啊。桌上還附著一張紙條，游知春順手拿起。

生理期注意事項。

上頭還有螢光筆劃重點，游知春無語。

兩人選了一家日式火鍋店，落坐後紛紛嘆了一口氣。

李吾瞟她一眼，「還沒和好？」

「我們不是吵架，是分手。」

「妳和何又黔到底怎麼了？不會是因為我才吵架吧？」

「你少臭美。」游知春翻著菜單，諸事不順，她得多吃一點。

「我不信何又黔會做錯什麼事，絕對是妳的問題。」

聽到這話，游知春就生氣，「對！是我提的，我就看他不順眼。」

李吾愣怔，「……這麼兇幹麼啊？」

分手這件事，游知春沒有向任何人提起，總覺得丟臉的是自己，更不想擺出一副戀戀不捨的姿態。

巫蔓有眼力，不提何又黔，轉而提聯誼，導致游知春最近看到她就想跑，她短時間內真的不想談什麼鬼戀愛。

「所以他到底做了什麼大逆不道的事讓妳這麼火大？劈腿？跟別人搞曖昧？」李吾說出來都覺得荒謬，「不是我要幫他說話，妳和何又黔交往後應該也知道他什麼個性，不公不義的事他不會做。」

「是我的錯啊。」

「什麼意思？」

「早知道就不要和他交往了……現在就不會覺得這麼痛苦。」

還未得到的時候，僅有憧憬，稍有甜頭便會開心一整天，碰觸後，任何事便開始斤斤計較了。

李吾笑了一聲，「講什麼蠢話啊？哪有什麼早知道，有的話，我們搞不好就不會見面了。」

「為什麼？」

「因為我們沒結果啊。」

游知春在桌底下踢他一腳。

李吾哀叫。「我是不太干涉別人感情啦，但畢竟是自己的兄弟，還是多說幾句。妳別看他體貼細心，他也沒談過戀愛，說穿了就是一棵神木，而且男女的思維本來就不同，妳不能要求他感同身受。」

「你懂這麼多，怎麼追不回葉琦唯？」

李吾中傷，他咳了一聲，「你們覺得分手好那就好，不過這種後悔的心態應該改正，至少在一起的那段時光很快樂，這是無庸置疑的。」

游知春咬了咬唇，隨後悶悶地說：「……我總覺得他不夠喜歡我。」

李吾一頓，接著大笑出聲，「那是妳不夠了解他，我跟他認識這麼久，從沒見過那小子有半分脾氣。但聽說那天他一大早找不到妳時，差點把我家別墅掀翻，大家都被他的模樣嚇得心有餘悸。」

「要說喜歡一個人如何衡量，那是計較不完的，可是一個人的真心實意妳一定感覺得到。」

游知春捏著包內的酸軟糖包裝，沒有回話。

兩人點了鴛鴦鍋，游知春選了清淡的鍋底，她這次生理期實在太慘烈了，但難免有些貪嘴，見李吾喝冰飲，她也忍不住偷喝了幾口。

李吾的性格屬於喜歡就做，根本不會限制她，換作是何又黔大概會皺眉一整天了。

發覺自己又不自覺想起何又黔，游知春揉了揉臉頰。

李吾最近也對自己的戀情進展束手無策，這幾天他放下身段去找葉琦唯，載她去打工，接送她上下課。

礙於葉家父母不待見他，他也只能停在小巷，默默目送她回家。

兩人關係雖是緩和了，但也僅此而已，無人提起復合一事，擔心重蹈覆轍。

游知春不是戀愛高手，但她懂女孩子的內心戲，於是建議李吾堅持一段時間，讓葉琦唯看見他的誠意。

「有時女生並不在意你的背景為何，只在意你給她的承諾，儘管只是一句『我會來接妳』，只要有做到，她都會很感動的。」

吃飽喝足，李吾送游知春回家，她提了經濟學期末報告的事，李吾壓根忘了，便提議：「那我等等去妳家做報告，反正我回家也不會做。」

游知春受不了他，順路先去一趟超市補貨，下週期末考她打算閉關念書。

游知春挑了幾種冷凍食品和零食，轉身就見李吾扛了一打啤酒。游知春沒好氣道：「寫報告喝什麼酒。」

「促進血液循環啊。」

游知春無言以對。

李吾是第一次來游知春家，看見飄揚的紗質窗簾和粉嫩的牆色，驚訝道：「沒想到妳家還滿有女孩子的樣子。」

游知春回嘴：「我本來就是女孩子。」

發現玄關處排列成隊的動物公仔，他來了興趣，「妳喜歡轉扭蛋啊？」

「沒有，我還好。」她想了想，「……可能，也算是。」

有幾次在公寓門口等何又黔的時候，游知春盯著社區小孩在扭蛋機前討論自己抽到了什麼，言語中的炫耀和童言童語讓她忍不住多看了一會，覺得挺好笑的。

有一回兩人說好一起去吃飯，何又黔下課遲了，游知春就蹲在門口加入孩子們討論的行列。她沒接觸過這種東西，巫蔓說，有了男朋友之後，偶爾也得配合對方的興趣，張洺臣喜歡打遊戲，而李吾喜歡看球賽。

「何又黔呢？」

游知春聳肩，「沒聽他說過。」

他們的生活，除了多了彼此外，似乎什麼也沒變。

游知春聽了幾個六、七歲的小孩講解，聽得津津有味，就連何又黔來了都不知道。他也跟著蹲下身，「在做什麼？」

游知春正入迷，「這好有趣喔，原來每個動物都有自己的個性和故事，聽說還有隱藏版的動物，真想看一看長什麼樣。」

何又黔笑了一聲，牽起她的手，「走吧，應該很餓了吧。」

臨走前，一個圓滾滾的小男生忽然湊上前，扯著游知春的衣襬，將手中的白色鯨魚遞給她，「姊姊，這送給妳。是、是我多轉到的。」

游知春受寵若驚，蹲下身與他平視，笑吟吟道：「真的嗎？你好大方啊。」

得到誇獎的小男生害羞地低下腦袋。

「可是我沒有什麼能和你交換耶。」方才見他們的規矩是以物換物，游知春靈機一動，「那不然，給你一個抱抱好嗎？」

聽聞，對方扭扭捏捏紅著臉就是不上前，游知春張開手，「我可以抱你嗎？」

小男生撲進她懷裡，逗得游知春笑得不行，直到他的目光對上游知春身後的何又黔。

何又黔微微抬眉，專注地盯著他所有動作，不允許他再得寸進尺，小男生嚇得背脊一涼，快速鬆開游知春，轉眼就溜回家了。

游知春還搞不清楚狀況，何又黔已經拉起她，掌心撫過她的白頸，摩挲幾下像是在擦拭。

游知春的心思都放在逃走的小男生身上，「他怎麼了？跑這麼快？」

何又黔抿起笑，「不清楚。」

「……我剛剛應該不算強迫他吧？」

「嗯，沒有。大概是不習慣被抱吧，小孩子都這樣的。」

游知春捏著手中的小鯨魚，回頭看了一眼，忍不住嘀咕道：「這樣子啊，想說他還滿可愛的。」

下一秒，眼前的人忽然提議：「妳可以抱抱我，我不會拒絕妳。」

第九章　春光

游知春一早驚醒，她懊惱最近老是夢到何又黔，以往的一些日常小事也莫名清晰起來。

瞪著牆上已經七點四十分的時鐘，她一邊踢著睡倒在地的李吾，「快起來，要遲到了，今天是大佬的課！」

經濟學的教授出了名的刁鑽，第一堂課時就明白告訴所有學生：「我就是故意把課排在早八，一分一秒都不准遲到，否則一定當人。你們這些人就是過得太好，早起像要你們的命，對經濟效益一點幫助都沒有……」

昨晚兩人一開始還很認真討論，李吾混歸混，但家裡是經商的，基本知識以及現實層面比多數學生了解得多。

後來李吾打開電視，「都討論一小時多了，我們休息一下，來玩遊戲啊。」

結果，他們打了一夜的遊戲。

游知春現下想起來，只覺得李吾就是為她帶來不幸的人。

她推著李吾去洗漱，自己匆忙換衣服。

游知春根本來不及化妝，索性戴著口罩出門，跑到玄關處穿鞋時，她忍不住罵了李吾：「我就跟你說不要玩那麼晚了。」

李吾撓著一頭亂髮開門，「我怎麼會知道，而且都打到一半了，也不能說停就停啊。何況後來是妳輸不起，說什麼也要繼續，我能不要嗎？」

「少給我裝無辜，你要是果斷一點我還能強迫你啊？」

李吾裝模作樣的雙手環胸，一副被人非禮後的模樣。

「我要是被當，我們乾脆就手牽手重修好了！」游知春皮笑肉不笑。

「好啊，我還怕無聊呢。」

游知春抬手揍他，兩人一邊玩鬧，闔上門便看見隔壁門外也站了兩人。

她遲早要搬離這鬼地方。

游知春不知道現在到底誰比較尷尬，她拉過還看著葉琦唯的李吾，不想猜她出現在這裡的理由。「走了，你還真想要重修啊？」

見他失神的模樣，游知春轉頭朝李吾低聲說道：「放心吧，都會好轉的。」

「妳怎麼會知道？」

游知春笑了一聲。何又黔說過，葉琦唯喜歡李吾好幾年了，如同她也喜歡何又黔好長一段時間，放不下的心情她比誰都了解。

他們在鐘響前一秒進到教室，不出所料只剩前排座位。今天是這學期的最後一堂課，教授多半就是講講下週的考題，游知春這學期超修，顧好主修已經不容易了，輔系她只追求及格就好。

她才剛拿出講義，就有人走上講臺。

游知春一抬頭，頭都痛了。之前一遇難求的人，現在卻分分鐘鐘都能碰到。

李吾推了一下她的手肘，也不知道輕聲細語，「何又黔。」

下一秒，對方看了過來。游知春立刻低下腦袋，迴避他的視線。

「教授今天臨時有事不能來，他出了考卷，你們可以翻書，這算進平時成績。題目偏難，有什麼問題可以來問我，我會給你們提示。」

何又黔說完就走下臺發考卷，來到她和李吾這排時，如常地將考卷遞給她，游知春準備抽走時，卻發現對方沒有鬆手。

她疑惑地抬眼，兩人四目相接，偏冷的眼神掃過她和李吾碰在一起的手肘，興許是何又黔在這區停留太久，其他同學紛紛看了過來。

游知春不想引人注目，將手移開，與此同時，何又黔也鬆了力道，前往下一排發考卷，彷彿一切都是她眼花。

本來游知春以為，接下來只要寫完考卷就可以安然離開，殊不知想發問的學生多到需要排隊。平時教授上課時，都沒見過這麼踴躍提問。

幾個女孩甚至並排擠在走道，稍稍移動便會推撞到她的桌子。

「學長，這地方好難懂喔，我一直搞混。」

「啊？原來這麼容易的嗎？謝謝學長！你真的好厲害！」

「學長，怎麼辦啊？我還是不太明白。」對方站上講臺，微微彎下身，豐滿的上身幾乎放在何又黔的椅背上。

游知春死死掐著筆，一旁的李吾還在說風涼話：「帥學長就是受歡迎啊！真羨慕——俗話說得好，沒必要為了一朵花，放棄整片花園。」

游知春忽然起身。

李吾趕忙勸道：「千萬別衝動啊。」

她也加入排隊的行列，好不容易輪到她了，何又黔一抬眼便看見游知春笑彎了眼，微愣之際，游知春乖巧地問：「學長，我也可以問你問題嗎？」

何又黔的喉結緩緩滾動，「嗯。」

她偏頭，口罩遮著她半張臉，餘留靈動的雙眼和長睫，淡淡的香氣盈滿鼻尖，沖淡了前一批女學生濃重的香水味。

何又黔抿脣，她已經很久沒有這麼靠近他了。

游知春問了幾題，何又黔一一解答，見她一臉認真甚至不排斥與他親近，他不自覺透露更多訊息，藉以留住她。

「喔——原來如此，你真聰明！」游知春驚喜，下意識就誇他。

何又黔的臉頰微微發熱。她彎身做筆記，寬鬆的衣領隨著她的動作微微敞開，露出纖細的鎖骨。何又黔曾在那留下無數吻痕。

時至今日，所有痕跡都消失了，或者沒過多久會有其他人蓋上新的印記。思及此，他微微側過身，遮擋臺下的視線。

游知春見排隊的人又變多了，繼續磨蹭下去就怕緋聞要滿天飛。「我問最後一題，如果是在不完全競爭的市場下，我應該怎麼寫比較好？我得不出結論。」

何又黔看出她想離開的念頭，「妳想錯方向了，這不是不完全競爭。」

「嗯？不是嗎？那應該是什麼呢？」

「是完全獨占，無替代品。」

聽出他意有所指，游知春愣怔，何又黔見她遲遲沒回答，再次確認，「明白嗎？」

游知春回過神，倉促地轉開視線，「喔、好，我知道了。」

她抽回考卷，離去的背影像極了落荒而逃。游知春懊惱，本來是想給何又黔下馬威，怎麼變成自己莫名被撩了一把。

何又黔果然學壞了，明明在一起時從不用這些小手段。

游知春本來可以提前交卷離開，孰料被李吾纏住，他可憐巴巴道：「妳好歹救我一下再走啊。」

別無他法，只得留下來教他。

離開前，游知春忍不住教訓他：「你就是這副不上進的模樣，葉琦唯才會對復合有疑慮，你無法讓她有安全感，她怎麼敢回來？」

李吾被她說得羞愧，忍不住回嘴：「那妳跟何又黔又是怎麼樣？明明就不喜歡他和其他女孩子靠近，卻提出分手。」

游知春啞口無言，氣焰頓時消了一半。「你相信一個人能在沒有感覺的前提下，和對方在一起嗎？」

「如果對方不是傾城傾國或是家財萬貫，我不相信。」

游知春倏地笑出聲，「有道理。」

何又黔出來正巧看見這一幕。

李吾有眼力，「我還有課，先閃了。」

游知春還未開口，他就一溜煙消失在走廊盡頭。

今天三番兩次遇到何又黔，游知春已經無法心平氣和，轉身要走時，他忽然開口，嗓音平靜得毫無情緒，像是公事公辦。「剛剛說了這份考卷算平時成績，有問題只能來問我，但妳多次提醒同學，對其他人來說並不公平。」

「那你剛剛為什麼不制止我們？」游知春覺得何又黔擺明來找碴。

「我一開始說得很清楚。」

「所以現在要怎樣？這份考卷以零分計算嗎？」

何又黔的神色比她更冷淡，「這就要看教授如何定奪，妳和我去一趟研究室吧。」

游知春無法反抗，在心裡罵了一遍李吾，再問候一遍何又黔。

正逢上課時間，系辦幾乎沒人，兩人進了研究室，游知春後知後覺地問：「你剛剛不是說教授今天有事？」

她下意識要開門出去，何又黔突然伸手撫向她的下巴，游知春想躲，卻發現整個人被他圈在懷中，結實的胸膛與她緊密相貼。

她的眼睫微垂，閃不了，那不看他總行了吧。

「脫下口罩，我看看妳。」

「不要。」

何又黔堅持分毫不退。

游知春氣急，卻也不敢亂動，就怕一不小心擦出火花來，只好刻意吸了吸鼻子，「我感冒。」

何又黔卻問：「肚子還不舒服嗎？」

指尖扣上她的腰，溫熱的掌心壓上她的小腹，適中的力道，陣陣酥麻感攀上她的背脊，游知春咬唇，總覺得這人就是故意的。不知道他是如何做到一次就摸透她的敏感點。

「嗯。」

她回神，「紙條是你給的嗎？」

見他這麼誠實，游知春一時無語。

何又黔像個好學生似的發問：「不喜歡嗎？還是換一種方式？」

「你知道你現在在做什麼嗎？」

「嗯。想抱妳，也想親妳。」

殺傷力十足的直球攻擊，震得游知春臉頰都要燒了，「我、我有同意這件事嗎？」

「沒有，所以我在努力爭取自己的權利，妳要是還有什麼不滿，可以跟我說。」

游知春真的是服了他。

「你知道分手是什麼意思嗎？就是我們雙方現階段價值觀不合，而我們都不想努力或改變了。我也不會強迫你，那對我來說沒有意義。」

「我從未同意過分手。」

「分手不需要雙方同意。」游知春不明白他執著的原因，她忽然冷笑，「你要是想找個人滿足生理需求，多少女生讓你選，還是你就是喜歡我的身體？」

游知春不想把話說得如此明白，無疑是貶低自己在他眼裡的價值。

何又黔沉下嗓音，似乎比她更不能接受這種說法。「妳說過妳喜歡我。結果分開沒幾天馬上和別人一起吃飯、回家，甚至還共處一室過夜。」

游知春都要懷疑他是不是這幾天跟蹤她了。

她一副渣女不回頭的模樣，「感情不就是這樣嗎？我可以喜歡你，當然也可以不喜……唔！」

何又黔不等她說完，將她的口罩拉開，炙熱的唇貼住她微張的小嘴，甚至施力啃咬，游知春掙扎之餘，大半身子都被他摸軟了。

好不容易等他鬆開了嘴，游知春得以正常呼吸，大口喘息之時，何又黔撥開她的衣領，在他盯了兩堂課的鎖骨處親吮了一道紅印。

「呃，何又黔……」

一瞬間勾起那夜翻雲覆雨的記憶，細密的癢麻痺了她的神經，游知春趴在他身上喘息，氣得拍打他的背，嬌嗔道：「這裡是研究室！教授看見一定會當了我……」

何又黔浮躁的心情被她的抗議聲逗笑了，久違地蹭著她的脖子，安撫道：「死角，照不到。」

不對，這不是重點。

她用力推開何又黔，低頭一看，果然留下痕跡了，她今天穿的衣服根本遮不住這曖昧的紅印。

「何又黔，你故意的是不是？」

他用長指抹了抹嘴脣，見游知春裸露在外的肌膚被自己重新蓋上印記，大清早的煩躁頓時消散。「以後別穿那麼低的衣服，要不然我見一次，親一次。」

何又黔果然學壞了。

他將她垂落的長髮往耳後勾，「別再讓異性單獨進到妳家了。」

游知春頂嘴：「那是我家，我愛讓誰來就讓誰來。」

何又黔瞟她一眼，緩緩開口：「游知春，現在是我在追妳。」

不是李吾，更不是其他人。

她一愣，隨即覺得太可笑了，開口反諷：「所以你想怎麼樣？你追我，我就該聽你的？」

「我只是知會妳一聲。」相較之下，何又黔顯得彬彬有禮，進退有度，「妳一樣可以有妳的空間。」

臨走前，何又黔還問她：「一起回家嗎？我載妳。」

「不要。」游知春很有骨氣。

「好，妳有選擇權，回去小心。」他叮嚀，「但別讓我看到妳搭別人的車。」

見他頭也不回地走了，游知春氣得捶胸。

這到底是什麼人啊？

回到公寓，游知春已經無心做事。真是瘋了。她踢了牆壁一腳，礙於無人可以發洩，她心裡又堵得慌，於是大半夜再次假裝替朋友發問，在粉專發文。

大家對於分手後復合有什麼看法？同意／不同意，為什麼？

隔早，游知春看了大家的留言，反而陷入更深的泥沼，平時最常關心她的月亮媽媽卻沒有出現。

「可以，舊愛最美，把壞習慣改掉就行。」

「復合是復合了，但心裡會有疙瘩在吧，感覺有裂痕了……」

「除非當初分手是我的錯，或是他完完全全沒做錯，不然不可能。」

「那個人不會就是我們小寶貝吧？不然妳對這朋友也太上心了。」

準備關掉視窗時，發現一則最新留言，暱稱Y的讀者，八竿子打不著地回了一句：「早點睡。」

最近因為這本新書，湧進了不少讀者，讓她的人氣上漲不少。秉持著歡迎新讀者的加入，她隨手回覆：「好的，謝謝你啊。」

游知春轉身泡了一杯熱咖啡，等待的時間忍不住點開通訊軟體。她和何又黔的聊天紀錄仍停在年初，他找不到她，打了好多通電話給她。

認真看著通話紀錄，足足有幾十通，是真的有點嚇人。游知春搖搖頭，讓自己別想了。

順手要退出視窗時，何又黔剛好傳了訊息過來。

何又黔：「早上別空腹喝咖啡。」

游知春措手不及，熱騰騰的咖啡剛湊進嘴巴，便燙了舌頭，她疼得來不及立刻退出視窗，訊息又接連傳來。

何又黔：「要一起出門嗎？」

何又黔：「不要的話，先開門拿早餐。」

游知春一愣，本想裝作不在家，但她還未點開鍵盤，何又黔又接著傳來訊息。

何又黔：「我知道妳在家。」

游知春：「我不吃。」

何又黔：「我放門口，看妳要怎麼處理。」

游知春從來不知道何又黔有強硬的性格，之前她也沒有吃早餐的習慣，何又黔最多表示不贊同，卻不會多說什麼。

現在不退讓就算了，還舉止逼人，說要追她，結果比交往時管得更嚴。

游知春不想管他，打算晚個十分鐘再出門，今天是何常軍的課，遲到一下子也能通融。

何又黔：「妳有話要說？」

何又黔：「不回我的話，我就合理解釋為『妳想我』。」

游知春：「我沒有！我不小心點開！」

何又黔：「我想妳。」

游知春拿著手機，心臟都要停了。

她死死揪著衣襬，一大早的，何又黔能不能讓她一個人清淨？

游知春在地上趴了十分鐘才起身出門，站在玄關處深吸兩口氣，瞥了一眼鞋櫃上的公仔，她伸手一口氣把它們都摺倒，發洩完才出門。

本來還疑神疑鬼，但看見外面空無一人，居然有些失落。

她搖頭，瞥見門把上掛著的早餐，誘人的肉汁香氣，游知春一聞就知道是她最喜歡的那間小籠包，六點開賣，八點左右就會賣完，她常常撲空。

她晃著袋子，丟了好浪費啊。

一位鄰居媽媽看見游知春立刻笑咪咪道：「我看到妳男朋友剛走，小倆口吵架啦？」

游知春禮貌一笑，避重就輕地回：「沒有啊，我讓他先走。」

阿姨一臉過來人地說：「兩人在一起吵架也沒什麼，我跟我老公天天吵，只是吵完了要記得和好，冷戰解決不了問題，以後都是要一起生活的人。」

游知春用腳尖踢了踢牆，「阿姨，這麼問有點不禮貌，但妳跟妳老公一定是相愛才結婚的吧？」

對方知道她想問什麼，笑了一聲，「開始生活後，再多的愛都會被磨光。我當然還是愛他，但現在對彼此更多的是責任和家庭。」

游知春震驚道：「那、那怎麼辦？」

「愛這種事，大概只有年輕的時候才會斤斤計較，怕自己付出太多，對方給得太少，可是有了這層比較，不就違背愛這件事了嗎？」

何常軍一早就見游知春將一盒小籠包供奉在桌上，兩節課就死死盯著看，他都要懷疑上面寫著期末考的答案。

「早餐買了為什麼不吃？提上提下，不會裡面放了金條要賄賂我吧？」何常軍收拾講義，見她悶悶不樂地提著早餐。

游知春像是下了極大的決心，將手中的早餐推給何常軍，「教授，給你吃。」

「不要才給我？可真尊師重道。」何常軍刻意調侃她。

「才沒有，這是學校附近那家很有名的小籠包，我很喜歡。」

「既然妳喜歡，為什麼不吃？」

游知春不說話了。

何常軍揚眉猜道：「愛慕者送的？」

「……撿到的。」

她隨口說道，下一秒便聽見何常軍開口：「又黔？」

「教授你怎麼……」游知春驚慌，抬眼時發現真人走了過來，她幾乎是馬上將早餐袋藏到身後，然而何又黔早已看見。

他擰眉，接著朝何常軍頷首，「爸。」

「怎麼來了？」

何又黔淡淡道：「路過。」

「從前門的商院路過到這啊？」

游知春轉過臉，裝死到底。

何常軍板起臉，不喜他遮遮掩掩的。「有什麼事就直說。」

「來看一下喜歡的人。」

游知春傻了，何又黔現在是非得把「喜歡」這詞掛在嘴邊是不是？

「喜歡的人？」何常軍拉開笑顏，「有了啊？在哪？文院的嗎？文院的女生絕對有氣質，更別提說話都柔聲柔氣，文筆還一流。」

「我認同。」何又黔笑了一聲，「但說話這點，我不敢斷定。」

游知春瞪了過去，何又黔低頭又笑了，氣得游知春當下就想走人。

何常軍本來還眉開眼笑，忽然意識到不對勁，「你這意思是，你和唯唯沒戲了？」

「我和她一直都不是那種關係，何況她的心也不在我身上。」

何常軍扶額，「她還沒對李吾那小子死心啊？李吾也真是，讓一個女孩子這麼等，也不知道認錯。我不管了，你們年輕人愛怎麼樣就怎麼樣。」

游知春鬆了一口氣，下一秒卻又聽見何常軍問：「你說的喜歡的人在哪？帶我去看看，文院的女孩子我比你還熟，我幫你鑑定一下。」

游知春緊急拉住人，「教授，我們還有學弟妹的期末報告要看。」

「我就看幾眼，不會花多長時間。」何常軍回頭看了一眼游知春，她被看得頭皮發麻，

「春啊，妳也一起去，多一點人給意見比較準確。」

游知春對自己才沒興趣。

「人在哪呢？同年級嗎？」

何又黔唯恐天下不亂地應了聲。

「大三啊，那不就是我現在教的那兩個班嗎？」何常軍來興趣了，自家兒子究竟看上哪一型的女孩子，竟碰巧還是自己的學生。「啊，是不是那個很會彈古箏的女生？她的古典氣息確實難以比擬。」

游知春聽完，忍不住扯著書包背帶，反正她就是沒氣質啊。

何又黔搖頭，「據我所知，她應該不會任何樂器，倒是很喜歡看一些動畫片。」

先前兩人假日偶爾不想出門，就會上網找片子一起看，何又黔都把選擇權給游知春，沒想到她總選卡通。

而游知春當時總算找到何又黔不擅長的事——他居然睡著了。

游知春是個喜歡舊片重看的人，一部喜歡的電影她能看上無數次都不嫌膩，本來還看得入迷，發覺何又黔過於安靜，轉頭才發現他撐頰睡著了。

她還是第一次捕捉到他睡著的模樣，兩人的關係有所進展後，游知春幾乎都是被折騰到先睡了再說。

何又黔闔著雙眼，毫無防備，游知春悄悄靠近，輕輕碰了他的嘴脣。

他的呼吸聲平穩，不為所動，游知春笑著替他蓋上毯子。

游知春小心翼翼地看向何又黔，對方似是有所感知，視線也移了過來，她心虛地低下頭，那次偷親他……他應該不知道吧？

「動畫片？聽上去有些孩子氣。」何常軍打趣，「原來你喜歡這種類型的啊？」

游知春不容許自己的興趣被歧視，「教授，動畫片也是有很多發人省思的橋段！」

「知道了，妳這麼激動做什麼？」

游知春趕忙閉嘴。

何又黔笑了一聲，「不過她寫了一手好書法，你一定會喜歡的。」

提起這詞，何常軍的眼睛都亮了，「書法？說起這屆書法數一數二的人，就屬春啊還有系學會會長。」

游知春站在何常軍後頭朝何又黔打手勢，他一眼都沒瞧她，默不作聲，就聽著何常軍盲猜。

「但這屆會長是個男生啊。」

游知春走投無路了，「教授，你先聽我解釋……」

「我不聽！這都成什麼樣子了！」

何常軍的嗓門忽然變大，何又黔連忙將游知春護在懷裡。「是我的錯。」

「當然是你的不對！」

游知春推開何又黔，「教授，是我讓他別說的。」

何常軍見他們爭先恐後地認錯，臉色鐵青，「現在是都反了啊？」

何又黔重新將她護在身後，游知春擔心何常軍會動手，率先開口：「你先別說話，教授真的生氣了。」

何又黔不退讓，「生氣也是我該承擔的。我想把自己能決定的事，能說的話，都做一遍。」

游知春一愣，「你要意氣用事也不是在這種時候。」

見兩人一來一往，急著要為對方頂罪，何常軍更加怒火中燒，吼了一句：「你媽這麼跟我說的時候，我還不信，何又黔！原來你真的喜歡男生！」

兩人皆一頓。

「游知春妳還敢袒護他！」

ㄣ

學期末最後一天，游知春考完所有科目，打算回租屋處補眠，半路遇到何常軍，他直接將她拎回研究室。

她乖乖站在辦公桌前，最後實在被盯得發毛，忍不住開口：「教授，你有話想告訴我？」

何常軍回神，「啊，沒有，我就是想看看妳。」

自從上回事件，游知春再也不敢來研究室撒野。

何常軍再次確認，「何又黔真的喜歡妳啊？我就是有些驚訝，沒想到兒子喜歡的人就了？」

在身邊。」如同一位初看女兒戀愛的老父親，他連聲問：「他對妳好不好？現在到哪個階段了？」

游知春紅著臉喊：「教授！」

何常軍舉起手，「好、好，我不問了。」隨後嘀咕一句：「這種事居然還瞞著我這麼久。」

游知春咬唇。

何常軍嘶了一聲，再問：「真不喜歡他啊？」

「……不喜歡。」

何常軍揚眉，「那我回去罵他，讓他別再去騷擾妳了，講不聽我就揍，揍不怕我就禁足他！」

游知春忍不住制止，「教授！都什麼時代了，你怎麼還不分青紅皂白地打人，何況他都長大了，你好歹也給他一些自主權。」

「這是我們的家務事，妳別管太多了。妳只管拒絕，其餘的事我自己會處理。」

「教授——」

何常軍嘆口氣，「我搞不懂你們年輕人在想什麼，就愛口是心非。怎麼說也是我的兒子，難道會比外面那些毛頭小子還差嗎？」

「……我沒有覺得他差。」

「那是怎麼了？」

「我就是害怕啊。」

何常軍拍拍她的腦袋，平時見她在學業上發光發熱，很有自己的一套見解，談起感情反倒畏首畏尾。「怕什麼啊？怕我兒子欺負妳嗎？」

「沒有……他不會欺負我。」

「怕自己太喜歡他？」何常軍失笑。「小女孩的心思我還是知道的。」

游知春努嘴，眼眶有些紅。這陣子也不知道是期末壓力，還是他們分開的時間愈來愈長，她時不時就想到何又黔。

看著他遺留在家裡的東西，她也捨不得丟。日復一日，像是慢性折磨。

「愛隨時會變，不需要先預設立場，也不要想著萬一，沒有萬一，只有現在。此時此刻，妳愛不愛他，這就是答案。」

游知春準備走出校門時，上回那位系學會的學弟已經在外頭等她。「學姊！抓到妳了！」

「怎麼了？」

「走走走，跟我們一起去期末聚餐。」

「啊？」

游知春就這麼莫名其妙地被帶到一家義式餐廳。

學弟張手喊道：「她就是我們這學期系學會的幕後功臣！」

隨著大家的歡呼聲響起，她尷尬地笑著入座。

她和系學會的人都不太熟，整場就只有學弟積極找她說話，對方熱情幽默，游知春不至於感到不自在，反而頻頻被逗笑。

多人聚會免不了酒水，幾杯下肚，現場也開始起鬨了，游知春本來想趁亂溜走，學弟卻在這時將她拉到旁邊較為安靜的桌子。

「學姊，妳寒假有什麼計畫嗎？」

「回家一趟吧。」

「我們過幾天要去離島玩，妳要不要一起？」

「我？不好吧，我跟大家都不熟。」

學弟拉過她的手晃著，「有我呀，我們剛好缺一個人，我後座沒人，妳就跟我們一起去嘛。」

游知春陷入尷尬，視線一轉，瞥見有人推門進來。定睛一看，發現是李吾，下一秒，何又黔出現在後。

游知春反射性地抽開手，李吾似乎早就發現她的身影，趁著何又黔和服務生說話時，指著游知春，用口型說：「妳倒大楣了——」

游知春還想回嘴，何又黔已經側過身，目光不偏不倚落在她的方向，然而他就像沒看到她一樣，毫不留戀地轉開眼。

李吾的其他朋友也陸續到了，依舊是跨年那幫人，一群人浩浩蕩蕩地入店，氣氛更加熱鬧吵雜，何又黔被眾人簇擁其中，竟也沒有抗拒其他女孩的刻意貼近。

有個女孩有意無意地用豐滿的胸蹭著他的手臂，游知春直愣愣地看著，何又黔居然聞風不動。

學弟見游知春轉瞬緇緊的神色，緊握在手上的茶杯貌似都要碎了。

「學姊、學姊，妳還好吧?」

「嗯，沒事。」游知春咬牙，掐著杯子喝了一大口水，接著重重放下。

學弟抖了一下，「是我這提議……讓妳困擾了嗎?」

「是有一點。」

「啊，那、那抱歉，我就開開玩笑，學姊真沒空的話，我也不勉強。」

「嗯。」

學弟溜走了，游知春本來也想離開，卻在聽見不遠處傳來此起彼落的嬌笑聲時，身體不聽使喚地繼續坐了下來。

「又黔好久都沒跟我們出來玩了。」

「對啊，你前陣子很難約，少了你都不知道有多無聊。」

「我們春節前一週要去日本，一起去啦——」

不絕於耳的交談聲，如同高中的那個夏天，她與他擦肩而過，卻互不認識。塗寫在牆上的名字，隨著時間逐漸斑駁，只有游知春的心仍舊是熱的。

她想過這種結局，或者說，這就是既定的結局。

何又黔依然萬眾矚目，而她不過是其中一名追逐者，總有一天，累了，乏了，或是有更適合自己對象的時候，這一切就會終止。

她已經將最美好的青春寄放在意氣風發的何又黔身上，不該再貪得無厭。

「乾了！乾了！」

「一直以為李吾才是酒王，沒想到何又黔深藏不露啊！」

「又黔喝慢一點呀，你們別看他人好，就拚命灌他酒。」

「怎麼了？心疼啊，待會就讓妳帶回家慢慢疼惜，哈哈哈！」

刺耳的笑聲令游知春的耳膜微微刺痛，她揉了揉發癢的眼角，轉過頭和學弟說了一聲要先走。

接近十二點了，學弟想要載她一程，游知春搖頭。「很近，我走回去就可以了。」

「一個女孩子這麼晚走在路上不好吧。」

「沒事，我常走。」

推開門，外頭驟降的溫度捲走她臉上僅存的熱度，她將半張臉埋進圍巾，眼眶都被寒風吹紅了。走了幾步，游知春忽然抬腳用靴子踢了踢一旁的路燈。

她盯著上頭漂亮的蝴蝶結，喃喃自語：「把這雙鞋也扔掉好了。」

下了這個決定，她彎下腰開始解蝴蝶結，太過焦躁連帶手指都不靈活，無論她怎麼使力都扯不開。

算了，都算了，直接脫掉好了！

「妳在做什麼？」

溫和的嗓音帶著一絲醉意，游知春抬頭，看著何又黔毫不猶豫地蹲下身替她解開鞋帶，接著重新繫上蝴蝶結。

他仰頭，白皙的臉頰泛著不尋常的紅，然而墨黑的眼眸專注無比，「太緊嗎？」

游知春咬唇，「……太鬆。」

何又黔二話不說，重新解開鞋帶，耐心地再繫了一遍。「現在呢？」

「太緊。」

「好。」

「又太鬆。」

「好。」

游知春忽然說：「何又黔你是不是傻啊？」

他顯然有些醉了，本來就沒什麼脾氣，現下更是溫柔縱容。「怎麼說？」

游知春忍無可忍，「我們已經結束了，我也不想追究過去的事。我不怪你，你也不用對我感到愧疚或是負責，這些事就全都算了，可以嗎？」

他再三出現，如同惡魔的誘引，三番兩次試圖使她沉淪，然而現實就像響亮的巴掌，要她時刻保持清醒。游知春覺得太累了。

何又黔忽然笑了，伸手擦過她溫熱的下巴，游知春下意識想躲，他卻施力扳過她的臉。

兩人四目相接。

何又黔的嗓音伴隨著指責，「搞錯了，游知春，是妳要對我負責。是妳先讓我找不到人，妳說妳喜歡我，那為什麼不要我了？」

游知春聽到眼鼻都酸了，「怎麼負責？」

「妳先過來抱抱我，好不好？」

游知春不動，何又黔固執地擋住她的去路，不進不退，就等她過來。游知春這陣子見多了他擺架子的樣子，以往最多只是表達意見，態度從未強硬。幾週不見，脾氣愈來愈大了。她一方面覺得好笑，一方面又覺得心疼。可是游知春覺得自己更加委屈，「你說抱就抱啊？不抱。」

酒氣促使他的脖頸和耳朵紅成一片，連帶看她的目光都有些迷離，何又黔就站在原地不動，兩人僵持了幾分鐘。

何又黔忽然開口：「游知春，這次我來喜歡妳，好不好？」怕她跑走似的，緊接著說：「我送妳回家。」

「……我自己可以走。」

何又黔也不聽她說話，執意轉身走去停車場。「我去開車過來。」

聞言，游知春急忙阻止他，「你喝成這樣，開什麼車啊？不准開！」

她扯住他的手，這才發現他僅穿一件單薄的襯衫，掌心都被凍寒了。

游知春皺眉，「你不冷啊？」

「不冷。」

「你沒事為什麼要喝這麼多酒？」游知春覺得，何又黔現下根本搞不清楚自己在做什麼，完全憑著直覺行事。

「妳為什麼不說喜歡我了？」他垂眼，指腹抵上她的眼角輕輕摩挲，「妳明明說了，妳很喜歡我。」

「我忘了。」

「我喜歡妳，游知春。」

瘋了，真的要瘋了！

「都是以前的事了，人都會變，我不會一直喜歡你。」

「我喜歡妳，可以嗎？」

游知春瞪眼，「不可以。」

「游知春，妳真愛說謊。」

……她實在沒辦法和醉鬼說話。

「那你就去找不會對你說謊的人。」

「不找。」

「你醉了。」

「我沒醉。」

「回家了。」

「不回。」

游知春扯不動他，手還被他反握，她頭一次想衝他發火，「何又黔，我真的要生氣了。」

他點頭，「好，妳氣完後，我們就和好，好不好？」

不好！不好！

她眨著酸澀的眼，卻無法承載眼眶打轉的眼淚，頭一低，眼淚便成串掉了下來，砸在何又黔的手背。

何又黔清醒了一些，見她哭得肩膀發顫，慌得立即彎身抱住她，拍著她的背哄道：「對不起，是我不好，妳不想和好也沒關係。」

游知春哭得更大聲，何又黔徹底酒醒了。

他手足無措地捧著游知春的臉頰，試圖用指腹擦乾她的眼淚，卻發現徒勞無功。見她哭得臉頰都紅了，何又黔倍感不捨，轉而將人用力攬在懷裡，「我不是不喜歡妳，很多時候是我不敢想，這樣的我，究竟哪裡值得妳喜歡？」

游知春緩下哭勁，吸了吸鼻子，「你說笑吧，你哪裡不好？」

何又黔見她這副可憐兮兮的模樣，卻還在替他說話，他如何不喜歡她？

「妳是我第一個喜歡的人，我沒經驗，擔心太過強勢，甚至限制妳太多，妳會困擾。所以妳喜歡怎麼樣，我就是什麼樣子。我沒辦法想像妳離開我，我不想有那麼一天。」

聽完，游知春覺得自己像個大壞蛋，又哭了起來。

何又黔心疼，不知道如何安慰她，只能一次又一次地告訴她別哭。

他用指腹抹開她眼角的淚水，輕聲道：「妳不知道妳有多真實和美好，遠遠超越夢裡的一切。」

游知春哽咽，「何又黔你太傻了，你把我說得太好……」

「游知春，我記得妳說過，我應該要有些期待的事，無論實現與否。或許我早就有了。」

游知春咬脣，「什麼？」

「也許從我夢到妳的那天起，我就期待我們可以見面。」他俯身靠在她耳畔，帶著酒氣的呼吸揪著她的神經。「我想了解妳，想知道妳的一切。我幫李吾追妳，卻希望妳別靠近他，可是我沒有立場發表意見，更無法限制妳，我擔心妳會害怕。」

游知春被他圈在懷裡動彈不得，不喜他這般拐彎抹角。

「後來，我總算明白了。」他的拇指壓上她的嘴角，漆黑的瞳孔深如海，「比起這些擔心，我似乎更怕妳像現在這樣避著我，甚至和其他異性過分親密，我不能接受他們靠近妳，甚至碰妳。」

兩人緊貼著胸口，他湊上前，灼熱的氣息噴灑至她敏感的脖頸，「游知春，這就是我的喜歡。」

游知春嗅著他身上的酒氣，幾乎都要醉了，一瞬間耳根子都紅了。

「妳準備好要接受我了嗎？」

何又黔是沒辦法開車的，游知春也扶不動他，只好把人塞進副駕，她來開車。短程距離加上半夜的車流量少，游知春還算有自信，然而上路不到兩分鐘，何又黔頻頻傾靠上身貼近她，她開始渾身不自在，方向盤險些控制不住。

他好心替她穩住方向盤，「怎麼了？」柔沉的語調微揚，帶著酒後的慵懶。

游知春覺得他是故意的。她咳了一聲，佯裝鎮定，「……你先離我遠一點。」

他滾燙的呼吸全落在游知春的髮鬢，揚起尾音落著幾分無辜，「為什麼？」

游知春握著方向盤，偏過頭，不想回話。

何又黔瞇起眼，「妳不喜歡我靠近妳？」

「……沒有。」

「所以是喜歡的意思嗎？」他追根究柢。

游知春深吸一口氣，「你先讓我專心開車。」

「妳先回答我。」

她嫌煩，伸手推開他靠上來的臉，何又黔牽過她的手，用嘴唇來回摩挲，深灼的目光卻落在她的唇，彷彿他正在吻她。

游知春呼吸一窒，焦急地抽回手，何又黔也沒有糾纏，反倒是她有些錯愕，被碰觸過的地方像是著了火。

她忽然將車往路邊靠，捧過他的臉吻上，何又黔立即反客為主，伸手解開她的安全帶，將人扯進懷裡親吻。

何又黔來勢洶洶，一時衝動的游知春反倒被狠狠壓制，他反覆含咬她的唇，伸舌與她糾纏，游知春無力招架，細弱的呻吟聲流瀉而出。

何又黔轉而吮咬她的脖頸，專挑游知春敏感的部位，果不其然她立即繃緊身子。

他伸手扯開她的外套，既往的耐心被抹得一乾二淨，大掌不由分說地鑽進她的衣服內，熱燙的掌心搓揉著她柔軟的胸。

游知春揪著他衣領，猛地回過神，然而制止的話都像泡過水般柔軟無力，「等、等一下，我們先回去吧……」

聽聞，何又黔喘了一口氣，沉默半晌，追吻她的唇半分鐘才退開，沒有為難。

游知春不知道自己是怎麼回到租屋處，一路上腦袋昏沉，身旁的人目光如狼，視線掃過她每吋肌膚。停好車，何又黔自動從副駕下來，游知春本來還想說什麼，下一刻，何又黔擁著她，專心至極地吻著。

游知春嬌嗔掙扎，「你等一下，這樣會被看見，先上去。」

何又黔又親了幾下才收手，眸光如同垂降的黑幕，深不見底。他告知：「我要過夜。」

游知春刻意道：「你的房租已經到期了。」

何又黔莞爾，「我現在付。」他強勢地抱起游知春，甚至不安分地揉捏她的腰。

游知春咬著唇就怕自己叫出聲。見她憋得一張臉都紅了，何又黔抿起笑，愉悅地親上她的嘴，「讓妳感受一下我前陣子的心情，現在，好好忍著。」

游知春氣憤地咬他的肩膀。

好不容易進到屋內，門才闔上，何又黔注意到東倒西歪的公仔，他微微揚眉，最後乾脆掃落，將游知春放上鞋櫃，低頭肆意親吻，一邊解著襯衫問：「能做幾次？」

何又黔一喝醉就特別多話，還壞心眼。

「上次太累了。」游知春隔開距離，藉機抱怨：「……先一次就好吧。」

何又黔解開最後一顆扣子，若有所思地開口：「一次太少了。」

見游知春困窘著一張臉，何又黔又問：「這次還會跑嗎？」

游知春知道他還記恨，偏不答。

他略帶懲罰地含咬著她的耳朵，「還跑的話，我們就做整晚。」

游知春嘶了一聲，睜著水潤的眼瞅著他，委屈得令何又黔發笑，忍不住吻了吻她的眼睛，「妳知道一醒來找不到妳，我以為自己又做夢了，那種感覺比任何一次夢見妳的時候，都還要讓人失落。我明明得到妳了，怎麼又不見了？」

何又黔將她圈在懷中，蹭著她的脖子，反覆確認她還在。

游知春努嘴，不甘示弱，「我醒來時也很恐慌啊，想說我怎麼就這樣跟你睡了，明明知道你不是喜歡我……」

何又黔勾唇，溫潤的笑聲搔過她的耳尖，他調侃道：「現在呢？可以睡了？」

她大言不慚：「反正我也沒什麼損失。」游知春想了想，「不會是你這段時間還跟了別人？」

她想掙扎，何又黔冷臉掐了她的臀，「帶男生回家的難道不是妳嗎？」

游知春倒抽了一口氣，同時何又黔的手已經伸進衣服內，指腹觸上游知春細膩的皮膚，順著脊背往上撫摸，她忍不住挺直腰桿，「我、我們那是討論報告，才不像你們還住一起，何況我們都單身，合情合理。」

何又黔不冷不熱地點頭。

游知春不服氣，張口還想刺他時，何又黔的另一隻手已經竄進她的裙底，游知春出口的話轉為單音節的嬌吟。

她睜著水亮的眼瞪著他，何又黔伸手撫了撫她的眼角，「我無從辯解夢見妳這件事，但或許這也表示，妳從一開始就是我的。我以前不敢肯定，擔心強迫妳，怕妳不開心，從現在開始，合情合理。」

他俯身，貼著游知春微顫的唇，「妳的所有情緒，都是我的。」

寒夜墜降，淡淡的燈光暈染一室。

何又黔半張臉浸於陰影之中，游知春抬手碰上他的側臉，藉此確認眼前的人是何又黔，是那個她用了一整個青春去喜歡的少年。

「我想再問你一次。」她拉著他的衣襬，眼神卻不自信地轉開，「你喜歡我嗎？」

牆面的時鐘緩慢地推移，指針落下的聲響抵著游知春的胸口，等了幾秒，沒有預期的回應，她忍不住轉向他，見到何又黔的眸光盈滿笑意。她納悶，「你笑什麼？」

何又黔伸手將她滑落的長髮往耳後勾，摩挲她的下巴，「妳不抬頭看我，就永遠不會知道我也在看妳。」

心口一陣沸騰。游知春覺得開竅後的何又黔，她會招架不住。

何又黔俯身貼上她的唇，輾轉親吻。他小心褪下游知春的衣衫，掐著她的腰，吮咬她的肩頸和胸口，柔嫩的皮膚立即布滿吻痕，游知春細細哼聲，手不自覺插進何又黔的短髮。

何又黔覺得不夠，轉而將人抱了起來，游知春的雙腿順勢環上他的腰，走動間，臀下好幾次都碰上他鼓脹的下身，游知春僵著身，不敢動了。

即便兩人有過第一次，游知春還是緊張，小手不安地揪著他的肩。何又黔注意到了，偏頭吻了吻她的腦袋，「我會輕一點。」

游知春覺得好笑時，人就被扔上了床，何又黔單手脫下礙事的襯衫，順手開了暖氣，單膝跪床，兩手抵在她的身側，只允許她的目光容納他。

「上次太匆忙了，沒有事後檢討。」何又黔嘴上說一套，手腳早已不規矩，「有沒有哪裡不舒服？」

游知春才不回答這種羞人的問題。「不知道……早就忘記了。」

「忘記了？是妳太不長記性，還是我太容易被取代？」

游知春發誓下回絕不會讓何又黔喝酒，話多還處處逼人。

清夜，星點零碎，何又黔的笑聲性感撩人。「游知春，我喜歡妳。」

無關任何一場夢——僅僅就是我喜歡妳。

「何又黔。」

「嗯？」

「我跟你說過嗎？」

游知春轉身抱住他，兩人脣齒相依，唾液交換，舌尖舔過何又黔的脣瓣，吮咬他的舌。

「什麼?」

「我喜歡你。」

「說過了，我都記得。」

晌午，床上的何又黔猛地驚醒。

刺眼的陽光躍上他的眼皮，他抬手遮擋，宿醉後的頭疼，讓他忍不住擰眉，本還昏沉的腦袋憶起昨夜的交歡，驀地清醒。

他立即伸手摸了身側的位子，空的。

何又黔一瞬間冷下臉，他按著隱隱作痛的腦袋下床，室內一片狼籍，昨晚的一切不是夢，更不是他一廂情願。何又黔忍著急躁，想著早該把人關起來時，在廚房找到了人。

游知春套著一件oversize的上衣，露出兩條光潔的腿，身影浸在光影中，遙不可及，如同他們第一次見面。

寬大的衣領因她的動作而滑落，微微露出半邊肩膀，上頭的吻痕鮮明，他緩步走上前，環住她的腰，用脣重新覆上那處，加深了痕跡。

她是他的了。

游知春嚇了一跳，手中的泡麵差點灑了出來。「你醒了啊。」

何又黔將腦袋埋在她的肩窩，「嗯。」

察覺他的不對勁，游知春側過腦袋，「怎麼了?」

他不應，只是蹭著她的脖子。

游知春忍不住說：「昨晚不是都照你的意思了嗎？你還有什麼不滿？」後半夜的何又黔不知道是酒醒了，還是得寸進尺，折騰了她一夜，非要把所有姿勢都試一遍才肯罷休。

「要不是妳上次偷跑，我們會有很多的練習時間。」

游知春當然不敵他的體力，口頭承諾他隔天再繼續，何又黔才暫且放人。然而，洗澡又是一輪新的考驗。

何又黔用唇摩挲她的後頸，「以為妳這狼心狗肺的又跑了。」

游知春氣笑，「你罵我？」

「沒有，我喜歡妳。」

游知春覷他一眼，見他彎身要親她，她偏過頭，「去洗漱。」

「嫌棄我了？」

游知春專注地看著鍋裡的食物，「嗯，我都得到了，不稀罕了。」

何又黔眉眼染上笑，伸手掐過她的臉，還是把她親了遍，順手揉了一把她沒穿內衣的胸，「我稀罕。」

游知春被他摸得臉紅氣躁，何又黔甚至趁亂咬了她的鎖骨，柔聲問：「還會不舒服嗎？」

她激動地點頭，「嗯！」

「待會我替妳看看。」

給他看了，估計不會有消腫的一天吧。

尾聲

寒假到了。

游知春通常都是過年前一週才回家，主要是她需要個人空間寫稿，不過現在有個棘手的問題，何又黔是個難纏的對手。

兩人說開後，游知春本以為不過就是回到初期交往時，後來她才深刻體會，什麼叫做——談起戀愛不是人。

何又黔的目光無時無刻流連於她，她一個皺眉，他下一秒就走過來了。他也變得更加熱衷於肢體接觸，尤其專愛挑游知春專注某件事的時候，他不說話，只是伸手摩挲著她的腿，她怕癢，回頭時，他正好得以親吻她，惹得她心猿意馬，只得放下手邊的事回吻他。

最近還有一件事，巫蔓和張洛臣吵架了。

巫蔓得知游知春還留在租屋處，二話不說就來以往那一套——離家出走。

她按門鈴時，開門的是何又黔。

巫蔓一愣，「喔，嗨。」

前陣子聽說他們復合了，巫蔓手裡的聯誼名單頓時泡湯。「雖說好馬不吃回頭草，但何又黔就另當別論吧。」

游知春笑罵：「雙標仔。」

詳細情形游知春還未跟她說，因為這陣子何又黔總形影不離。

何又黔溫和頷首，「她還在睡。」

「都幾點了，還在睡？剛放寒假就這副德性，我去叫她！」

何又黔連忙擋在她面前，「她昨天很晚才睡，別喊她，我想讓她再睡一下。」

巫蔓腳步一頓，立即會意過來，臉色驀地一紅，「喔，這樣啊，抱歉。」

兩人一同坐在客廳，何又黔泡了一杯熱奶茶給她，甚至貼心地將把手轉往她的方向。

「謝謝。」

兩人閒聊幾句，巫蔓旁敲側擊地問了復合的事，何又黔坦承說：「是我先前做得不好。」

見他低聲下氣，巫蔓立刻反駁：「不不不——你哪裡都好，反倒是我們春不懂事，整天把分手掛嘴邊，還用完就扔……啊，我是說她第一次談戀愛，什麼都很敏感，你別介意，她很喜歡你。」

「我也是第一次，沒辦法和其他人做得一樣好。」

巫蔓暗罵游知春這不知惜福的傢伙。

何又黔突然問：「妳能不能和我說一些她高中的事？什麼都好，我想聽。」

接近中午時，寢室終於有動靜了，游知春撐起痠疼的上身，半瞇著眼，坐在床沿發呆。半晌何又黔推門而入，熟悉的氣息逐步靠近，他伸手揉了揉她的腦袋，「睡得好嗎？」

游知春眼皮還沉，揉著眼睛，「不好，我們分房睡。」

她總算知道他以往的定力有多高了。

何又黔失笑，將她抱上腿，攬著她的肩，游知春順勢趴在他肩上打瞌睡。

「巫蔓來了。」

游知春猛地睜眼，精神都來了，一溜煙從何又黔身上下來，衝去浴室洗漱。

何又黔抿脣，低頭看了一眼空蕩蕩的手。

巫蔓見她出來，習慣性調戲了一番，「我們寶貝可終於醒來了啊，看來昨晚有個不錯的夜晚唷。」

兩人有段時間沒見了，游知春紅著臉打她，稍微玩鬧後，游知春開門見山地問：「吵架了啊？」

巫蔓抱著她，滿臉怨氣，「我告訴妳，他這次要是沒先低頭和我道歉，休想我會回去！」

游知春掏了掏耳朵，這句話她不知道聽了幾次。

「我要在這裡住幾天。」

她習慣性地點頭，隨即與廚房的何又黔對眼，他正慢條斯理地擦拭著杯盤，面色無異。

最近兩人的租約都快到期了，何又黔提議換房同居，而他的租屋就留給葉琦唯。

游知春仍在猶豫，何又黔依然尊重她的決定，就是變相折磨她。前幾天他私自租了一間兩房的租屋，游知春也不反對，結果這人還是每天往她這跑。

游知春最近被他欺負慘了，決定要小小報復一下。「好啊，妳愛住多久就住多久。」

巫蔓感動地蹭著她的臉，「妳太好了，以後吃香喝辣都會帶著妳。」

巫蔓住進來的第一天風平浪靜。

礙於單人床只有一張，何又黔只得回自己家。新家有些距離，開車也得十五鐘左右，晚上九點，游知春就明裡暗裡催促何又黔該回家了。

姊妹之夜即將開始——

何又黔見她乖巧地站在玄關處等他。「來，外套。」

何又黔張開手，游知春求人在先，抖開大衣替他穿上。穿完左半邊，游知春踮腳，拉過右半邊的衣袖，想將他的右手臂塞進袖子，孰料何又黔忽然偏過腦袋吻她裸露在外的脖子，游知春這處敏感，倒抽一口氣，差點叫出聲。

游知春沒好氣地看著他，「別亂來。」她側頭看了巫蔓的方向，轉過腦袋時，何又黔的手掌抵著她細緻的腰，確保她毫無機會脫身，接著便肆無忌憚地吮咬她的唇，另一手更是不規矩地鑽進衣內揉捏她的腰。

「你不要這樣……」游知春後頭的話根本說不完整，兩腿發顫之餘，她單臂勾上何又黔的頸保持平衡。

等他好不容易肆虐完畢，他直起身，將她的衣服整理好，柔淡的眼眉微挑，他抿了抿唇，游知春只覺得剛才被他吻過的地方像是烙了印記，渾身沸騰熱燙。

好不容易送走了人，游知春低頭一看，全是巫蔓今天摸過的地方。

晚上，她們躺在床上。

「今天何又黔問我妳高中的事。」

游知春驚訝，「妳跟他說了什麼？」

「就說追妳的人要排到校門外，人見人愛，還是個書法小才女。」巫蔓說了很多，惹得游知春直笑，「反正就是讓他對妳好一點。」

游知春開心地抱住她，「他對我已經很好了。」

「肉麻！一年之後妳再看看。」

一年後，他們會是什麼樣子呢？

「對了，妳寫網文的事打算什麼時候告訴他？」

游知春想都沒想，「不能讓他知道。」

姊妹之夜維持不到一週就被終止，張洛臣來了，天花板也快被兩人的爭吵聲掀開了。

游知春懶洋洋地靠在沙發，一邊欣賞現場直播的八點檔，一邊滑著讀者留言。

期末考的緣故，她停更了一個禮拜，讀者也習以為常。新讀者Y接連幾天都勤奮地回文，內容不外乎是早點睡、好好照顧身體、熬夜不好，諸如此類關心她的話。

長年跟著游知春的讀者都是暖心小天使，她也禮貌地回了謝謝。

游知春準備關上頁面時，Y秒回：「男女主角都曖昧這麼久了，以旁觀者的角度來說，我很肯定男生一定是喜歡女生的。再以生理構造來說，有好感的對象在眼前，男生是受不了女主三番兩次的接近。」

游知春瞪著上頭的字句，微微蹙眉，不知道該說這人是入戲太深，還是這番話別有暗示。

沒多久，一票讀者就湧出來蓋樓。

「就老司機的角度，這話就是叫妳開車啦！」

「純蠢戀愛已經不流行了，都給我進行生物繁衍！」

「追了春曉這麼久，似乎沒見過她寫過肢體接觸，春曉應該成年了吧？」

「成年了啊，出版第一部作品時她就說過她已經高中畢業了，我記得那本書的男主角是她的初戀原型。」

游知春見他們討論得如火朝天，雖然這也不是什麼祕密，她甚至也把心情分享在後記給所有讀者，但這麼被公開討論還是第一次。

「是說春曉還有跟那位初戀boy聯絡嗎？」

「說到初戀，永遠只有小說最美好，現實就是——對方永遠都是別人的！」

「春曉會想和初戀分享這本小說嗎？」

游知春抿了抿脣。喜歡他的時候是最青春洋溢的歲月，獨自一個人品嘗這份酸甜，屢屢擦肩而過，偶爾也想放棄，未來的路很長，她還會遇見很多人。可是總想著再喜歡一下子吧，過了明天就不要喜歡他了。

然而卻在他每回停留的路口佇足幾秒，有時不過就想走一次他走過的路，望一眼他見過的風景，捕捉他消失在轉彎處的襯衫衣角。

Y：「搞不好對方早就發現了。」

突然響起的門鈴聲讓游知春抖了一下，一股心虛感莫名升起。

巫蔓和張洺臣仍舊互不相讓，游知春繞過他們去開門，映入眼簾的是何又黔溫和的面容，五官早已被時間沖淡了稚嫩，然而他今天一襲運動裝，卻依舊朦朦朧朧像個十七歲的少年。

她一瞬間回不了神。曾在純潔歲月千迴百轉的人，怎麼會就這樣來到自己眼前？

何又黔忽然伸手，用指腹輕抵她的眼角，嗓子溫雅，「怎麼了？短短幾天就不認得了？」

游知春眼神微斂，搖了搖頭。幾乎是同時，何又黔將人攬進懷裡，嘴裡說著：「我就覺得不該分開那麼久。」

游知春環住他，失笑。

至於屋內的另一端仍舊氣氛低迷，巫蔓愈吵愈沒勁，「你們是沒看到我們在吵架嗎？」

何又黔牽著她進房，把客廳的空間留給巫蔓他們。「我來接妳去我家吃飯。」

游知春一驚，「這麼快啊？」

「我爸還嫌慢呢，要不是我攔著，他都要親自來了。」

提起這事，游知春第一次覺得面對何常軍是這麼不自在的事。兩人復合後，學校也放假了，本來心存僥倖可以暫時躲避教授的審問。

孰料，何又黔在Instagram破天荒地發了文。照片是她坐在電視前，抱膝乖巧看卡通的背影，貼文寫著：喊吃飯了也不過來。

游知春一開始不知道這件事，直到晚上滑手機才發現何常軍居然學會了轉發貼文，她還想誇讚他真有慧根，一點進去，就看見幾個字：真好，童心未泯。

游知春覺得照片中的人眼熟，低頭看了一眼自己的穿著，才發現是她自己。

兩人的事因而曝光。

「你怎麼發了照片也不跟我說啊?」

「誰讓妳不過來吃飯。」

她發覺何又黔愈來愈能言善道。「可是我什麼都沒準備啊。」

「改天送一幅書法給他吧,妳應該知道他有多喜歡。」

游知春套了一件何又黔替她買的貼身毛呢裙,裙襬微微開衩,隨著她走動的步伐露出白皙的腳踝和小腿,她彎身找著腕錶,何又黔倚著門框欣賞她嬌軟的身段。

兩人出門前,游知春交代巫蔓他們:「不准弄髒我家。」

車子駛出車庫時,何又黔側頭發現游知春滿臉不安,他笑說:「也不是第一次去了。而且妳每天和我爸鬥嘴,有覺得他可怕嗎?」

游知春搓著手,「哪能一樣啊?我怎麼知道他是你爸。」

何又黔笑出聲,揉揉她的臉,「女生喜歡一個人的時候,不都會把對方的身家查得明明白白嗎?」

游知春下意識地回一句:「你是小說看太多吧。」

何又黔點頭,忽然湊近她,「由此可見,小說都是騙人的吧。」

游知春倉促轉開眼,「大概吧,我怎麼會知道?」

一路上她還是很緊張,於是偷偷私訊月亮媽媽請教。

月亮媽媽:「禮貌最重要,但妳也要告訴自己,是嫁給人家兒子當老婆疼,不是給他家當女傭。」

月亮媽媽：「要記住自己是客人，可以幫忙，但不要把事情攬在身上。」

月亮媽媽：「怎麼有種自己女兒長大的感覺，祝妳順利。」

游知春覺得受益良多，抵達時，何常軍已經在門口等他們了，游知春見狀，趕忙上前喊人。

聽到聲音，何常軍雙眼發亮，「啊，來了！想說怎麼去這麼久？還想著不會是兩人要放我這老人家鴿子吧。」

游知春臉一紅，「哪有。」

「進來吃飯了啊，大家都在等你們了。」

聽到關鍵字的游知春驚恐地看向何又黔，「大家？」

何又黔上前攬住她的肩，領著她走往飯廳。「大概是我爸四處跟人說我交了女朋友，所以親戚長輩們都來了。」

游知春嚇傻了。

進到餐廳，被桌上滿滿的菜色驚豔，似乎是特地在外訂了一桌菜，精緻的擺盤，鮮花簇擁，三張長桌的規模明顯比上回大，熱鬧程度堪稱過年了。

幾位按捺不住的小孩已經站在桌邊流口水，被各自的長輩喝止規矩。

見到何常軍進門，眾人不禁把目光投往他身後的女孩。

幾位眼尖的親戚立刻認出她，「這不是上回又黔帶回來的女生嗎？原來是女朋友啊！」

何又黔抿笑，攬著她的腰，溫柔介紹，「這是我女朋友，游知春。」

游知春乖巧地打招呼，「你們好。」

何常軍喊著游知春坐他旁邊，「大家都餓了，趕緊開動吧。這是我很愛的港式料理，前陣子不知道是哪位名人說愛吃，結果這家店被媒體大肆報導，上週我可是打了幾十通電話才訂到的，希望味道可別變了。」

何常軍絮絮叨叨說了幾句，桌邊的小朋友早已蓄勢待發，見他老人家還不消停，都有些不耐煩了。

何又黔無奈地看她一眼，游知春笑道：「教授，吃吧，再說下去菜都要涼了。」

孰料，另一頭的蕭玥面露嚴肅，「長輩說話時，沒人告訴妳不能插嘴嗎？」

游知春一愣，「對不起。」

氣氛一瞬間靜默，直到同桌的某位長輩忽然大叫：「弟弟，口水滴進去了啊——」小孩子乾脆一不做二不休，伸手抓起燒賣一口吞掉。

全場鴉雀無聲。

孩子的母親似乎感到羞愧，連忙抱住塞了一嘴食物的小孩。「對不起！是我沒教好……」

何常軍率先大笑出聲，「怪我長舌，大家都吃吧。」

緊繃的氣氛緩和，游知春鬆了一口氣的同時，身旁的何又黔伸手與她相扣，揉了揉她的手背安慰。

游知春回以一笑，無聲地說：「沒事。」

何常軍見兩人眉來眼去，忍不住湊上前，打趣道：「好了吧，談戀愛是不會飽的。」

游知春臉一紅，快速抽回手，哀怨道：「教授。」

「不說，不說，多吃點，幾天沒見是不是瘦了啊？」何常軍用公筷夾了菜給她。

「才沒有，都被你兒子養胖了兩公斤。」游知春嘟嘴。

「女孩子胖一點才好，瘦得像一把骨頭哪裡好啊？看得也難受。」

何又黔附和，「我也是這麼認為。」

游知春被他們父子的一搭一唱惹笑。

值得慶幸的是，飯桌上氣氛還算熱絡。晚餐結束後，何家請了鐘點阿姨，也沒有要不要幫忙洗碗盤這情節。

何又黔和其他長輩去庭院泡茶了，游知春一個人四處亂逛。她走到頂樓時，發現葉琦唯坐在木椅上看星星。

她走上前，「我可以坐下嗎？」

對方回神，往旁挪了一點，「當然。」

「還好嗎？我好像都沒問過妳這句話。」游知春說。以前只當她是情敵。

葉琦唯笑了一聲，「現在很幸福吧？」

「本來也不差的。」

「老實說，有段時間我是真的很後悔，自己怎麼不去喜歡何又黔。」

聽聞，游知春非但沒有生氣，反倒說：「又黔跟我說，妳是個自我要求很高的人，所以我知道，妳不會妥協。」

葉琦唯聳肩認同。「但妳可不要有恃無恐啊，哪天我累了，搞不好也會選捷徑走，回頭和妳搶何又黔。」

游知春偏頭，「那也要看妳有沒有本事嘍。」

兩人相視而笑。

前陣子她聽何又黔說，李吾吃醋，上前罵跑了試圖搭訕葉琦唯的男孩，兩人當街吵起來。

「妳不懂得拒絕嗎？那種男生一看就不是好東西！」

葉琦唯氣不過，「你就是好東西嗎？你又為我做些什麼了！」

「對！我就是沒用！樣樣比不上何又黔，他好，妳家人也都喜歡他，巴不得妳嫁給他。」

「好端端的你扯何又黔幹麼？我從以前就跟你說過，我跟他只是從小一起長大，你明明都知道，每回吵架就非要拿他的事來為難我。」

李吾嘲諷：「一個任何時候都能聽妳說心事的人，我還不能多想啊？」

葉琦唯吼回去：「我跟他說的心事，還不都是你！」

游知春當時聽完哇了一聲，毫無疑問的直球對決，感覺都能寫進小說。

然而面對這麼誠實的何又黔，游知春木訥地問了一句：「你怎麼知道的啊？」

「她喝醉後一字不漏告訴我了。」

「你們一起喝酒了?」

何又黔盯著她。「妳說要安慰巫蔓，把我趕走的那一天。」

「……喔，這樣啊，抱歉?」

「沒關係，但我希望下次我會是第一順位。」

游知春氣笑了，回嘴道：「那你會挺累的，葉琦唯的第一順位也是你。」

她知道交往後，何又黔的心思全在她身上，開始有了肢體接觸後，甚至比以往還黏人。有時兩人在家看電影，游知春發現，他的焦點根本不在電影上，而是她。從指節摸到腕骨，從腳踝到大腿，直到腰再往上到胸，最後兩人根本不知道演了什麼劇情，只得一遍又一遍重看。

還有，何又黔沒事時，最常問她：「為什麼喜歡我?」

游知春沒有臉皮大談暗戀的事，要面子地說：「高中生活太沉悶了，總要有幾個喜歡的人吧，我們那屆也就你和李吾最受歡迎啊。」

「我以前不知道妳喜歡我。」

「知道了又怎麼樣?」

「我會追求妳，用盡任何妳喜歡的方式。」

游知春再一次無話可說。

現在何又黔的表白可說是信手拈來，游知春每回想對他發脾氣也不知道從何開始。

「現在可以按我喜歡的方式來了嗎?」

「什麼？」

「過來抱抱我，好嗎？」

游知春從頂樓下去時，剛好遇到蕭玥。「我有話跟妳說，妳來一趟書房。」

「好的。」

游知春戰戰兢兢地跟著走進書房，蕭玥推開門，她驚訝無比，房內堪稱一座迷你圖書館。桌邊散落著零散的殘葉枝梗，一盆未完成的插花品置放於中央，左手邊擺著畫架，鮮明濃沉的油彩黏在薄紙上，堆砌成半片山。

果然何家人各個深藏不露。

游知春曾聽何又黔提過蕭玥，全職家庭主婦，思想較保守傳統，於外界而言何常軍確實是一家之主，言行威嚴，實則都是蕭玥在扶持家事。

游知春下結論，「這麼一說，教授就是妻奴！」

「可以這麼說，很多事其實都是我媽說了算。」

「我好像不意外這件事。」游知春看了一眼何又黔，惹他一笑。

蕭玥順著她的視線問：「喜歡看書嗎？」

「應該沒有阿姨看得多。」游知春雖為寫手，但似乎算不上別人眼裡的書蟲。

蕭玥示意她坐下，接著問：「平時興趣是什麼？」

游知春難以啟齒，但若說沒有似乎有些不妥，只好硬著頭皮說：「……喜歡寫些東西。」

蕭玥以為是書法。

前段時間，蕭玥經常聽何常軍嚷著自己的助教寫了一手好書法，而後是她的兒子居然有了對象，她沒想過原來是同一人，甚至沒預料到不是從小和兒子一起長大的葉琦唯。

何又黔再三澄清，「唯唯有她自己想依靠的人。」

「她的父母不同意。」

「我有喜歡的人。」

看見母親皺眉，何又黔第一次表達意見，卻覺得靈魂得到前所未有的自在，所有喜好厭惡都通過這件事有了出口，即便他一開始只是無法抵擋內心的慾望。

「我很難形容這種感覺，我喜歡她喜歡我的時候，凡事考量我，重視我，縱使我起初對她僅有歉意，或者該說那些愧疚不過是我想接近她的藉口。」

他自嘲，更像是豁然開朗，接著如釋重負地說：「我不過是偽君子。享受她對我好、心疼我、出言袒護我，即便只是微不足道的小事，可是因為是我，所以她看重。」

「在她身邊我有退縮的空間，我開始意識到自己的軟弱，正因為如此，我逐漸貪圖待在她身邊的時間，甚至不願與人分享。」

他一天比一天更喜歡與她獨處，私心想完全占據她的情緒，她只要為他著想就好了。

而後，游知春毫無預警地提出分手時，洶湧而至的恐慌遍布血液，何又黔以為自己會是最游刃有餘的那個人，卻發現游知春拿走了他所有驕傲，獨留一身脆弱的他。

蕭玥還是第一次見他情緒化。

見母親淡然不語，明顯不悅，何又黔看向她的書架，信誓旦旦道：「妳一定會喜歡她的。」

興許是心中已有既定人選，蕭玥對游知春的第一印象並不好，總覺得哪都比葉琦唯差，偏偏葉琦唯就是喜歡李吾。

「坐吧。」

游知春乖順地坐下，「阿姨，我知道妳可能不太喜歡我……」

「誰說的？」蕭玥冷問。

她默默閉上嘴，光看就知道了啊……

游知春熟悉小說一貫的套路，她無非是進到男方家長刁難這環節。本以為這種事只會出現在書裡，沒想到真實地降臨至自己的生活。

蕭玥靜默片刻，忽然嘆了一口氣，「我的孩子我知道，他第一次表達出自己的喜好，我怎麼說也該做做樣子吧。老實說，前些日子我確實有意湊合他和琦唯。」

她第一次被兒子拒絕，言行像是受到質疑。蕭玥低迷了一段時間，倒是見何常軍眉開眼笑。

「真沒想到我最喜歡的學生將來可能會成為我兒媳婦，又黔真是做得太好了。春啊很機靈，跟她說話可有趣了。」

「這話未免說太早了吧。」

見蕭玥心浮氣躁地擺弄花飾，何常軍說道：「妳別一副被妳兒子背叛的樣子，他都長大了，有自己喜歡的對象也是正常，我們總不能幫他安排一輩子。妳以往總是覺得我父親對他嚴苛，妳現在不分是非地反對他，不也是對他苛刻嗎？」

「倘若他今天不是喜歡你的學生，我就不信你還能這般冷靜。」何常軍朝老婆耍嘴皮子，「他是我跟妳生的孩子，眼光一定不會太差。」

蕭玥沒好氣地看他一眼。

兩人聊了幾句，蕭玥問了一些家庭狀況，游知春誠實回答了，心裡在想門當戶對這件事，他們家除了人口較少，其餘地方也不至於太差。

她又想，如果蕭玥現在甩了支票出來，她該不該收？何又黔值多少錢啊？

還未想完，蕭玥便有些彆扭地開口：「你們年輕人的事我也不好干涉，但還是要有分寸，妳也看到何家上上下下有多少人，壞事傳千里，我可不想被冠上沒把兒子教好的罵名。」

游知春的腦袋還在為幾個零打架，回神時見蕭玥微微揚眉，她才趕緊道謝。臨走前，她隨意掃了一眼書架，唯獨一本暖黃色的書特別引人注目，書背簡潔的兩字令她的目光凝滯——《春光》。

她的視線停留在書上，「阿姨，我能問一件事嗎？」

「嗯。」

「妳看小說啊？」

蕭玥撇頭看見游知春站在書櫃前，她端起茶杯，優雅地啜了一口熱茶，「年輕時愛看，成家之後就少了。又黔剛上大學時，我常常一個人在家，總覺得不習慣，閒下來容易心煩意亂。他就養成了每個月買一本書給我看的習慣，等他回來，我們就會聊些書裡的內容。」

游知春的心情亂七八糟。

蕭玥注意到她的視線，「妳知道這本書嗎？應該在你們這年紀很流行。」

游知春點頭。

似乎是找到了知己，蕭玥原先嚴謹的語氣多了笑意，「那是又黔大一那年買給我的第一本書，本來我只是想打發時間，結果一看就愛上，還偷偷辦了帳號追蹤作者。自己都一把年紀了，居然還在追星，我都不好意思跟別人說。」

她愈說愈起勁，興奮道：「作者似乎還是學生，處事很低調，好幾年沒寫作了。不過她最近寫了新書，妳要是有時間可以去看看。」

游知春點頭，「我會的，謝謝阿姨。」

「也不知道最近怎麼回事，先是又黔，再來是妳，都對這本書有興趣。」

蕭玥想到前陣子何又黔忽然又提起這本書，侃侃而談的模樣，她還是第一次見他面露興奮，好似書裡的男主角是他本人，情節說得和真的一樣。

游知春看著書名，極力想自喉頭擠出幾個字來，卻徒勞無功，最後只給了單聲的回應：

「嗯。」

何又黔在蕭玥那沒找到人，慌張一覽無遺，蕭玥調侃：「怕我欺負她啊？」

「怕。」

蕭玥沒好氣道：「你們這些小孩怎麼會如此不懂禮數。」

何又黔蹙眉，「媽。」

蕭玥忍不住感嘆，原來生兒子，長大了也可能成為別人的。

「行了，我沒對她說什麼，她看起來挺精明，還對著我說，我之後是嫁給妳兒子，不是嫁給何家，阿姨相信我，妳會喜歡我的。」

聞言，一旁的何常軍笑得最大聲，何又黔也忍俊不禁。「是，她說得沒錯。」

蕭玥沒好氣地看他們父子倆一眼，全都被這小女孩收買了。思及此，蕭玥一頓，想起今天春曉也說要去見男朋友的家長。

何又黔在庭院找到游知春，她悠哉地坐在門口觀賞月亮。

他搖頭失笑，才剛走近，她似是有預感地仰起小臉，月色落滿眼，他扯出笑容朝她伸手。

月光照得她的皮膚精緻瓷白，長睫微顫，何又黔的指腹習慣性地輕撫她的眼角，乾燥無瑕，何又黔靜靜笑了。「妳真的不愛哭。」

游知春驕傲著呢。

「葉琦唯呢？」

「回去了。」

「你覺得她會和李吾復合嗎？」

何又黔將人拉了起來，拍了拍衣襬的皺褶，「這不是我該操心的事，他們的事，他們自己能處理。」

游知春反倒有點擔心，兩人分分合合有段時間，外人認為藕斷絲連，實則深陷感情的兩人才是痛苦。「葉琦唯喜歡那麼久的人，好不容易和他在一起了，要是真的散了，總覺得可惜。」

她絮絮叨叨地說：「李吾看起來雖然不可靠，但他喜歡葉琦唯是認真的，何況這些事只要慢慢學……」

她還沒說完，何又黔已經低頭吻住她的唇，剩下的字句全被吞沒。

游知春反應不及，後退幾步，何又黔眼明手快地環住她的腰緩衝了力道，他的唇舌窮追不捨，緊密地貼著她的呼吸，游知春順勢抱上他的腰，仰高腦袋回應他的吻。

何又黔用唇抵住她的肩窩，她這處敏感，果不其然游知春下一秒就軟了身，推抵著他的胸膛，連帶抱怨聲都含著嬌嗔，「喂你……」

他吮吻著她的鎖骨，將她擁進懷中，啞聲道：「去我房間。」

游知春半推半就地被帶進房，何又黔捏過她的下巴，湊上前纏綿親吻，勢不可當。

意識到他的企圖，游知春用手捂住他的嘴，「教授他們都在，不可以啊……」

何又黔的聲音沙啞，「為什麼不可以？」

「沒有為什麼，就是……」游知春驚訝地看著他緩慢地吻著她的手指，薄唇流連於她細白的指節，迫使她咬唇。

何又黔是有耐心的，只在特定時候急躁，只有游知春見過。

他也享受這一刻的任何環節，他刻不容緩，卻也注重每一步的儀式感，導致游知春上一秒臣服於他的浪漫，下一秒就被他折騰得求饒。

完全就是詐騙集團！

兩人前前後後纏綿了幾次，其間還碰上何常軍來敲門關心，說是晚上冷，詢問游知春需不需要加被子，而此時當事人正被人壓在櫃子前做不可言述的事。

男女緊貼的皮膚，沁出了一身汗，渾身躁熱。

何又黔惡質道：「妳需要嗎？」

「呃……你先、先出去，教授來了啊。」游知春低吟著聲，人才轉身，何又黔順勢從前方進入，一刻都不願意抽離她的溫柔鄉。

酥麻的快感滿溢而出，游知春仰頸咬唇，不敢發出聲音，她抱著何又黔的脖頸，承受他不加收斂的頂撞，哼著聲抱怨：「你、你夠了啊……」

何常軍喊了幾次都無人回應，「是睡了嗎？年輕人有這麼早睡？」

不久，蕭玥的聲音傳來，趕著何常軍離開。

門外沒動靜後，何又黔俯靠在她耳畔，吻著她的耳垂，低語。「我第一次夢見妳，就是在這裡。妳總是不願回應我，無論我如何求妳。我想也是，我這麼卑劣的人，不值得妳留下來陪我。」

游知春彷彿能聽見何又黔在每個夢裡無數的呢喃，絕望和黑暗。在慾望面前俯首稱臣，然後在每個清醒時刻問罪自己，反反覆覆。

「直到有一天，我開始想，如果我當下抓住妳就好了，如果我有一次緊緊地拉著妳不放，不給妳機會離開……哪怕妳會恨我，我都想擁有妳一次。」

何又黔漆黑的瞳孔映照著游知春的痛苦和歡愉。

「我是不是太卑鄙了？」

語落，懷中的游知春仰首吻了他，揮別所有不堪的夢境，成了真實情意。

何又黔將人攔腰抱上床，「游知春，我喜歡妳。」

隔天，游知春醒來時，已經接近中午了，她一起身，全身一絲不掛。她連忙拉起棉被遮住全身，卻蓋不住肩上零碎的吻痕，幾乎是同時間，罪魁禍首開門進來了。

「睡得好嗎？」

游知春怨懟地看他一眼，惹來何又黔一笑，「我先拿我媽的衣服讓妳換。」

她臉一熱，「好。」

游知春打算再洗一次澡，見他沒有要離開的意思，她彆扭地問：「你不出去嗎？」

何又黔故意道：「這裡是我房間。」

游知春悶著臉不動。

「要我幫妳洗嗎？」他很樂意。

「……不用了。」游知春乾脆裹著棉被下床，踩上地板時明顯腿軟，她佯裝鎮定地直起身，又惹得何又黔低頭直笑。

深色的被單包覆著她光滑的身體，但她沒遮好，露出一大片雪白的背，背脊上的痕跡讓何又黔忍不住上前抱住她。

她屬於他了。

游知春紅著臉警告：「不准再來了。」

昨晚他瘋了似的要她，最後還是她哭喊著不要他才終於肯放人。

半晌，何又黔才緩緩開口：「我確認一下是不是夢。」

「要不要我捏你一下？」

他傻呵呵地點頭，「好。」

游知春哭笑不得，他啊，還真是她說什麼都好。

游知春踮腳快速親吻了他的臉頰，見他心滿意足，她催促他快出去。

「作為回報，我幫妳洗澡吧。」

游知春無言以對。

飯廳，何常軍愣愣地看著一桌菜，「不是說去喊人吃飯了嗎？人呢？」他坐不住，「我去瞧一眼。」

「回來。」蕭玥冷靜地遞筷給他，「再怎麼樣，都不會是你兒子吃虧。」

兩人從房間出來時，已經下午了，兩老早已回房睡午覺。

游知春覺得顏面都沒了，確認一眼周邊沒人，抬手揍了何又黔。何又黔也不生氣，眼眉帶笑，沒一點脾氣。

游知春忽然提議：「有些日子沒回柳高了，滿懷念附近的攤販，我們去那吃吧。」

何又黔一怔，點頭。

「我們搭公車去，好嗎？」

何又黔看她一眼，「好。」

寒風凜冽，兩人牽著手，何又黔怕她冷，將她拉至身旁攬緊。

學校離何又黔家，搭公車只要一站。

何又黔通常都搭七點二十分那班公車，走路兩分鐘，七點三十五分左右到校，不過早，也不晚到。游知春對這些街景還有印象，有一次失心瘋，竟偷偷跟著他回家，可惜他身旁總是圍繞著一群人，她只能遠遠目送他離去。

那時她特別羨慕葉琦唯，總能光明正大地走在他身邊。

見她明顯心不在焉，何又黔忍不住捏了捏她的指節，「想什麼呢？」

游知春搖頭，何又黔也不好再問。

兩人在公車站牌前站定，寒假期間，不少學生在外溜達。游知春身旁站著幾位女學生，背著柳高的書包說著悄悄話，幾人覷了何又黔一眼，紛紛捂嘴偷笑。

游知春大概知道她們的小心思，忽然拉了拉何又黔的手指，他順應地彎下身聽她說話，卻見她仰起小腦袋，在大庭廣眾下親了他。

他一愣，隨後低頭笑開來，還得寸進尺問：「一下而已嗎？」

「公車來了。」游知春轉移話題，快速跳上車，何又黔在後頭喊她慢一點。公車上人擠人，游知春也沒少搭過擁擠的公車，看著替自己隔絕人流的何又黔，心情似乎沒那麼糟了。

「你是不是很久沒搭公車啊？」

何又黔將她抱在懷裡，單手握著上頭的橫桿，「高中畢業後就很少了。」

聞言，游知春抿脣一笑。

兩人在柳高站下車，游知春望著熟悉的校門口，制服衣角飄揚了四季，不斷更迭的歲月，未曾沖淡年少的氣息。

他們是第一次以截然不同的身分回來。

校景依舊，老牆爬滿藤蔓，海棠花環繞盛放，依然是他們離校那日的光景。少年潔白的制服被豔陽曬得發亮，飄搖風中的彩帶落滿沸騰的青春，忽遠而近的校歌響遍校園每一個角落。

他站得筆直，眉目一貫淡雅地說：「祝福各位畢業生，鵬程萬里，前程似錦。」

游知春側頭看了何又黔一眼，褪去年少的制服，他成了她身旁的人。

她牽著他穿過長廊和中庭，貼在牆上的公告被風吹得啪嗒作響，最終她停在輔導室。

從兩人出門時，何又黔目光就沒有從游知春身上移開，他知道她有話要說，他有的是耐心。直到她牽著他走遍了校園，領著他走過三年來他必經的路，穿梭在男女主角每每擦肩而過的場景。

游知春完整記得高中的日子，他所有的一切，字裡行間都是微乎其微的細節，有太多連他自己都沒有發現的瑣事，游知春卻記得一清二楚。

游知春準備鬆開手，孰料何又黔卻焦急地抓住她，她一笑，「你先鬆開我。」

「不行。」

游知春沒好氣道：「我不會跑。」

何又黔沒鬆手，「為什麼突然來這裡？」

「因為你騙我啊。」

「我……」何又黔不確定是哪件事，欲言又止。

「何又黔，你怎麼這麼愛騙我啊？」

這回何又黔也不退讓，「妳也騙我。」

原本還志在必得的游知春一愣。

「妳說妳不記得為什麼喜歡我，說了最膚淺的話。全世界都可以知道妳那麼喜歡我，我卻不知道。」

游知春被他忽然強硬的態度震懾，避重就輕地說：「哪、哪有全世界啊。」

何又黔垂下眼，「對不起，是我太慢發現。」

游知春拿翹，「不接受。」

抓著她的手不自覺使勁，游知春掙扎，「有點痛，你先鬆手。」

何又黔終究是怕她疼，緩緩鬆了力道，接著放手。他不進不退，繃緊背脊，上演他最擅長的苦肉計。

游知春都稱他這副模樣是受難小媳婦，偏偏她還真的吃這招。

何又黔是在他們分手後發現那張出版合約，本意是想最後一次幫她打掃房間，卻意外發覺這本書的存在，也就想通了為何游知春從不讓他整理她的書桌和筆電。

每次說要寫報告趕他回家，大概也是騙人的。

他在抽屜找到了被層層掩埋的《春光》，如同游知春的喜歡，抽絲剝繭才能看清楚。

何又黔花了一下午的時間看完整本書，他讀了一遍又一遍，熟記每個橋段和每句話。

當他看見後記最後一句話，心情久久無法平息。

——此書獻給我最喜歡的人，贈予最溫暖的春光，願他得償所願。

他能從書中發現游知春喜歡他的細節。

她怎麼可以這麼喜歡他呢?這麼喜歡……有時連他自己都討厭的他呢?

游知春仍是不忍晾他太久，她忽然垂眼，踢了踢腳，「我就是想……跟你走一次高中的路，看一遍沿途的風景，不然總覺得太愧對高中的自己。」

何又黔鬆了緊皺的眉宇，朝她伸手，「那還要再走一次嗎?」

游知春被他認真的模樣逗笑了，她搖頭，「不用，已經夠了。我現在就剩一句話想對你說。」

游知春在輔導室前朝他伸手。

時光輾轉，她紮著馬尾，水潤的雙眼沾染著些許羞怯，可是她還是想提起勇氣——

「你好，我是十班的游知春。」

「我是一班的何又黔。」

「我喜歡你。」

「我也喜歡妳。」

她在斑斕的熙春與他擦肩而過，在炎炎溽暑引頸翹望，在凋零的秋楓嘆息，卻在這料峭的晚冬重逢。

回家的路上，何又黔與她十指相扣，他好奇地問：「現在寫的這本書會是好結局嗎？」

游知春實在不習慣和他討論這種事。

她要他低頭，何又黔聽話地靠近，只聽見她說：「不告訴你啊。」

全文完

番外　春天的第一場雪

游知春最近有個哭笑不得的煩惱。

寫作這件事對她來說不算祕密，但也不是公開的事。她不喜張揚，如今眼皮子底下就有一個人天天主動和她分享心得，她快尷尬死了。

有一天，她實在受不了，忍不住說：「你能不能假裝不知道這件事？文也別看了，帳號刪了吧。」

此話一出，何又黔即刻擰眉，一臉受傷。「妳不喜歡我這樣做嗎？還是我留言寫得哪裡不好？或是有錯誤？」

「等等，我不是這個意思。」游知春一瞬間進退兩難，到口的話也轉為安慰，「你的留言內容都正確。」

聞言，何又黔鬆了一口氣，眉角染著笑意，繼續刷留言。

游知春默默在心裡吐槽自己，妳這沒原則的女人。

何又黔平時不太玩3C產品，現在天天拿著手機和讀者在留言區互動，對於劇情瞭若指掌的程度只差沒公開寫故事解析。

由於他多次留言的內容引人入勝，也默默吸引了一小批粉絲。期待更新之餘，也等著這位神祕人物的回覆。

就連陸姸也打趣道：「居然有了男讀者的加入，看起來還不簡單啊。」

不得不說，何又黔對故事的註解，確實替游知春的小說增加不少話題性。

游知春都懷疑自己是不是給他劇透了。「你爲什麼都知道我想寫什麼？」

何又黔一邊替她順句子，一邊理所當然地道：「因爲是妳寫的。」

游知春臉一熱。

何又黔忽然又說：「交往後的情節太少了。」

游知春隨口答：「男歡女愛沒完沒了，點到爲止就好。」

見何又黔默不作聲，游知春側頭就見他悶著臉色，卻還是很盡責地替她找錯字。「怎麼了？」

「沒事。」

「我們說好不能隱瞞對方任何事，開不開心都要說。」

何又黔垂著眼問：「妳是不是覺得我煩了？還是對最近的相處膩了？」

游知春滿頭問號，「啊？我沒有這麼想啊。」

「妳的文就是體現妳當下的心情。」

「不是……我就是懶惰，想讓讀者自行想像後續。」

「熱戀期過了都這樣，認爲對方應該了解自己，很多話就不說了，久而久之兩人只會愈來愈疏遠。」

游知春真的是有理說不清。「好！我寫！」

聽聞，何又黔的臉上立即浮現笑意，「我能再有一個要求嗎？」

游知春投降，「你說吧。」

「男女主角能夠親密一次嗎？兩人誤會這麼久，好不容易排除所有疑慮在一起，我覺得僅有牽手已經不合理了。情感是會隨著時間加深，也會隨著衝突爆發，如果維持現狀，情節稍嫌平淡無張力。」

就說他不當評審真的很可惜。

何又黔的眼眸漆黑，比她這作者還較真。「我是這麼認爲的。妳覺得呢？」

「不行，這本書的適讀年齡是全年齡。何況沒有那個必要，男女主角相互喜歡疼惜，是著重於情感上的交流，不需要透過其他事證明。」游知春還是有身爲作者的原則。

今天的何又黔倒是很快就妥協了。

游知春見他沒有太失落，心下鬆了一口氣，但還是習慣討好地拉了拉他的衣襬，通常見自己撒嬌，何又黔也會心軟。

下一秒，見何又黔慢條斯理地起身，握著她的手。「既然他們不行，我們可以吧。」

何又黔鄭重道：「妳寒假趕稿，多次忽略我，我們最近的情感交流過於薄弱，需要依靠肢體接觸挽救，請讓我證明。」

游知春還來不及反駁，直接被撂倒在床。

事後，何又黔仔細地替昏昏欲睡的她蓋好被子，接著歡快地在留言區說給大家謀了福利。

給自己謀吧，這心機重的人。

後來，他甚至將暱稱從Y改爲「春光正好」，她又快尷尬死了。

「妳答應我了。」

「什麼時候？」

「昨晚，在床上。需要闡述一下過程嗎？」

游知春扶額，絲毫不想回憶起那段被人壓制在床上的事情。

每當有讀者詢問《春光》的後續以及故事真實性時，游知春總是避而不答，任由讀者在留言區臆測，結論往往是，小說看看就好，勿入戲太深。暗戀都是無疾而終的。

「爲什麼不能讓妳的讀者知道，我就是妳男朋友？」他感到不平衡。

游知春捏著手指，「我想保有隱私。」

何又黔不是第一次對這件事有異議，然而他知道游知春向來不愛在公開平臺談論私事。她看似隨和，其實還是有自己的堅持。

每當這時候何又黔都有些失望，倒也不是他喜愛宣揚，而是想要告訴大家，他們很好。無論是字裡行間，或是彼此的生命裡，他們都相知相惜。

ㄣ

姊妹之夜，何又黔不在家，游知春難得放風，便把他誇張的行徑全盤托出。

「明明前陣子我說一是一，他幾乎沒有意見。現在心思卻比女孩子還細膩，天天要人哄。我一不注意他，他就覺得自己沒人要。」

巫蔓翻了白眼，「妳現在是在曬恩愛？還是討打？」

一旁的葉琦唯聽了雖然驚訝，卻能理解。「畢竟他之前都是扮演照顧別人的角色，現在有了妳這個依靠，有點脾氣也是正常。」

聽完，游知春不禁笑了。

聚會結束時已經是凌晨，張洺臣來接人，巫蔓秀了一波肉麻的互動才離開。

游知春本來想和葉琦唯一起搭車回去，孰料李吾出現了。

新的一年，他也有些改變了，葉琦唯嘴上嫌棄他，但還是默默地接受李吾的好。

游知春像是在觀賞偶像劇般，看兩人扭扭捏捏，想上前又後退，誰也拉不下臉。她刻意拉長聲調，「何又黔怎麼就不在家呀？我還在這給人當電燈泡，真是罪過——」

李吾沒好氣地看她一眼，惡毒地說了一句：「他不要妳了。」

「哼！他才不會。唯唯妳快把他帶走，看得我心煩。」

葉琦唯腦袋有些空白，聽了游知春的話就點頭，拉著李吾的手說：「走了。」

李吾一愣，很快就回神牽住葉琦唯的手，下一秒立刻挑剔她的穿著。「天氣這麼冷，爲什麼還穿短裙？」

「要你管。」

李吾皺眉，脫下外套繫在她腰間。「要是感冒，就不准吵著不想吃藥。」

「我才沒有這麼幼稚。」葉琦唯頂嘴，臉上滿滿笑意。

一瞬間只剩游知春一個人，她覺得自己像是沒人要的小孩。

回到家看了空蕩蕩的租屋處，今晚只有她一個人。何又黔參加商院的專題競賽，去了南部的學校，爲期三天，礙於其他組員都想在南部多玩幾天，時程就拉長爲一週。

那天早上迷迷糊糊吃早餐時，何又黔還問她要不要一起去，或是他早點回來。游知春近期事情多，沒有太多的時間陪他，於是婉拒了，讓他好好和朋友一起玩。

沒想到才幾天就這麼難熬。

她躺在地上滑手機，系統跳出通知，她才驚覺過幾天是她的生日，而何又黔還在南部。

她不是個注重節日的人，但交往後第一個生日，還是想和喜歡的人一起過。

腦袋昏昏沉沉之際，想起何又黔總會讓她別在這種天躺在地上，容易感冒，她會耍賴說不想動，他總是無可奈何地抱她起身。

游知春愈想愈孤單，下意識就想上粉專發文。

她平時久久才看一次留言，多半都是何又黔和她分享，比她還關注讀者的回饋。

孰料一上線不是看見讀者催更，而是討論「春光正好」怎麼多日無聲無息？

「春光正好今天也沒有留言。」

「我也發現了！以往《春光》任何片段他都可以寫出一篇他和女朋友的小短文，而且還挺好看的，我都想敲碗讓他也寫書。」

「春光離開了，是嗎？」

「我一開始還以為他是女讀者。不過他的用字遣詞感覺還滿帥。有一個會看小說的男朋友，挺奇妙的。」

「各位姊妹，我有一個大膽的猜測……這男讀者是後來才憑空冒出來的粉絲，對於《春光》也過分瞭若指掌，每次看他留言，都像是用男主視角去看待這本書。而且他原先的暱稱是Y，後來才改成春光正好……」

「樓上，你別說了，我起雞皮疙瘩了！！！」

游知春無暇關心露出馬腳這件事，而是何又黔居然好幾天沒留言。

巫蔓之前勸她珍惜此時此刻還黏人的何又黔，說以後日子長了，他不嫌妳黏在他身上熱就不錯了，別妄想他還纏著妳。

游知春當時還不信。

她悶悶不樂，晚上睡覺都有些不安穩，處處都有何又黔身上的味道。她緊緊抱著他當初嫌棄的小毛毯，何又黔最討厭她寧可抱著一團皺巴巴的物體，也不願抱他。

想著他居然還不給自己打電話，雖然是自己讓他過了凌晨就別打擾她睡覺，但一想到他還真的不打來，心裡就委屈到不行，嘴裡碎念著臭男人回來休想碰她。

生日當天，她嚴重睡眠不足。

巫蔓問：「生日要去哪裡玩啊？」

「不玩。」

「哦，跟何又黔在家玩啊，懂了。」

游知春趴在桌上不想說話了。

這幾天下來，何又黔的訊息都很簡短，不是要睡了就是在開會，就連電話也講沒幾句就掛了，結尾依然是那句記得吃飯。游知春根本沒食慾了。

本來還期待生日這天會是他提前回來的驚喜，結果醒來收到的第一句通知就是，他隔天才要回來，甚至連句生日快樂都沒有！

她也不想主動去要一句祝賀，一個人愈想愈氣，實在憋不住了，轉頭想和巫蔓抱怨，那女人居然嚷著要和張洛臣去約會了。

「妳就和何又黔好好玩啊，我很識相，今天絕不吵妳！」

「喂、等一下！」

見鬼的何又黔，人都不知道在哪快活。

游知春好久沒體會一個人在家的時光，前陣子還暗自希望何又黔給她一些個人空間，讓她能夠專心寫稿。

何又黔不理她沒關係，她決定自己去一直很想去的咖啡廳，一下午就泡在店內寫稿看書。

斜陽透進玻璃窗，照亮了游知春的臉龐。她安安靜靜地坐在窗前敲著鍵盤，提前寫好了陸姸交代的番外。

交稿時，陸姸還打電話來誇她。「生日快樂。這天居然還能收到壽星提前交稿，果然長了一歲有差。」

游知春唏噓，「沒想到我生日這天，最先收到編輯大人的祝賀，果然其他人都是塑膠姊妹情。」

「妳男朋友呢？沒一起出去嗎？」

游知春不想提他，忽然問：「妳覺得我寫那本書真的好嗎？」

陸妍聽到這話，緊張地說：「明天就要公布出版消息了，妳可別臨時變卦。反正他也不知道這本書的存在，不是嗎？再說了，當時寫《春光》的時候，妳可不是這麼膽小的性格。」

游知春笑道：「那倒是。」

當時心裡想的都是，要讓全世界知道自己在最美好的年歲，喜歡了一個如此耀眼的男孩。此生此意，無怨無悔。

陽光墜入地平線，游知春刻意搭了不同的公車路線回租屋處。

望著沿途風景，覺得今年春天來得真慢，空氣冷得她狂揉鼻子。

她走往最常去的公園，沒見到附近住家的那隻大狗，心情不免有些失望。她的生日就要過完了，居然比往年還寂寞，身旁一個人都沒有。她坐在公園的椅子上晃著腳，仰頭才發現桐花都開了。

花季快來了，她想起那條溫泉飯店旁有名的桐花祕境，據說去過那裡的男女都能感情長久，她馬上就想到何又黔，想和他一起去。

她蹲下身撿起被風吹落的白色花瓣，零零散散灑了一地，她一片一片地撿在手心上，不知道爲什麼眼淚就掉了下來。

何又黔太討厭了。她要一個禮拜都不跟他說話……五天好了，嗚，還是好久啊。

一道腳步聲忽然傳進她耳裡。

游知春覺得丟臉，抬手想擦眼淚時，對方已經蹲下身，指腹撫著她溼潤的眼尾，似乎斟酌著用什麼字句最爲恰當，但出口的話依然是：「對不起。」

聽見熟悉的聲音，游知春眼淚湧了上來。

「對不起，本來是想給妳驚喜，沒想到讓妳哭了。」何又黔很自責，游知春掉落的眼淚澆燙了他的手。

他原本想提前回來替她過生日，因此盡力濃縮所有待辦事項，行程緊湊，孰料今天還是被突發事件絆住了，所有計畫都被打亂。

游知春聽了還是哭不停。

「我買了花和蛋糕，禮物也有，餐廳也訂了，巫蔓他們都在那等著幫妳慶生，我們沒有忘記。」見她哭，何又黔手足無措，一件事也不藏了，就想看見游知春朝他笑。

游知春哭得眼睛都紅了。

何又黔不敢碰她，擔心她抗拒，最後還是只能道歉。「對不起，是我的錯。」

游知春伸手抱住何又黔的脖子，對方像是得到了許可，立刻回抱。「我、我以爲你不要我了。」

何又黔心疼地抱緊她，卻也忍不住抱怨：「我不在這幾天妳一句想我都沒說。他們都說我太占據妳的私人時間會顯得煩人，我只好忍著不打擾妳。」

游知春眼淚停了，瞬間又沒了底氣。

何又黔剛外宿那幾天，她確實多了很多自由時間，過了一段愜意的時光。

「結果我不找妳，妳也不知道找我。」

游知春咬咬唇，刻意用力吸了吸鼻子。果不其然，下一秒何又黔就拍了拍她的背安撫，也不教訓她了，只剩他的道歉。

待游知春心情平復，何又黔伸手輕柔地撥開她頰邊的髮絲。街燈晃搖，點亮何又黔溫柔的眉眼。「我的春，生日快樂，希望妳永遠快樂，一輩子都待在我身邊。」

游知春笑道：「你到底是給誰祝福啊？」

何又黔撫著她白淨的臉蛋，「我怎麼就這麼喜歡妳呢？」

突如其來的直球告白讓游知春霎時臉紅，「唔……因爲我是游知春？」

何又黔笑開了，「是，是我的游知春。」

是年少的他第一個傾心的女孩。如此喜歡，如此真誠。

晚風吹落了純白的桐花，成了入夜的第一場雪景，盛大而浪漫，全數落入兩人的眼底。

春天來了。

游知春嘆息，「之前說想在臺灣的平地看一場雪，原來真的能實現。」她伸手接了墜落的花瓣。

何又黔牽住她的手，拉她起身。「游知春，今年妳的生日願望裡有我嗎？」

「有啊。」

何又黔驚喜，俊顏攀上喜悅，「是什麼？」

「我希望我的下一本書，被全世界的人看見。」

沒聽見關於自己的事，何又黔的笑容少了。「我怎麼不知道這件事？是網路上連載的那一本嗎？」

游知春搖頭，「是我寒假待在家寫的。」

何又黔不滿了，「妳瞞著我。」

「冤枉啊——不是瞞著你。應該說，沒有人比你更清楚這本書的故事情節了。」

「妳寫了什麼？」

「明天你就知道了。」

隔天，游知春在粉專公開了出版消息。

《春光正好》將於二零二二年三月正式出版，請大家多多支持。

番外完

後記　贈予最溫暖的春光

嗨，好久不見。

我幾乎沒有在這時間出現過，今年有幸在年初就與大家相會。

這本書真的是從頭到尾被追殺出來的，讓我深感人真的有無限可能：）

有段時間沒動筆，就想寫一個簡單的故事。

沒有罪不可赦的緣由，沒有血海深仇或言不由衷，更沒有全世界都知道就男女主角錯過的爛誤會，有的就是最平常的你我日常。

我選擇用比較口語的方式描述，角色說出來的話搞不好都是你或你朋友會說的話。

正因爲如此，還真沒什麼可歌可泣的意義可以寫在後記。（是說以前的作品也沒有啦。）

總之，如果剛好治癒了你們，那他們的存在就有了意義。

這大概也是我第一次把我的（部分）日常寫給大家——網路寫手。雖然裡頭僅提到一些寫作上的橋段，但其實也是絕大部分。

故事主軸圍繞在游知春的暗戀，大部分的人應該都經歷過這段見不得光（？）的時期。之所以演變成暗戀，大多原因是——不夠有勇氣。

擔心被拒絕，擔心自己配不上對方，擔心自己不夠好，想了這麼多，卻從來沒想過要跨出第一步去認識對方。

十七、八歲的年紀，經歷得太少，很多時候，某個人輕易就能成爲自己的全世界，也因爲這樣，那會是年少最純粹的喜歡和愛慕。

游知春喜歡何又黔，沒有太多理由。被人群簇擁的風雲人物，在同儕中閃耀無比的男孩，沒有理由不喜歡啊。

有時候我們執意去找尋喜歡的契機，往往會錯失很多真心情意。

如同，何又黔。

在他的認知，任何事物都必須被賦予上「正義」，道德端正，孝順守禮。他溫柔謙讓，以大局爲重，久而久之，逐漸沒了自己，直白來說就是沒個性，不清楚自己的喜好。

因此，他對陌生的游知春產生春夢(還真的是春夢)，以及覬覦朋友喜歡的對象，伴隨而來的滿滿罪惡感，讓他無法接受沉迷於貪婪和慾望的自己，但就如我們所見，愈掙扎愈淪陷，直至最後的棄械投降。

他也敗在過於坦承，以至於一開始無法堅定自己的信念，繼而無法給游知春安全感。

滿多人不諒解何又黔自我懷疑是否喜歡游知春這件事。倒也不是他不夠堅定，是他已經把自己框在因性而靠近她，覺得自己的手法不正當，不配披上「喜歡」這件神聖的事。

何又黔在一次又一次的相處過程中，對「情侶相處」這件事有了新的理解，讓他逐漸從虛無的夢走到了現實。

他開始了解游知春這個人，知道有個人這麼喜歡他、心疼他。何又黔也坦承，他就是喜歡被愛的感覺。我想，如果能選擇，誰都想成爲被偏愛的那個人。何況游知春的喜歡是任誰都會心動的那種。（給我點頭）

再來聊一下游知春，其實我滿意外她爆紅（甚至超越男主角）。她不算是我寫過最喜歡的女主角，卻是目前我寫過最率真的女孩。高中暗戀讓她足足惦記了何又黔好幾年，甚至爲他寫了一本書。可想而知，她對何又黔的喜歡絕不僅是表面。

就像大部分的人，她不夠勇敢，個性內向文靜，有些微的人群恐懼，偶爾還有點小懦弱和矯情。

可是啊，我覺得大家要記住，勇敢有很多形式，每個人擅長的不同。不是只有把想說的話說出來，把想做的事做完，才叫做有勇氣。

有一種是，承認所有一切並不如你所想，接受並放手，也是一種勇敢，有時候放棄比堅持難多了。

游知春做不到前者，但她在果斷做決定這件事上做得比誰都好。

這本書傾向於生活日常，很多事情並不會有所謂的結束甚至是圓滿結局。畢竟人生是進行式，有太多意外和衝突。

所以我也不會和各位保證，游知春和何又黔不會有爭吵，或是分手的可能，但是故事的結尾他們是勇敢的，坦承心中所想，並義無反顧地走向對方。

在這也想告訴大家，所有的一切都有改變的可能，你不會從一而終，事情也不會壞到好不起來。

如同巫蔓告訴游知春，所有人每天都在後悔和做選擇，沒有對錯，我們就選當下最想要的選擇。

然後，雖然老套，但還是要說，感謝大家一路追文。

我知道追文的痛苦（畢竟我是作者也是別人的讀者），所以很感激看文後仍然爲我加油打氣和分享心得的人。

畢竟我是屬於先讓大家上車後補票的作者哈哈哈哈。

最後，我依然想把游知春送給何又黔的話，送給大家。

——此書獻給我最喜歡的你們，贈予最溫暖的春光，願你們得償所願。

游知春寫她的故事，取名爲《春光》，我寫他們的故事，取名爲《釀春光》。

感謝大家一路相伴，有緣就下一本書見。

春天來了，去看花吧。

Lal，2022.01.01，新竹

國家圖書館出版品預行編目資料

釀春光 / LaI 作 . -- 初版 . -- 臺北市 :
POPO 出版 : 家庭傳媒城邦分公司發行 , 民 111.03
面; 公分 . -- (PO 小說 ; 63)
ISBN 978-986-06540-8-0(平裝)

863.57 111001742

PO 小說 63

釀春光

作　　者／LaI
企畫選書／游雅雯
責任編輯／游雅雯、吳思佳
行銷業務／林政杰
版　　權／李婷雯

網站運營部總監／楊馥蔓
副總經理／陳靜芬
總 經 理／黃淑貞
發 行 人／何飛鵬
法律顧問／元禾法律事務所　王子文律師
出　　版／城邦原創 POPO 出版　城邦原創股份有限公司
台北市中山區民生東路二段 141 號 6 樓
電話：(02) 2509-5506　傳真：(02) 2500-1933
POPO 原創市集網址：www.popo.tw　POPO 出版網址：publish.popo.tw
電子郵件信箱：pod_service@popo.tw
發　　行／英屬蓋曼群島商家庭傳媒股份有限公司城邦分公司
聯絡地址：台北市中山區民生東路二段 141 號 11 樓
書虫客服服務專線：(02) 25007718．(02) 25007719
24 小時傳真服務：(02) 25001990．(02) 25001991
服務時間：週一至週五 09:30-12:00．13:30-17:00
郵撥帳號：19863813　戶名：書虫股份有限公司
讀者服務信箱 email：service@readingclub.com.tw
城邦讀書花園網址：www.cite.com.tw
香港發行所／城邦（香港）出版集團有限公司
地址：香港灣仔駱克道 193 號東超商業中心 1 樓
email：hkcite@biznetvigator.com
電話：(852) 25086231　傳真：(852) 25789337
馬新發行所／城邦（馬新）出版集團 Cité(M)Sdn. Bhd.
41, Jalan Radin Anum, Bandar Baru Sri Petaling,
57000 Kuala Lumpur, Malaysia.
電話：(603) 90578822　傳真：(603) 90576622
email：cite@cite.com.my

封面設計／也津
印　　刷／漾格科技股份有限公司
經 銷 商／聯合發行股份有限公司
電話：(02) 2917-8022　傳真：(02) 2911-0053

□ 2022 年 (民 111) 3 月初版　Printed in Taiwan.

定價／ 320 元
 ISBN 978-986-06540-8-0